Hanna Hagen

Das Monster in ihm

Thriller

AF139481

Hanna Hagen

Das Monster in ihm

Thriller

Prolog

In der Nacht ihres Todes fiel es Tina schwer, die Augen offenzuhalten. Der Welpe, den sie erst seit wenigen Tagen ihren Mitbewohner nennen durfte, stand schon an der Tür. Sie zog den Reißverschluss ihrer Jacke hoch und griff nach seiner Leine.

»Na, dann wollen wir mal«, sagte sie und öffnete die Wohnungstür.

Es war drei Uhr morgens und Tina wünschte sich ins Bett. Sie hatte ihre Erkältung noch nicht auskuriert. Ihre Nase lief und ihr Kopf dröhnte. Doch frische Luft und Bewegung würden ihr guttun. Sie trat vor die Haustür und die kühle Luft der Oktobernacht umfing sie.

Sie zog ihre Schultern hoch und ging die verlassene Straße entlang. Neuerdorf war so schon ein verschlafenes Dorf, aber um diese Uhrzeit war niemand mehr unterwegs. Außer ihr. Sie bog in dieselbe Gasse, wie jede Nacht. Um diese Uhrzeit ging sie mit Chip nur die kurze Runde. Er sollte sich erleichtern und dann würden sie wieder in die warme Wohnung flüchten.

Um sie herum war es still. Tina hörte nur ihre eigenen Schritte. Sie lief auf der Straße an den parkenden Autos vorbei. Einen Bürgersteig gab es nicht.

Plötzlich wurde hinter ihr eine Autotür zugeschlagen. Tina wirbelte herum und sah in die dunkle Gasse. Die Straßenlaternen bildeten vereinzelt Lichtkegel auf dem Asphalt. Wer konnte das um diese Uhrzeit sein? Tina sah niemanden. Die Autos waren verlassen. Ihr Herz pochte immer noch wild in ihrer Brust. Sie drehte sich um und stieß gegen einen Körper.

Ein Schrei entwich ihren Lippen, bevor der Mann seine große Hand auf ihren Mund legen konnte. Sie ließ Chips Leine los und hob ihre Hände, um sich zu wehren.

Doch sie hatte keine Chance. Der Mann drehte sie herum und legte seinen freien Arm um ihren Hals. Dann schleifte er sie mit sich in eine dunkle Gasse.

Es ging so schnell, dass Tina gar nicht begriff, was geschah. Doch sie war so geistesgegenwärtig sich zu wehren. Sie schrie gegen die Hand an, die auf ihrem Mund lag, und schlug um sich. Aber je mehr sie sich wehrte, desto fester drückte der Arm gegen ihren Hals und desto weniger Luft bekam sie.

Ihr drang sein Körpergeruch in die Nase. Es war eine Mischung aus zu viel After-Shave und kaltem Schweiß. Er drückte seinen Körper gegen ihren. Dabei glitt seine Hand über ihren Oberkörper, von ihren Brüsten zu ihrem Bauch hinab bis zwischen ihre Beine. Tina bäumte sich auf und trat ihm auf die Füße.

Der Mann ließ sie los, aber nur, um sie im nächsten Moment zu Boden zu werfen. Sie zuckte schon vor einem schmerzhaften Aufprall zurück, fiel dann aber weich auf Müllsäcke.

Tina holte Luft. »Hilfe! Hilfe!«

Ein Schlag gegen ihre Schläfe und Schmerz explodierte vor ihren Augen. Sie verstummte und schnappte nach Luft. Im nächsten Moment hörte sie vielmehr, als dass sie sah, wie ihr die Jogginghose heruntergezogen wurde. Mit ihr der Slip.

Sie wimmerte, halb vor Schmerz, halb vor Entsetzen.

Über ihr keuchte der Mann, der sich die Hose über die Hüften zog. Plastik riss und sie sah verschwommen, wie er sich ein Kondom überstreifte.

Sie wollte sich zur Seite drehen, um zu flüchten, aber ihre Bewegungen waren zu langsam. Ohne Mühe drückte er sie zurück in die Müllsäcke. Dann drang er in sie ein und sie stieß erneut einen Schrei aus.

Sein Atem streifte ihre Wange, während er mit jedem Stoß weitere Schmerzexplosionen in ihr auslöste.

Und da hörte sie es.

Schritte.

Sie erschienen Tina schrecklich weit weg. Sie drehte den Kopf in die Richtung, aus der sie kamen.

Hoffnung kam in ihr auf. Trotz der Schmerzen in ihrem Kopf und ihrem Unterleib erhellte die Hoffnung die Dunkelheit.

Und da tauchte die Person am Ende der Gasse auf. Sie blieb stehen. Tina wollte ihr schon zurufen, dass sie herkommen sollte, als sie genau das tat.

Kapitel 1

Nora hätte nicht gedacht, dass sie noch einmal froh darüber sein würde, das Ortsschild zu passieren. Sie hatte vor fünfzehn Jahren Neuerdorf verlassen, um in Bonn zu studieren. Seitdem war sie nur noch selten zurückgekehrt. Nichts hatte sie in die Stadt gezogen. Nicht einmal ihr Vater, dessen Tod sie nun zurückzwang.

Sie hatte mit ihrem Mann, Benjamin, zu Abend gegessen, als ihr Bruder angerufen hatte. Er hatte Nora gesagt, dass ihr Vater an einem Herzinfarkt gestorben sei und sie nach Hause kommen müsse. Ihr war erst in diesem Moment aufgefallen, wie schlecht sie sich an ihre Kindheit erinnern konnte. Sie erwartete, dass sich das nun änderte.

Die Bäume, die die Straße säumten, machten den allein-stehenden Häusern Platz. Im Dorf betrachtete sie die leer-stehenden Geschäfte. Telefonnummern von Maklern riefen verzweifelt nach Nachmietern. Sie fuhr an einem Supermarkt vorbei, auf dessen Parkplatz die Kunden ihre Einkäufe in Autos verstauten. Sie hatte nicht das Gefühl nach Hause zu kommen.

Im Gegenteil.

Sie fühlte sich nicht wohl in dieser Stadt. Ihre Kindheit kam ihr dunkel und wenig fröhlich vor. Es war, als hätte ihr Leben erst mit ihrem Umzug nach Bonn begonnen.

Als sie in ihre alte Straße bog, suchte sie nach Erinne-rungen, wie sie auf dem Gehweg mit Kreide Kästchen gemalt oder mit dem Nachbarsjungen fangen gespielt hatte. Vergeblich.

Nora drosselte das Tempo. Die Straße endete in einer Sackgasse. Links und rechts von ihr führten Einfamilienhäuser die kurze Straße entlang. Am Ende hinter einem Wendehammer stand das Haus ihres Vaters. Es sah gebückt aus, wie ein alter Mann, der sich auf einen Stock stützte.

Obwohl sie es nicht als schönes Haus in Erinnerung hatte, war sie überrascht von seinem schlechten Zustand. Es war marode und heruntergekommen. Auf dem Vorgarten lagen verdorrte Blätter, die Fenster wirkten trüb vom Schmutz und auf dem Dach fehlten Ziegel.

Sie parkte in der Auffahrt und stellte den Motor ab. Einen Moment lang saß Nora in dem Wagen und starrte das Garagentor an, von dem Farbe abblätterte.

Sie war wirklich wieder hier. Nach so langer Zeit. Sie unterdrückte den Wunsch, nach Hause zu fahren und sich dem Unbehagen dieses Ortes zu entziehen.

Nora stieg aus dem Auto. Die Fahrt hatte keine Stunde gedauert, und trotzdem fühlte sie sich, als hätte ewig gesessen. Sie streckte sich und sah sich auf der Straße um. Sie glaubte eine Bewegung am Fenster eines der Häuser zu sehen, aber als sie hinübersah, konnte sie niemanden erkennen. Nora wandte sich von der Straße ab und ging auf das Haus ihres Vaters zu.

Er lag in einem Bestattungsinstitut und trotzdem spürte sie seine Anwesenheit, als würde er direkt vor ihr stehen.

Auf der Veranda fehlten zwei Fußbodendielen. Sie schritt über das Loch hinweg und bückte sich vor einem umgedrehten Blumentopf. Darunter zog sie den Zweitschlüssel hervor und richtete sich wieder auf.

Die Nachbarschaft, wahrscheinlich das ganze Dorf, wusste von dem Versteck. Trotzdem war nie bei ihnen eingebrochen worden. Aber was gab es hier auch schon zu stehlen?

Sie warf einen Blick über die Schulter und war sich sicher, dass sich eine Gardine im Haus zu ihrer Rechten bewegt hatte.

Nora wurde beobachtet.

Sie schloss die Haustür auf und trat ein. Ihr erster Eindruck war, dass seit zehn Jahren nicht mehr gelüftet worden war. Es roch nach Hefe und Staub.

Nora schaltete das Licht an und war überrascht von dem vergleichsweise guten inneren Zustand des Hauses. Nach dem äußeren Anblick hatte sie mit abblätternder Farbe, Schimmel und zentimeterdicken Staubschichten gerechnet.

Aber obwohl die blumige Tapete noch aus den Sechzigern stammte, wirkte es hier relativ ordentlich.

Jemand hatte einen Stapel Briefe auf dem Beistelltisch neben eine verdorrte Pflanze gelegt. Nora würde sich später darum kümmern. Erst einmal wollte sie das Haus in Augenschein nehmen.

Sie war gekommen, um es auszuräumen und für den Verkauf vorzubereiten. Es lag eine Menge Arbeit vor ihr, aber Nora war zuversichtlich, dass sie das in ihrem dreiwöchigen Urlaub schaffen würde.

Sie sah sich Küche und Wohnzimmer im Erdgeschoss an. Obwohl in der Küche verdorbene Lebensmittel standen und das Wohnzimmer verstaubt war, sahen auch diese Räume verhältnismäßig gut aus.

Sie ging durch das Haus und versuchte sich immer wieder an schöne Erlebnisse zu erinnern. Ein gemütlicher Spieleabend, gemeinsames Backen oder Geschenke auspacken unter dem Weihnachtsbaum.

Sie ging in den ersten Stock. Hier lagen zwei Badezimmer und drei Schlafzimmer. Das Schlafzimmer ihrer Eltern sah aus, als wäre ihr Vater nur kurz zum Bäcker gegangen und würde jeden Moment wiederkommen. Die altmodische Bettdecke war zurück-geschlagen. Auf dem Nachttisch stand eine Tasse mit dem angetrockneten Rest von Kaffee. Eine Schranktür stand offen und ließ Nora auf ausgeblichene Hemden blicken.

Die Zimmer von Nora und ihrem Bruder waren dahingegen zu Rumpelkammern verkommen. Kisten, Spielsachen und Haushaltsgeräte wie Staubsauger und Bügelbrett standen in den Zimmern. Nicht einmal ein Bett gab es.

Niemand hatte damit gerechnet, dass Nora oder ihr Bruder einmal zu Besuch kommen würden.

Die meisten Sachen würde sie wahrscheinlich wegschmeißen. Sie setzte sich auf einen Holzstuhl, der unter ihrem Gewicht knackte und zog ihr Handy aus der Jackentasche. Sie suchte unter den Kontakten die Nummer ihres Ehemannes und rief ihn an.

Sie rechnete damit, dass er beschäftigt sein würde. Als sie losgefahren war, war er schon in der Universität gewesen. Sie hatten ihn schon während seines Mathematikstudiums einen Überflieger genannt. Die Universität Bonn war eine renommierte Uni, vor allem die mathematische Fakultät. Ihr Mann hatte sich mit vierundzwanzig Jahren Doktor nennen dürfen und schrieb seit einem Jahr an seiner Habilitation. Obwohl er mit seinen achtundzwanzig Jahren sieben Jahre jünger war als Nora, war er mindestens doppelt so intelligent.

Es überraschte sie manchmal, dass er an ihr irgendetwas interessant fand. Sie war Männern gegenüber immer reserviert gewesen. Sie konnte nicht aus sich herausgehen und hatte sich nicht selten unwohl in ihrer Gegenwart gefühlt. Aber irgendetwas schien ihm an ihr zu gefallen, denn er hatte ihr vor zwei Jahren einen Antrag gemacht und letztes Jahr im Juni hatten sie unter freiem Himmel geheiratet.

»Hallo?«

Nora richtete sich auf. »Hey Ben. Ich wollte nur sagen, dass ich gut angekommen bin.« Sie sah sich in ihrem alten Kinderzimmer um.

»Ah, sehr gut. In welchem Zustand ist das Haus?« Sie hörte im Hintergrund das Rascheln von Papier.

»Es geht. Ich werde wohl viele Mülltonnen füllen und die neuen Einwohner werden das Haus renovieren müssen, bevor sie einziehen.«

»Das klingt nicht gut.«

Sie zuckte mit den Schultern. »Ich will die Arbeiten hier nur schnell hinter mich bringen und wieder zurückkommen.«

Erneut kam in ihr die Sehnsucht auf, nach Hause zu fahren. Die Beklemmung, die sie hier empfand, wurde immer größer. Aber sie war schon lange nicht mehr in dem Alter, in dem man sich vor Verantwortungen drücken konnte. Nora musste das hier erledigen. Ob sie wollte oder nicht.

»Vielleicht ist es ganz gut, dass du dort bist. So kommst du deinem Vater etwas näher.«

»Ja.« Sie ließ ihren Blick über ein Puppenhaus und aufeinander gestapelte Schuhkartons wandern. »Vielleicht.«

Ein Klingeln riss sie aus ihren Gedanken.

»Ich glaube, das war die Türklingel«, sagte sie fahrig und stand auf. »Ich rufe dich später an, ja?«

»Alles klar. Halt durch.«

Nora legte auf und steckte ihr Handy zurück in die Jackentasche. Sie verließ ihr altes Zimmer, um dem Gast die Tür zu öffnen. Vielleicht war es irgendjemand, den sie aus ihrer Kindheit kannte.

Kapitel 2

Der Mann, dem sie die Tür öffnete, war um die Siebzig, hatte ein rundes Gesicht und hellblaue Augen.

»Dann hat Doris wohl recht gehabt«, sagte er vielmehr zu sich als zu Nora. Er sah über seine Schulter zu dem Haus, das rechts neben dem ihres Vaters lag.

An der Haustür stand eine Frau im gleichen Alter. Sie lugte neugierig zu Nora herüber.

»Kann ich etwas für Sie tun?« Sie kannte die Beiden nicht. Waren es Freunde ihres Vaters gewesen?

»Doris, meine Frau meinte eben, sie hätte jemanden hier reingehen sehen. Wir kannten den Bewohner dieses Hauses sehr gut. Deswegen haben wir immer ein Auge darauf, was hier so passiert. Wir wollen ja nicht, dass sich Penner hier niederlassen und ihr Lager aufschlagen. Später kommen noch Nigger dazu und das Haus wird zu einem Asylantenheim für Aussätzige.«

Nora blinzelte verwirrt über seinen unverhohlenen Rassismus. In Noras Bekanntenkreis hätte sich jeder für diese Worte geschämt.

Aber bevor sie etwas sagen konnte, fuhr er fort. »Aber Sie sehen vernünftig aus. Sind Sie Immobilienmaklerin? Oder wollen Sie das Haus kaufen?«

»Nein.« Nora warf Doris einen Blick zu. Diese war nähergekommen, stand aber immer noch auf ihrem eigenen Grundstück.

»Ich bin Dirks Tochter.«

Der Mann stutzte. »Was?«

»Ich bin gekommen, um seine Angelegenheiten zu regeln.«

Seine Augen verengten sich. Er blieb einen Moment lang still und sah sie nur an. Dann räusperte er sich. »Nora?«

»Ja.« Sie lächelte.

»Dirks Tochter Nora?«

»Ja.«

»Nein, das kann nicht sein.« Er zögerte, dann fügte er hinzu: »Ich kannte seine Tochter.«

»Ich bin seine Tochter. Ich bin vor fünfzehn Jahren nach Bonn gezogen.«

»Vor fünfzehn Jahren.«

»Ja.« Nora trat von einem Fuß auf den anderen. Warum glaubte er ihr denn nicht?

Sein Gesichtsausdruck veränderte sich. Er nickte. »Okay«, sagte er resigniert.

»Wirklich.«

»Okay.«

Eine Gänsehaut kroch ihren Rücken hoch bis in den Nacken. Ihre Kopfhaut kribbelte.

»Wer ist das, Nils?«, rief die Frau, die nun an dem kleinen Zaun angekommen war, der sich um ihren Vorgarten zog. Ihre Hand lag auf der Spitze eines Pfostens.

»Sie sagt, sie sei Dirks Tochter.« Nils ließ Nora nicht aus den Augen.

Diese sah die Frau an, die ihr die Geschichte auch nicht abzunehmen schien. Sie nickte, ohne Überzeugung. »Aha.«

»Wie lange wohnen Sie schon hier?«, fragte Nora in der Hoffnung, Small Talk würde die Situation entkrampfen.

»In Neuerdorf seit unserer Geburt. In diesem Haus seit ungefähr sechzehn Jahren.«

Nora versuchte sich an das Ehepaar zu erinnern, aber für sie blieben Nils und Doris Fremde. Genauso wie sie, Nora, das offenbar für die Beiden war.

Nils blickte abschätzig zu ihr hinab. Nora sah ihm an, dass er die Situation genauso beunruhigend fand wie sie.

»Okay. Nun, ich muss jetzt weiter machen. Ich habe noch eine Menge Arbeit vor mir.« Sie deutete mit dem Daumen hinter sich.

Das Dorf, in dem sie groß geworden war und dessen Bewohner kamen ihr plötzlich unangenehm und unheilvoll vor.

»Schon klar.« Er versuchte an ihr vorbei ins Haus zu sehen. Aber Nora trat nicht zur Seite und so nickte er ihr bloß zu und ging zurück zu seiner Frau.

Nora schloss die Haustür.

Sie sollte das Zusammentreffen vergessen. Sie selbst hatte ja viele Gedächtnislücken und Doris und Nils waren nicht mehr die Jüngsten. Dass sie sich nicht mehr an Nora erinnern konnten, war vielleicht gar nicht so ungewöhnlich.

Nora schob die Gardine zur Seite und sah, wie Nils zu seiner Frau zurückkehrte. Sie standen einen Moment lang gemeinsam im Vorgarten und sprachen miteinander. Dann gingen sie wieder ins Haus.

Nora wollte gerade ihren Posten am Fenster verlassen, als Doris mit einer Zeitung unter dem Arm und einer Tasse in der Hand aus dem Haus trat. Sie setzte sich an den runden Tisch auf ihrer Veranda.

Es war Ende Oktober und viel zu kalt, um sich nach draußen zu setzen, aber Doris schien das egal zu sein. Sie warf Nora einen Blick zu, schlug ihre Zeitung auf und begann zu lesen.

Nora ließ die Gardine wieder vor das Fenster gleiten und schüttelte den Kopf. Was für merkwürdige Nachbarn. Sie gehörten wohl zu den Rentnern, die sich im Ruhestand langweilten und Ablenkung bei den Menschen in ihrer Umgebung suchten.

Nora sollte das egal sein. In drei Wochen würde sie ohnehin wieder nach Bonn gehen und die Menschen in Neuerdorf nie wiedersehen.

Sie ging in die Küche, um als erstes das Essen wegzuschmeißen, das seit dem Tod ihres Vaters ein Eigenleben entwickelt hatte.

Als sie sich den Bananen in der Obstschale näherte, stob eine Wolke von Fruchtfliegen auf. Sie verzog das Gesicht und hob die Bananen mit Fingerspitzen an, um sie in die Mülltonne zu werfen. Genauso wie das schimmelige Brot. Danach wandte sie sich dem Kühlschrank zu. Sie öffnete ihn und ein saurer Geruch wehte ihr entgegen. Es würde Tage dauern, ihn los zu werden. Sie nahm den Kühlschrank vom Strom und leerte ihn, bis eine Mülltüte voll war. Nora brachte sie nach draußen.

Doris hob sofort den Kopf und beobachtete Nora dabei, wie sie zu den Mülltonnen neben dem Haus ging. Nora spürte, wie ihr Blick sie verfolgte und versuchte es zu ignorieren.

Je bewusster sie sich der Frau werden würde, desto mehr würde sie sich über sie ärgern. Trotzdem bohrten sich Doris' Blicke wie Messerstiche in Noras Rücken.

Zurück an der Haustür sah sie die Straße hinab. Ob die anderen Nachbarn wohl genauso tickten? Konnten sie sich auch nicht an Nora erinnern und würden sie behandeln, als wäre sie eine Verbrecherin?

Die nächsten Stunden verbrachte sie damit, die Küche von Essensresten und Schmutz zu befreien. Danach tat ihr der Rücken weh und sie hatte so viel Dreck gesehen, dass es für die nächsten Jahren reichte. Für heute würde sie Schluss machen. Sie ließ sich am Küchentisch nieder und schloss die Augen.

Vielleicht sollte sie sich einmal bei ihrem Bruder melden und fragen, was er tun wollte, um ihr zu helfen.

Schließlich war er, im Gegensatz zu ihr, nie aus Neuerdorf weggezogen.

Kapitel 3

Nora widerstrebte es, im Bett ihres toten Vaters zu schlafen. Sie machte es sich mit Spannbetttuch und Decken auf dem Sofa bequem. Es wurde früh dunkel und sie musste die Lichter im Haus einschalten.

Die Glühbirne der Deckenleuchte im Wohnzimmer war kaputt. Nur eine alte Stehlampe mit gelbem Lampenschirm spendete schummriges Licht. Obwohl sie das Wohnzimmer gestaubsaugt hatte, spürte sie den Dreck der letzten Jahre in der Luft schweben.

Sie saß im Schneidersitz auf dem Sofa. Zu Hause wäre sie um diese frühe Uhrzeit noch nicht schlafen gegangen, aber ihr gefiel dieser Abend nicht.

Irgendetwas ließ sie nicht zur Ruhe kommen. Es könnte an dem Tod ihres Vaters liegen. Oder, dass sie wieder in das Dorf ihrer Kindheit zurückgekehrt war. Aber wahrscheinlich waren es die Erinnerungen, die ihr fehlten. Dazu Nils und Doris, deren Verhalten Nora nicht mehr aus dem Kopf ging. Sie fuhr sich mit beiden Händen über das Gesicht. Vielleicht hätte sie sich doch ein Zimmer in einem Hotel nehmen sollen. Aber sie hatte die kostenfreie Lösung vorgezogen. Drei Wochen in einem Hotelzimmer waren selbst in Neuerdorf nicht günstig.

Nora stand auf und ging in die Küche. Ob ihr Vater wohl irgendwo Tee hatte? Der würde ja wohl nicht schlecht geworden sein.

Sie öffnete die Schränke und wühlte zwischen altem Porzellan und Dosen, bis sie ihn hinter einem Paket Kaffee fand. Sie holte sich einen Teebeutel heraus und setzte Wasser auf. Nora sah sich in der Küche um. An ihre Mutter konnte sie sich besser erinnern als an ihren Vater. Sie war gestorben, als Nora gerade einmal zehn Jahre alt gewesen war. An Krebs.

Sie war am liebsten hier in der Küche gewesen. Sie hatte gekocht und gebacken. Kuchen gab es bei ihnen nicht nur zu besonderen Anlässen, sondern auch sonntags, nachdem sie mit ihrem Bruder die Sendung mit der Maus gesehen hatte. Wo da wohl ihr Vater gewesen war? Er tauchte in ihrer Erinnerung nicht auf.

Als das Wasser kochte, goss sie es über einem Teebeutel in die Tasse. Mit der Tasse in der Hand trat sie an das Küchenfenster. Sie schob die Gardine zur Seite und sah auf die Straße.

Der Himmel war wolkenverhangen, so dass sie weder Sterne noch den Mond erkennen konnte. Nur die Straßenlaternen spendeten Licht. Obwohl es noch nicht spät war, war niemand ihrer Nachbarn zu sehen und es brannte nur in wenigen Häusern Licht. Nora blies über den Tee.

Neuerdorf. Eine Stadt, in der nie das Leben tobte. Abends um neun wirkte sie wie ausgestorben.

Nora wollte ein Gefühl für die Stadt bekommen und so machte sie sich morgens zu Fuß auf den Weg zum Supermarkt. Es dauerte nicht mehr als eine halbe Stunde von einer Seite des Dorfes zur anderen.

Sie lief durch die Straßen, die sie als Kind in- und auswendig gekannt hatte. Hier hatte sie an Halloween und St. Martin an den Türen um Süßigkeiten gebeten. Als sie alt genug gewesen waren, waren Nora und ihr Bruder Brötchen kaufen gegangen. Der eine mit Geld, der andere mit einem Stoffbeutel ausgestattet. Die Bäckerei existierte nicht mehr. Das alte Schild hing immer noch über dem Schaufenster, aber dieses war mit beigen Vorhängen verhangen. Nora ging daran vorbei und kam dem Zentrum Neuerdorfs näher.

Um den Marktplatz, auf dem ein herunter gekommener Pavillon stand, gruppierten sich Geschäfte. Ein Schuhladen, ein Restaurant, ein Café, eine Metzgerei. An Nora lief eine Frau mit gesenktem Kopf vorbei. Sie könnte in den Vierzigern sein, sah aber so abgehärmt aus, dass sie ebenso gut Mitte fünfzig hätte sein könnte.

Nora bog in eine Nebengasse. Sie war steil und eng, aber sie führte zum Supermarkt. Nora erinnerte sich daran, wie sie ihrer Mutter beim Tütenschleppen geholfen hatte.

Aber es waren immer nur einzelne, dunkle Erinnerungen an ihre Kindheit. Das Große und Ganze blieb verborgen.

Sie kaufte eine Zeitung und Grundnahrungsmittel, damit sie die nächsten Tage zurechtkommen würde. Dann ging sie die Gassen wieder zurück zu dem Haus ihres Vaters.

Bepackt mit Tüten schloss Nora die Haustür auf. Da hörte sie hinter sich eine Tür zuschlagen.

Nora drehte sich um und erblickte einen Mann am Haus zu ihrer Linken. Er hatte wilde weiße Haare, die ihm eine gewisse Ähnlichkeit mit Beethoven verliehen. Er hielt einen jungen Golden Retriever an der Leine und sah zu Nora herüber.

Sie stellte ihre Taschen vor der Haustür ab. Der Mann schritt über den Weg seines Vorgartens und kam zu ihr.

»Hallo«, sagte Nora.

»Hallo Nora.«

Abrupt blieb sie stehen. »Sie kennen meinen Namen?«

Vielleicht hatte sie jemanden gefunden, der sie kannte.

Aber der Mann enttäuschte sie, als er sagte: »Doris hat mir Ihren Namen verraten.« Ein Lächeln glitt über seine Lippen, das ihr den Eindruck vermittelte, er wisse mehr als sie.

»Ich heiße Martin.« Er nickte ihr zu.

Nora erwiderte das Nicken. »Freut mich. Hat Doris Ihnen erzählt, dass ich Dirks Tochter bin?«

Sein Grinsen wurde breiter und ihr wurde klar, dass Doris und Nils ihm von ihrem Misstrauen Nora gegenüber erzählt hatten. »Ja, das haben sie. Sie räumen sein Haus aus?«

»Ja. Es ist viel Arbeit.« Sie lächelte ihn an, in der Hoffnung, einen guten Eindruck zu hinterlassen. Noch während ihr das bewusst wurde, fragte sie sich, warum sie sich die Mühe gab. »Wie lange wohnen Sie schon hier?«

»Ach, erst seit zwei Jahren. Ich bin aus Bonn hierhergezogen, als ich in Frührente ging. Ich habe mir einen Traum erfüllt. Ein Eigenheim, einen Hund und Zeit fürs Schreiben.«

»Sie sind Autor?«

»Unveröffentlicht. Aber jetzt habe ich ja Zeit. Wer weiß. Vielleicht bespricht bald *Die Welt* mein Buch.«

»Ja, vielleicht.« Nora sah auf den Goldenen Retriever hinab und streckte ihm eine Hand hin. Er schnüffelte an ihr, dann wendete er sich ab.

»Na dann«, sagte Martin. »Man sieht sich, Nora.«

Nora nickte. »War schön Sie kennenzulernen.«

Er winkte ihr zu und entfernte sich mit seinem Hund.

Sie sah ihm nach. Im Prinzip war er nicht unfreundlich gewesen. Aber irgendetwas an ihm gefiel ihr nicht.

Im Haus wischte sie das Wasser auf, das vom Abtauen des Kühlschranks entstanden war, machte ihn sauber und verstaute die frischen Lebensmittel darin.

Nach einem Snack wandte sie sich dem Wohnzimmer zu. Sie wollte heute noch die Dinge, die nicht verkauft werden konnten, in Mülltüten verpacken.

Nora ging zu der Terrassentür und öffnete sie, um frische Luft in den Raum zu lassen. Ob sie den Geruch und das bedrückende Gefühl jemals los wurde?

Sie ließ ihren Blick über die Rasenfläche gleiten. Dahinter trieb ein Wald sein Unwesen. Die Bäume hatten ihre Blätter fallengelassen. Sie bedeckten fast vollständig den Rasen.

Nora durchquerte den Garten und ging auf den Wald zu. Sie konnte sich daran erinnern, dass sie als Kind häufig hier gewesen war. Sie hatte Puppen in den Wald mitgenommen, um ihnen Höhlen zu bauen und sie mit Moos zu bedecken. Nora hatte ihnen Schlaflieder gesungen und über sie gewacht. Sie hatte den Rufen der Vögel gelauscht und die Spinnen, Igel und Mäuse beobachtet, die ihren Weg gekreuzt hatten, wenn Nora ganz still gewesen war.

Sie sah sich auf dem Waldboden sitzen, ohne zu atmen, um ja nichts um sich herum zu verpassen. Neben ihr schlief die Puppe, die sie zu Weihnachten geschenkt bekommen hatte. Ein Schrei ließ sie zusammenzucken. Die kleine Nora sah sich nach der Ursache um. Doch sie konnte weder einen Menschen noch ein Tier entdecken, das diesen Laut von sich gegeben hatte. Sie war umringt von dicht beieinanderstehenden Bäumen.

Zurück in der Gegenwart schüttelte Nora den Kopf, um den Schrei aus ihrem Kopf zu verbannen. Es war ein beängstigender Laut gewesen, der auch jetzt noch ihre Nackenhaare aufstellte.

Sie starrte in das Dickicht des Waldes, konnte aber genauso wenig erkennen, wie in ihrer Erinnerung. Vielleicht war es besser, wenn sie den Ursprung des Schreis nicht kannte. Nora wandte sich vom Wald ab und ging zurück ins Haus.

Sie machte sich an die Arbeit und verbrachte den Nachmittag zwischen seinen Habseligkeiten. Die waren ihrer Meinung nach Müll. Doch sie hatten ihrem Vater gehört und waren alles, was ihr noch von ihm blieb.

Um zwei Uhr bekam sie Hunger. Sie wollte bald eine Pause einlegen. Da klopfte es am Türrahmen zum Wohnzimmer und vor ihr stand ein Mann. Er war nicht groß, höchstens eins siebzig, aber er hatte Muskeln und mit dem rasierten Schädel sah er nicht gerade vertrauenswürdig aus. Die Stoppeln, die über sein Kinn und unter seiner Nase wuchsen, waren blond.

»Marvin.« Sie hatte ihrem Bruder zwar gesagt, dass sie hier war, aber sie hatte nicht mit einem Besuch gerechnet. Zumindest nicht so schnell.

»Wie er leibt und lebt«, sagte er grinsend und trat auf sie zu.

Nora stand auf und musterte ihn. Im Sitzen hatte er sie überragt wie nichts Gutes. Als sie sich bei diesem Gedanken erwischte, rügte sie sich. Hatte sie immer noch Angst vor ihrem großen Bruder, der ihr früher gerne an den Haaren gezogen und sie für Dinge verpetzt hatte, die er getan hatte?

»Was machst du hier?«, fragte sie.

»Mal nachsehen, was du so treibst.« Er ließ seinen Blick über die Kisten und Mülltüten in der Mitte des Wohnzimmers gleiten. Dabei blieb er auf dem zum Bett umfunktionierten Sofa hängen.

»Ich schmeiße gerade ziemlich viel weg.« Sie stemmte ihre Hände in die Hüften.

»Ja. Das ganze Haus ist wahrscheinlich ein Fall für die Mülltonne. Hast du unsere Kinderzimmer gesehen? Da ist nichts mehr von Wert drin.«

»Hast du hier noch irgendeinen Gegenstand, den du behalten möchtest? Nicht, dass ich ihn versehentlich wegwerfe.«

Er verschränkte seine Arme vor der Brust und sah sich um. Dann schüttelte er den Kopf. »Ich wüsste nicht, was. Hab ja beim Auszug alles mitgenommen.«

»Okay. Ich werde ein paar Bilder behalten. Vor allem Bilder unserer Mutter. Ich habe in Bonn nicht viele von ihr.«

»Von unserem Vater und mir wahrscheinlich auch nicht.«

Nora wurde rot. »Nein.« Sie hatte Marvin noch nie in ihre Wohnung eingeladen.

»Bediene dich. Ich brauche, wie gesagt, nichts von dem Kram.«

Sie nickte.

Marvin musterte Nora. »Warst du schon im Keller?«

»Nein.« Nora räusperte sich. »Das heb ich mir für den Schluss auf. Erst einmal will ich hier oben klar Schiff machen.«

Er fuhr sich mit einer Hand über den Hinterkopf. »Vielleicht solltest du da mal reinsehen. Kann gut sein, dass du da unten leere Umzugskartons und so Sachen findest.«

Sie nickte seinem Vorschlag ab, ohne groß darüber nachzudenken. »Ist gut. Willst du mir hier helfen?«

Er lachte. »Nein, Nora. Lass mal stecken. Wenn es um den Verkauf des Hauses geht, kann ich helfen. Aber Aufräumen ist nicht so meins.«

Er sah sich mit einem Gesichtsausdruck in dem Wohnzimmer um, als würde er einen Raum voller Maden betrachten.

Nora hatte ihn lange nicht mehr gesehen, aber es wunderte sie nicht, dass er die Meinung vertrat, Frauen waren für den Haushalt zuständig. So waren sie erzogen worden.

»Nun denn.« Er klatschte in die Hände. Das Geräusch hallte im Raum wider. »Ich bin eigentlich auch nur gekommen, um zu gucken, was du hier so treibst. Die Nachbarn haben ein Auge auf dich.«

Sie schnaubte. »Das habe ich bemerkt. Weißt du, wer Doris und Nils sind?«

»Klar. Eigentlich ganz nette Menschen.«

»Ich kann mich nicht mehr an sie erinnern und sie sich auch nicht an mich.«

Er hob die Schultern.

»Kennst du sie noch aus unserer Kindheit?«

Er blies seine Wangen auf und ließ die Luft dann langsam entweichen. »Du, keine Ahnung. Ich kenne sie halt. Aber ich wohne ja auch noch in diesem Kaff. Wäre komisch, wenn ich hier nicht jeden Vogel kennen würde.«

Nora nickte.

»Wärst du nicht weggegangen, würdest du sie auch kennen.«

Sie ignorierte den Vorwurf. »Wahrscheinlich.«

Kurz herrschte Stille. Dann klopfte Marvin ihr auf die Schulter. »Na dann. Mach's gut. Viel Spaß noch mit deinen Müllsäcken.« Ein spöttisches Lächeln huschte über seine Lippen, bevor er sich von ihr abwandte und sie allein ließ.

Ich hätte seine Hilfe gebrauchen können, dachte Nora und beugte sich wieder über den Kram ihres Vaters. Doch er hatte Recht. Sie sollte wirklich im Keller nachsehen, ob sie dort etwas fand, was sie hier gebrauchen konnte.

Kapitel 4

Nora dachte erst am Abend wieder an Marvins Hinweis, im Keller nach Umzugskartons zu suchen. Sie war mit dem Wohnzimmer fertig und streckte sich, bog ihren Rücken, um die Gelenke knacken zu lassen.

Sie hatte fünf Mülltüten gefüllt und würde sie morgen wegfahren. Wenn Nora den ganzen Müll in die Mülltonne vor dem Haus bringen würde, würde sie schneller gefüllt sein, als sie *Tod* sagten konnte.

Nora schleppte eine Mülltüte nach der anderen in den Flur und lehnte sie an die Haustür. Dort würden sie warten müssen, bis es hell wurde.

Sie warf einen Blick durch das Fenster neben der Tür. Die Laternen waren schon angegangen. Die Straße lag still und verlassen da.

Nora ging zur Kellertür und öffnete sie. Sie war aus schwerem Eisen. Wie die Tür zu einem Bunker. Vielleicht wurde das Haus während einer der Weltkriege gebaut und der Keller diente als Schutz.

Nora hoffte, neben den Umzugskartons Fotoalben zu finden. Sie würde sich gerne Fotos aus ihrer Zeit in Neuerdorf ansehen. Die würden ihrer Erinnerung sicherlich auf die Sprünge helfen.

Sie schaltete das Licht an. Die Kellertreppe führte steil hinunter. Mit einer Hand an der rauen Wand, ging sie die Stufen nach unten. Der Gang wurde von einer nackten Glühbirne erleuchtet. Die Wände waren unverputzt und genau wie der Boden aus Beton. Nora versuchte sich an den Keller zu erinnern. Aber da war nichts. Der Gang kam ihr nicht einmal bekannt vor. Doch wie oft ging ein Kind schon in den Keller? Die strahlten immer etwas Unheimliches aus und da war dieser Keller keine Ausnahme.

Von den Wänden ging eine Kälte aus, die Nora frösteln ließ. Von dem Gang zweigten drei Türen ab. Nora ging zu der rechten Tür, die ihr am nächsten war. Sie legte ihre Hand an die Klinke und zog sie auf. Vorsichtig trat sie einen Schritt vor und schaltete das Licht ein. Auch hier brannte nur eine Glühbirne. In dem Raum waren eine Waschmaschine und ein Trockner sowie Weinkisten. Nora wunderte sich. Als Kind hatte es diese Waschküche nicht gegeben. Da hatte die Waschmaschine in ihrem Badezimmer gestanden. Sie ging zu den Kisten. Auf den Deckeln lag eine dicke Staubschicht. Sie öffnete die erste und sah hinein. Die Weinflaschen waren voll.

Abgesehen von der Tatsache, dass sie hier ihre Kleidung waschen konnte, gab ihr der Kellerraum nichts. Weder Umzugskartons noch Fotoalben.

Sie verließ ihn wieder und schloss die Tür hinter sich.

Noras Schritte hallten von den Wänden wider, als sie zu der gegenüberliegenden Tür ging. Sie rieb sich mit einer Hand über den Unterarm.

Nora griff nach der Klinke der Tür und rüttelte daran. Sie ließ sich nicht öffnen. Nora legte beide Hände um die Klinke und drückte fester.

Das gab es doch nicht. Hatte ihr Vater die Kellertür abgeschlossen? Es schien so. Auch als sie sich mit ihrem Körper dagegenstemmte, gab die Tür nicht nach.

Was sich wohl dahinter verbarg? Nora strich über den Türrahmen. Bevor sie das Haus zum Kauf freigeben konnte, musste sie die Tür aufkriegen. Aber jetzt war das erst einmal nebensächlich.

Sie warf der Tür noch einen Blick zu und wandte sich dann der letzten Tür zu. Sie drückte die Klinke herunter und obwohl die Tür schwer war, öffnete sie sich ohne Probleme.

Hinter der Tür erwartete sie tiefste Dunkelheit.

Nora tastete an der Wand nach dem Lichtschalter. Schließlich flackerten die Deckenlampen einer nach der anderen auf und beschienen einen großen Kellerraum.

Überrascht, dass er fast leer war, trat Nora ein. Sie hatte hier Geröll, Kisten und Werkzeuge für den Garten erwartet. Aber nichts dergleichen fand sie.

Auf der langen Seite war eine zwei Meter breite Pinnwand angebracht. Daran hingen Bilder, Zeitungsartikel und Notizen. Außerdem eine Karte, die Bonn, Neuerdorf und Köln, sowie die Regionen dazwischen erfasste.

Auf ihr hatte jemand rote Kreise und Striche gemalt, die Nora auf den ersten Blick nichts sagten.

Sie trat näher. Unter der Pinnwand standen zwei Tapeziertische aneinandergereiht. Auch darauf befanden sich Notizen und Zeitungsausschnitte. Wild durcheinander, als hätte jemand die Papiere einfach auf dem Tisch fallen gelassen.

Vor den Tapeziertischen standen zwei Bürostühle. Der eine war durchgesessen, auf dem anderen lag ein Teller mit Krümeln.

Nora trat vor die Pinnwand und sah sich an, was ihr Vater zusammengestellt hatte. Es war ein Wust aus Zeitungsartikeln, Fotos und Notizen. Nora überflog die Schlagzeilen. Es ging um Morde an jungen Frauen. Sie konnte auf die Schnelle nicht erkennen, wie viele es waren.

Aber es waren mehr als zwei, mehr als vier Frauen, die ermordet worden waren. Auf einigen Fotos war Polizei-Absperrband zu erkennen, auf den anderen die Gesichter schöner Frauen um die Zwanzig.

Nora schnürte es den Hals zu. Das war die Dokumentation des Bösen. Aus welchem Grund auch immer, hatte ihr Vater alles, was über die Morde berichtet worden war, zusammengestellt. Wie ein Fan, ein Besessener.

Sie schluckte und trat einen Schritt zurück.

Was war das hier? Warum hatte ihr Vater die Berichte gesammelt? Und dann auch noch in diesem Kellerraum, der allein für diese Zeitungsartikel gebraucht wurde.

Bevor er in Rente gegangen war, hatte er weder als Polizist noch als Journalist gearbeitet. Diese Sammlung ergab keinen Sinn.

Nora brach der Schweiß aus. Ihr war kalt und gleichzeitig wurde ihr unerträglich warm.

Sie trat zwei Schritte zurück, ohne die Zeitungsartikel aus den Augen zu lassen. Die Anmerkungen, Kreise und Striche auf den Landkarten verschwammen. Vor ihren Augen drehte sich der Kellerraum. Sie blinzelte und schüttelte den Kopf. Dann drehte sie sich um, verließ den Raum und lief den Gang entlang, bis sie an der Keller-treppe angelangt war. Dort rannte sie die Stufen empor, schlug die Kellertür hinter sich zu und stürmte zur Haustür.

Nora trat die Mülltüten, die ihr im Weg lagen beiseite und riss die Tür auf. Sie stolperte auf die Veranda, beugte sich vor und stützte ihre Hände auf die Oberschenkel. Nora sog die kühle Luft ein, die ihre Lungen aufblähte und ihren Kopf aufklärte.

Sie schloss die Augen und versuchte jedes Gefühl und jeden Gedanken, der in ihr aufkam zu unterdrücken. Sie wollte nicht mehr an die Geschichten der armen Frauen denken. Wollte verdrängen, dass solche Dinge geschahen und dass ihr Vater die Morde dokumentiert hatte.

Warum?

Wie konnte er sich so ausgiebig damit beschäftigt haben? Die wenigen Sekunden hatten ausgereicht, um Nora zu entsetzen. Ihr Vater musste Stunden dort unten verbracht haben.

Erst als sie vor Kälte zitterte, richtete sie sich wieder auf. Sie rieb sich die Augen und sah zu dem Haus ihrer Nachbarn. Doris und Nils standen davor und sahen zu Nora herüber.

Wäre sie zwanzig Jahre jünger gewesen und ein rebellischer Teenager, hätte sie ihnen zugerufen, was sie denn so blöd glotzten. Aber mit ihren fünfunddreißig Jahren ignorierte sie die Blicke der Nachbarn und kehrte in das Haus zurück.

Sie schloss die Tür hinter sich und starrte auf die Kellertür.

Sie hätte nicht darunter gehen sollen. Gleichzeitig wusste Nora, dass sie es früher oder später getan hätte. Egal, ob Marvin sie darauf hingewiesen hatte oder nicht.

Was er wohl zu dem Kellerraum sagen würde? Er hatte sich besser mit ihrem Vater verstanden. Ihn würde dieser Fund wahrscheinlich noch mehr schockieren als Nora.

Kapitel 5

Während Nora am Herd stand und sich eine Reispfanne machte, dachte sie über das nach, was sie im Keller gesehen hatte.

Artikel über Frauen, die ermordet worden waren. Berichte darüber, dass die Polizei überfordert war und den Täter noch nicht gefunden hatte. Die Morde waren in Neuerdorf und Bonn geschehen. Mehr hatte sie auf den ersten Blick nicht herausfinden können.

Nora konnte sich schwach an die Morde erinnern. Berichte darüber waren vor Wochen durch die Medien gegangen.

Sie stellte die Herdplatte aus und füllte das Essen in einen Teller. Damit setzte sie sich an den Küchentisch. Nora schlug die Zeitung auf, die sie heute Morgen gekauft hatte.

Sie führte einen Löffel nach dem anderen zum Mund und blätterte durch die Zeitung. Im hinteren Teil gab es einen kurzen Artikel über die anhaltenden Ermittlungen. Es wurde berichtet, dass die Polizei immer noch keine Spur habe. Der Journalist erwähnte, dass schon lange keine neue Leiche gefunden worden war.

Sie faltete die Zeitung wieder zusammen.

Dann mussten die Morde schon länger her sein. Ihr Vater hatte die Morde, selbstredend, nur bis zu seinem eigenen Tod dokumentiert. Aber es sah nicht so aus, als wäre danach noch eine Frau umgebracht worden.

Das ungute Gefühl in ihrer Magengegend verstärkte sich. Sie war froh, etwas gegessen zu haben. Sie konnte Energie gebrauchen.

Wozu hatte ihr Vater die Artikel gesammelt? Was hatte er damit bezweckt? Es war doch mehr als merkwürdig, dass jemand so viele Artikel über Serienmorde sammelte, sich Notizen machte und Nachforschungen betrieb. Besonders besorgte Nora die Ausführlichkeit. Er hatte nicht nur ein, zwei Artikel ausgeschnitten. Nein, ihr Vater hatte den Nachforschungen einen ganzen Kellerraum gewidmet. Er musste Stunden dort unten verbracht haben. Tage- oder wochenlang an den Fällen gesessen haben.

Ihr blieb nichts anderes übrig: Sie musste noch einmal hinuntergehen und sich die Artikel genauer ansehen. Sonst würde sie keine Ruhe finden.

Aber musste das heute Abend sein?

Konnte sie nicht warten, bis ein neuer Tag angebrochen war? Im Keller würde es so oder so grausam bleiben. Aber es war angenehmer aus dem Keller zu kommen und dem Sonnenschein entgegen zu laufen.

Sie könnte ihren Bruder anrufen und ihn bitten mit ihr die Artikel durchzugehen. Oder sie würde erstmal fragen, ob er von den Morden gehört hatte.

Nora schüttelte den Kopf und stand auf.

Es brachte nichts. Sie brauchte sich gar keine Ausreden einfallen zu lassen. Sie musste das jetzt machen. Vielleicht würde es gar nicht so schlimm werden. Den ersten Schock hatte sie schon überwunden.

Sie spülte das Geschirr ab und stellte das übrig gebliebene Essen in den Kühlschrank. Danach ging sie ins Wohnzimmer, wo ihr Koffer lag. Sie zog einen Pullover an und band sich einen Schal um den Hals. Im Keller war es unverhältnismäßig kalt. Sie würde Stunden unten verbringen. Da wollte sie sich keine Lungenentzündung holen.

Es fühlte sich nicht richtig an, die Stufen wieder hinunterzugehen. Nora wäre am liebsten auf dem Absatz umgekehrt, hochgerannt und hätte die Tür hinter sich zugeschlagen. Irgendetwas in ihrem Inneren schrie sie an, sich aus dem Staub zu machen.

Aber sie konnte nicht ignorieren, was sich in diesem Keller verbarg und so betrat sie den Raum ein weiteres Mal.

Sie ließ die Tür offen, um eine weitere Panikattacke zu vermeiden und stellte sich vor die Pinnwand.

Ihr Vater musste irgendeine Ordnung in das Chaos gebracht haben. Es waren so viele Zeitungsartikel. So viele Wörter, Daten und Fakten. Alles was auf den Tapeziertischen lag, war offensichtlich noch nicht gesichtet und sortiert worden. Also erst einmal unwichtig für sie. Sie legte alle Artikel, Notizen und Bilder auf einen Stapel auf den Boden. Darum würde sie sich später kümmern. Nun wollte sie erst einmal der Pinnwand ihre Aufmerksamkeit schenken. Sie brauchte einen Überblick von dem, was passiert war.

Sie überflog die Zeitungsartikel. Es schien sich um fünf Frauen zu handeln. Fünf Leichen, fünf Tatorte. Aber nur zwei Städte, in denen die Frauen gefunden worden waren. Bonn und Neuerdorf.

Nora ignorierte die aufkommende Panik. Beides Städte, in denen sie gelebt hatte. Beides Städte, zu denen sie einen engen Bezug hatte.

Die Frauen waren alle in ihren Zwanzigern gewesen. Nicht von allen Frauen gab es ein Bild in den Zeitungen. Zu zwei Frauen hatte ihr Vater selbst ein Foto an die Pinnwand gepinnt.

Sie sortierte die Morde nach Datum.

Zuerst wurde vor einem Jahr Linda D. umgebracht. Vergewaltigt und erstochen. Das war in Neuerdorf gewesen.

Sechs Monate später fand man Sandra B., ebenfalls in Neuerdorf, ebenfalls vergewaltigt und erstochen.

Dann wurden die Abstände kürzer. Zwei Monate später Frauke D. in Bonn, ein Monat später Claudia G. in Bonn und nur zwei Wochen später Nele N. in Neuerdorf. Das war vor zwei Monaten gewesen.

Nora musste herausfinden, ob danach noch ein Mord geschehen war. Aber sie wusste auch so, dass Nele die Letzte gewesen war.

Die Polizei ging von einem Serienmörder aus, weil sie alle vergewaltigt und erstochen worden waren. Außerdem waren sie alle Mitte bis Ende zwanzig und braunhaarig. Die Leichen wurden nie versteckt, sondern einfach dort liegen gelassen, wo sie gestorben waren.

Nora betrachtete die Gesichter der Frauen. Auf den Fotos lächelten sie in die Kamera.

Was sie wohl beruflich gemacht hatten? Hatten sie Hobbys gehabt? Waren sie in einer Beziehung gewesen?

Wie konnten ihre Angehörigen mit dem Wissen weiterleben, dass ihre Freundin, Tochter oder Schwester vergewaltigt und ermordet worden war? Dass sie vor ihrem Tod Qualen erlitten hatte? Es waren normale Frauen gewesen. Frauen wie Nora. Sie sahen ihr sogar ein bisschen ähnlich.

Nora fuhr sich mit beiden Händen über das Gesicht. Sie wollte dieses Grauen nicht mehr sehen. Sie sah gerne Fernsehserien, in denen Verbrechen aufgeklärt wurden, aber selbst über derartiges zu lesen, das in ihrer Nähe passiert war, war etwas anderes.

Ihr Vater hatte Fotos von Häusern zu den Artikeln gehängt. Wahrscheinlich waren es die Häuser, in denen die Opfer gelebt hatten. Sie trat einen Schritt vor. Hatte er die Fotos vor oder nach den Morden geschossen?

Sie wartete darauf, dass etwas in ihrem Inneren sagte, ihr Vater hätte keinen Grund, die Fotos vor den Morden gemacht zu haben. Aber diese Stimme blieb stumm.

Sie hörte den Schrei ihrer Erinnerung und wandte sich von der Pinnwand ab.

Das reichte für heute. Sie wollte nichts mehr davon wissen, lieber schlafen gehen und morgen ein neues Gefühl für das Grauen in diesem Keller bekommen.

Nora stieg die Stufen in das Erdgeschoss hoch. Sie griff nach ihrem Handy, das ihr anzeigte, dass es schon zweiundzwanzig Uhr war. Sie fühlte sich erschlagen.

Ihr Mann hatte versucht sie zu erreichen, doch im Keller hatte sie keinen Empfang gehabt. Sie würde ihn morgen zurückrufen. Nun wollte sie nur noch auf die Couch und schlafen.

Sie schloss die Kellertür hinter sich und schlich durch den Flur. Abgesehen von der Küche war überall das Licht ausgeschaltet. Sie trat ins Wohnzimmer. Blind tastete sie nach dem Lichtschalter und legte ihn um. Aber es tat sich nichts. In ihr breitete sich ein ungutes Gefühl aus, bis ihr wieder einfiel, dass die Glühbirne durchgebrannt war. Sie tastete sich einen Weg durch das Wohnzimmer, wobei sie versuchte den Möbeln auszuweichen. Endlich erreichte sie die Stehlampe und knipste das Licht an.

Es war nicht hell, aber es reichte, um die Person zu erkennen, die mitten im Wohnzimmer stand.

Kapitel 6

»Verdammt.« Nora legte eine Hand auf ihre Brust, wo sie ihr Herz schlagen spürte. »Hast du mich erschreckt. Was tust du hier?«

Das Mädchen war sechs Jahre alt, hatte lange geflochtene Zöpfe und trug ein weißes Nachthemd. Sie antwortete nicht auf Noras Frage, starrte sie nur an.

»Hörst du mich?« Nora trat einen Schritt auf das Mädchen zu. »Hallo?« Sie winkte, aber die Augen des Kindes reagierten nicht.

Nora hockte sich vor sie, damit sie ihr in die Augen sehen konnte. Das Mädchen starrte einfach durch Nora hindurch.

»Kannst du mich hören?«, flüsterte Nora, wusste die Antwort aber. Das Mädchen nahm sie gar nicht richtig wahr.

»Wo wohnst du?«

Nichts.

Unschlüssig, was sie tun sollte, sah sie sich um. Das halbe Wohnzimmer war leergeräumt. Es gab nichts, was das Mädchen angelockt und mit dem sie gespielt haben könnte.

Wie war sie hier nur hereingekommen?

Und wer war sie überhaupt?

Nora atmete durch. Das Mädchen musste in der Nachbarschaft wohnen. Um diese Uhrzeit und in ihrem Zustand würde sie nicht weit gegangen sein.

»Sagst du mir, wie deine Eltern heißen?«

Sie legte eine Hand an die Schulter des Mädchens und spürte die Kälte ihrer Haut durch das Nachthemd.

»Ich bringe dich jetzt nach Hause, okay?«

Sie richtete sich wieder auf. Bemüht, sie nicht zu erschrecken, nahm sie ihre Hand. Dann führte sie das Kind durch das Wohnzimmer.

Das Mädchen murmelte etwas, doch Nora verstand sie nicht. Sie blieb stehen und sah zu dem Mädchen. Es starrte immer noch vor sich hin. Hatte sie sich das Murmeln nur eingebildet?

»Hast du was gesagt?«

»Tot.« Plötzlich richtete das Mädchen ihre Augen auf Nora. Diese musste dem Drang wiederstehen ihre Hand loszulassen.

Es war nur ein Kind, aber das Wort, gepaart mit dem ernsten Blick, den sie Nora zuwarf, ließ ihr einen Schauer über den Rücken laufen.

»Ich bringe dich jetzt wieder nach Hause«, sagte sie und führte das Mädchen nach draußen.

Sie war barfuß und das Nachthemd konnte sie nicht vor der Kälte schützen. Das Kind zitterte.

Verzweifelt sah Nora sich auf der verlassenen Straße um. Zu wem gehörte sie?

»Wenn du dein Haus siehst, dann sag mir Bescheid, ja?«

Nora sah das Mädchen nicht an, während sie es die Straße entlangführte. Die Straßenlaternen beschienen nur einzelne Punkte. Dahinter befand sich Dunkelheit.

Nora hatte keine Ahnung, wie sie das Haus finden sollte, in dem das Mädchen wohnte. Aber bevor sie sie erneut fragen konnte, wurde eine Tür aufgerissen und Schritte näherten sich.

Aus einem Haus stürmte eine Frau im Pyjama. Der Bademantel, den sie darüber trug, wehte im Wind, als sie auf Nora zulief.

»Esther! Oh Gott, Esther!«

Das Mädchen blieb wie angewurzelt stehen und schrie.

Nora zuckte zusammen und ließ ihre Hand los, als hätte sie sich daran verbrannt. Entsetzt sah sie das Mädchen an, das wiederum sie anstarrte und sich die Seele aus dem Leib schrie.

»Esther.« Die Frau kam bei ihnen an und legte ihre Hände an die Wangen des Mädchens. »Sieh mich an, mein Schatz. Mami ist ja da. Du bist in Sicherheit. Alles ist gut.«

Das Mädchen löste ihren Blick von Nora und sah ihre Mutter an. Langsam erstarb der Schrei und übrig blieb ein Wimmern.

Nora atmete auf.

Die Frau nahm das Mädchen in den Arm und murmelte ihr beruhigende Worte zu, während sie ihr den Rücken streichelte.

»Ich habe sie eben bei mir im Haus gefunden«, sagte Nora. Sie konnte immer noch nicht begreifen, was sich hier ereignete. »Ich habe keine Ahnung, wie sie reingekommen ist. Aber sie stand plötzlich da und hat nicht auf meine Fragen reagiert.«

Die Frau hob Esther hoch. »Schon okay. Meine Tochter schlafwandelt seit ein paar Monaten. Dirk hat das gewusst und sie immer nach Hause gebracht.«

»Sie war öfter bei ihm?«

»Ja. Ich weiß nicht, was sie da wollte. Aber sie hat immer einen Weg in das Haus gefunden.« Die Frau lächelte. »Ich bin übrigens Lisa.«

»Nora.«

40

»Danke, dass Sie sich um sie gekümmert haben.«

»Kein Problem.«

»Ich würde gerne sagen, dass das nicht noch einmal vorkommen wird, aber dann würde ich lügen.«

»Ich weiß ja jetzt, wo Sie wohnen.« Nora sah zu dem Haus, das neben dem von Martin, dem Schriftsteller, lag.

Nora hätte sie gerne gefragt, warum Esther das Wort *Tot* zu ihr gesagt hatte. Aber wenn Lisa nicht wusste, warum ihre Tochter in das Haus ging, wusste sie auch nicht, was sie gemeint hatte.

Tot.

Nora hoffte, dass sie damit nicht den Keller ihres Vaters, sondern seinen Tod meinte.

Nachdem sie einen Kaffee getrunken hatte, brachte sie die Müllsäcke auf einen Schrottplatz.

Da war um diese frühe Stunde schon viel los. Die Geräusche und lauten Gespräche zerrten Nora aus ihrem Halbschlaf. Der Zigarettenqualm, der in der Luft hing, ließ sie bereuen, dass sie morgens nichts gefrühstückt hatte. Und der amüsierte Blick einer Angestellten erinnerte Nora daran, dass sie sich weder die Haare gekämmt noch geschminkt hatte. Nach dieser Nacht musste sie schlimm aussehen.

Froh über die Dunkelheit, die sie umgab, als sie den Schrottplatz verließ, lehnte sie sich gegen ihr Auto. Sie zog ihr Handy heraus und rief ihren Bruder an.

Er würde noch schlafen, aber mit ein bisschen Glück, hatte er sein Handy nicht ausgeschaltet und wurde vom Klingeln geweckt. Es dauerte einen Moment, dann verstummte das Freizeichen.

»Hallo?«, nuschelte er.

»Marvin, hier ist Nora. Bist du zu Hause?«

»Klar. Wo sonst?«

»Würdest du bitte kurz bei mir vorbeikommen? Ich möchte dir etwas zeigen.«

»Was denn?«

»Ich kann es dir nicht am Telefon erklären. Bitte komm einfach, ja?«

Er seufzte. »Na gut. Ich bin in einer Stunde da. Ich hoffe, du hast Kaffee im Haus.«

»Hab ich.«

»Gut.« Er legte auf.

Sie steckte ihr Handy zurück und setzte sich in den Wagen. Er hatte nicht so geklungen, als wüsste er über den Keller Bescheid. Sonst hätte er sie jetzt schon darauf angesprochen. Er musste damit rechnen, dass sie im Keller gewesen war, nachdem er sie darauf aufmerksam gemacht hatte.

Nora fuhr zurück zum Haus ihres Vaters. In der Nachbarschaft fiel Licht durch einige Fenster. Ob Esther schon aufgestanden war? Hatte sie immer noch Angst wegen dem, was gestern Nacht passiert war? Sie hatte verängstigt gewirkt. Aber wahrscheinlich konnte sie sich nicht mehr daran erinnern, was passiert war.

Als Marvin kam, war der Kaffee durchgelaufen und auf dem Küchentisch standen belegte Brote. Sie hatte sich schon zwei in den Mund geschoben, da ihr Bauch sich vor Hunger zusammengezogen hatte.

Marvin brummte eine Begrüßung und nickte ihr zu. Dann goss er sich eine Tasse Kaffee ein, trank drei Schlucke und stellte sie wieder ab.

»Also« Er sah Nora an. »Was willst du mir zeigen?«

Er sah müde aus, bekam seine rot unterlaufenen Augen kaum auf. Was er wohl letzte Nacht getrieben hatte? Als Jugendlicher war ihr Bruder viel mit Freunden unterwegs gewesen. Zuerst nur auf den Straßen von Neuerdorf, dann hatten sie ihr Unwesen in der einzigen Disco getrieben, die es hier gab.

»Komm mit.« Nora verließ die Küche. Er folgte ihr langsam, als würde jeder Schritt ihn unbeschreibliche Kraft kosten. Vor der Kellertür drehte sie sich zu ihm um. »Weißt du, was da unten ist?«

Er schüttelte den Kopf.

Sie sah ihm lange ins Gesicht, konnte aber nicht erkennen, ob er log.

Nora führte ihn nach unten. Mit jemand anderem diesen Keller zu betreten war nicht so schlimm wie es allein zu tun. Es nahm ihr eine Last von den Schultern, dass sie jemanden in das Geheimnis ihres Vaters einweihte.

Sie ging an den ersten Türen vorbei und öffnete dann die zum größten Kellerraum.

Nora ging vor und drehte sich zu ihm um, als sie im Raum stand. Marvin ließ seinen Blick von der Tür aus über die Pinnwand und Tapeziertische gleiten.

»Okay«, war alles was er dazu sagte.

»Okay? Unser Vater hat alles, was er kriegen konnte, über diese Morde gesammelt. Findest du das nicht merkwürdig?«

»Nein.«

Sie trat einen Schritt auf ihn zu. »Wusstest du davon? Hat er mit dir darüber gesprochen?«

Er sah sie an. »Nein.«

»Warum wundert dich das dann nicht?«

Er antwortete nicht, sondern sah nur zu den Zeitungs-ausschnitten. Konnte er überhaupt erkennen, was ihr Vater gesammelt hatte? Von dieser Distanz aus?

»Was weißt du?«, fragte sie und ging noch einen Schritt auf ihn zu. »Du weißt irgendetwas. Sag es mir.«

»Ich weiß nichts.«

»Rede mit mir.« Sie legte eine Hand an seinen Oberarm.

»Nora. Ich weiß nichts über die Morde und nichts darüber, dass unser Vater sie studiert hat. Aber es schockiert mich auch nicht so sehr, wie dich.«

Das stimmte nicht. Es war ihm nicht so egal, wie er tat. Das konnte nicht sein.

»Ich habe noch einige Wochen frei und möchte herausfinden, wo der Zusammenhang zwischen unserem Vater und diesen Morden ist.« Sie betrachtete ihn. Was konnte sie nur tun, damit er sich ihr öffnete. »Hilfst du mir dabei?«

»Nein«, kam es wie aus der Pistole geschossen von ihm.

Sie öffnete den Mund, um ihn zu fragen, was mit ihm los sei, doch Nora wusste, dass das nichts brachte. Er hatte sich vor ihr verschlossen. Sie würde nicht die Reaktion von ihm bekommen, die sie sich wünschte.

Sie seufzte. »Okay. Wenn doch … naja … du kannst dich mir jeder Zeit anschließen.«

Er nickte.

»Hat unser Vater gerne Kriminalromane gelesen oder Krimi-Serien gesehen? Hat er sich besonders für Verbrechensaufklärung interessiert?«

»Nein, ich glaube nicht.«

»Er hat so etwas noch nie vorher gemacht?« Nora deutete auf die Pinnwand in ihrem Rücken.

»Nein, Nora. Aber das heißt doch nicht, dass das besonders …« Er hob die Schultern. »… ungewöhnlich ist. Vielleicht war das ein neues Hobby. Er ist in den letzten Monaten nicht mehr so oft wandern gegangen.«

Sie schüttelte den Kopf. »Das kann ich mir nicht vorstellen. Er hätte doch bestimmt mit dir darüber gesprochen. Und wenn doch, war es ein merkwürdiges Hobby.«

»Was willst du von mir hören?«, fragte Marvin. »Dass unser Vater ein Serienmörder war und deswegen alles über die Verbrechen gesammelt hat?«

Nora schwieg.

»Na also.« Er bedachte sie mit einem Blick, dann drehte er sich um und verließ den Kellerraum. Nora hörte ihn die Treppe hochsteigen.

Sie selbst drehte sich um und betrachtete die Pinnwand mit neuem Blick. Wusste ihr Bruder etwas über diese Morde? Hatte ihr Vater mit ihm darüber gesprochen? Hatten sie zusammen diese Pinnwand erstellt?

Nora begriff nicht, was hier vor sich ging. Aber sie war entschlossen, das Geheimnis aufzudecken.

Kapitel 7

Sie öffnete die Haustür und ließ die kalte Luft ins Innere. Es roch immer noch nach Moder, obwohl Nora immer wieder lüftete.

Von Marvin war nichts mehr zu sehen. Er musste es eilig gehabt haben, von Nora und dem Keller wegzukommen.

Doch sie war nicht allein. Martin kam mit seinem Hund die Straße entlang. Als er sie erblickte, lächelte er und kam auf sie zu.

»Hallo Nora.«

»Hallo Martin.«

Der Hund schnüffelte an Nora und versuchte an ihr vorbei ins Haus zu gelangen. Aber sie bat die Beiden nicht rein. Sie hatte keine Lust auf Small Talk. Sie brauchte Zeit für sich, wollte nachdenken und einen klaren Kopf bekommen.

»Ich habe eben gesehen, wie Marvin fluchtartig das Haus verlassen hat.« Er lächelte, ohne dass das Lächeln seine Augen erreichte.

»Ja. Das kann sein.«

»Weswegen hatte er es denn so eilig?«

Die Beiläufigkeit, mit der er die Frage stellte, nahm sie ihm nicht ab. Er war extra zu ihr herübergeeilt, um sie das zu fragen. Doris und Nils waren wohl nicht die einzigen neugierigen Nachbarn.

Sie betrachtete ihn stumm. Sollte sie ihn anlügen oder ihm ganz offen antworten, dass ihn das nichts anging?

Sie haderte noch mit sich, als er auflachte und abwinkte. »Ich merke schon, ich bin zu neugierig.« Er beugte sich zu ihr vor. »Das ist die Krankheit der Schriftsteller.«

Ein modriger Geruch ging von ihm aus. Sie trat einen Schritt zurück.

»Nun ja.« Er wurde wieder Ernst. »In dieser Stadt erzählt man sich, dass Sie gar nicht Dirks Tochter sind. Deswegen dachte ich, ich frage mal nach. Nicht, dass noch das Gerücht herumgeht, dass Marvin verärgert darüber war, dass eine fremde Frau sich in dem Haus seines Vaters verschanzt.«

»Ich gebe nicht sehr viel auf Gerüchte«, sagte Nora. Martin überschritt eine Grenze, die Doris und Nils schon hinter sich gelassen hatten.

»Oh, in einer kleinen Stadt wie Neuerdorf sollten Sie aber sehr viel darauf geben.«

»Was gingen denn für Gerüchte über meinen Vater rum?«, wechselte Nora das Thema.

»Was interessiert Sie genau?«

»Alles.«

»Uff, alles ist viel.« Er grinste. »Das würde sich bei einer Tasse Kaffee viel besser erzählen lassen.«

Sie zögerte. Wollte sie diesen Mann ins Haus lassen? Wer wusste schon, wann sie ihn wieder loswerden würde? Doch Noras Neugier siegte. Ganz Neuerdorf kannte ihren Vater besser als sie. Da konnte sie ein paar Informationen gut gebrauchen. Auch, wenn es nur Gerüchte waren.

Sie ließ ihn ein und war sich trotzdem unsicher, ob das die richtige Entscheidung gewesen war. Bevor sie die Tür schloss, warf sie einen Blick nach draußen. Nils stand an seinem Fenster und beobachtete sie.

Nora folgte Martin, der offensichtlich schon einmal hier gewesen war. Er fand ohne ihre Hilfe die Küche und setzte sich an den Tisch. Der Hund legte sich zu seinen Füßen.

Nora setzte Kaffee auf und nahm dann ihm gegenüber Platz. Sie schränkte ihre Arme vor der Brust. Martin hatte sich zurückgelehnt.

»Also. Was wissen Sie über meinen Vater? Viel kann es doch nicht sein. Sie leben ja noch nicht lange hier.«

Martin lächelte. »Ach, ich habe ihn auch nicht besonders gut gekannt. Aber wir leben in einer kleinen Stadt. Da hört man so einiges. Die Menschen sind froh, wenn sie jemanden haben, dem sie erzählen können, was sie wissen. Außerdem scheine ich die Menschen magisch anzuziehen.« Er lachte leise. »Die Leute hoffen, in einem meiner Bücher vorzukommen.«

Nora sagte dazu nichts. So offen und charismatisch er auch erscheinen wollte, ihr war er unangenehm. Und sie konnte nicht die Einzige sein, die so empfand.

»Natürlich war ich besonders interessiert an den Menschen, die in dieser Straße leben. Und damit auch an Ihrem Vater.« Er verschränkte seine Hände miteinander.

Sie wartete ungeduldig, bis er zum Punkt kam. Wenn er weiterhin um den heißen Brei herumredete, würde sie noch glauben, er hielt sie hin, weil er nichts über ihren Vater wusste.

»Das meiste dürfte für Sie nichts Neues sein. Er hatte zwei Kinder, einen Sohn und eine Tochter. Seine Frau starb vor fünfundzwanzig Jahren. Seitdem hat er nicht noch einmal geheiratet. Er war sehr traurig, als seine Tochter nach Bonn zog.« Er warf ihr einen amüsierten Blick zu.

»Auch wenn ich schon seit einigen Jahren nicht mehr hier gewesen bin, das weiß ich alles, Martin. Können Sie mir etwas erzählen, das ich noch nicht weiß?«

Er räusperte sich. »Wussten Sie, dass er schon einmal festgenommen wurde?«

Nora runzelte die Stirn. »Nein.« Konnte das stimmen? Sie versuchte sich daran zu erinnern. »Wann war das?«

»Lassen Sie mich nachdenken. Vor vielleicht ein oder zwei Jahren.«

»Weshalb?«

Das Grinsen des Mannes wurde breiter. »Wollen Sie das wirklich wissen? Es ist nicht schön.«

»Weshalb?«, wiederholte Nora. Sie hasste es, wie er mit ihr spielte. Wie er ihre Arglosigkeit genoss.

»Er hat sich vor einem Kind entblößt.«

Sie erstarrte. »Raus.«

»Bitte?« Sein Lächeln verrutschte.

»Raus hier«, sagte sie nun lauter. »Raus aus dem Haus meines Vaters!« Sie stand auf.

Er rückte seinen Stuhl nach hinten und hob beschwichtigend die Hände. »Hey, ganz ruhig.«

»Sie kommen hierher, in das Haus meines Vaters und erzählen mir solche Geschichten über ihn. Mir, seiner Tochter. Wie können Sie das tun? Verschwinden Sie!«

Martin lachte, ging aber auf die Haustür zu. »Sie wollen gar nicht wissen, ob er angeklagt und verurteilt wurde?«

»Ich will, dass sie verschwinden.«

Sie folgte ihm in den Flur, trieb ihn vor sich her wie ein Schäfer seine Schafe.

Er lachte. »Er wurde nicht verurteilt. Die Anschuldigung wurde zurückgezogen. Offensichtlich hatte das Kind sich vertan. Einfach den falschen Mann beschuldigt. Der Richtige wurde nie gefasst.«

Bevor Nora noch etwas sagen konnte, stolperte Martin grinsend aus dem Haus. Hinter ihm schlug sie die Haustür zu, aber sie glaubte immer noch sein Lachen zu hören. Nora lehnte sich gegen die Tür und schloss ihre Augen.

Er war der Falsche, sagte sie sich auf wie ein Mantra. Ihr Vater hatte sich nicht vor einem Kind entblößt. Das war ein anderer Mann gewesen.

Ihr Vater war nicht pädophil gewesen. Nein. Ihr Vater nicht.

Vielleicht ein anderer Vater. Aber ihrer nicht.

Kapitel 8

Sie verdrängte Martins Besuch so gut es ging und schwor sich, diesen abscheulichen Menschen nicht noch einmal ins Haus zu lassen.

Doch das löste nicht das Problem, das im Keller auf sie wartete. Sie wusste nicht, wie man Ermittlungen anstellte. Alles, was sie hatte, war das Wissen aus Kriminalserien.

Criminal Minds, Navy CIS, Law & Order und wie sie alle hießen.

Als erstes wollte sie die Opfer besser kennenlernen. Irgendetwas mussten sie gemeinsam haben. Vielleicht waren sie auf die gleiche Schule gegangen, hatten den gleichen Chor besucht oder sie waren Fans vom gleichen Fußballverein.

Das erste Opfer war Linda aus Neuerdorf gewesen. Nora hätte sich gerne durch die Stadt gefragt und Informationen von Familie und Freunden des Opfers bekommen. Aber sie würden Fragen stellen, die Nora nicht beantworten wollte. Außerdem war Nora keine Neuerdorferin. Doris und Nils hatten sicherlich nicht nur mit Martin über sie gesprochen.

So mussten die sozialen Netzwerke reichen, um sich ein erstes Bild von Linda zu machen. Auf ihrer Facebook-Seite gab es viele Verabschiedungen und Versicherungen, dass sie vermisst wurde. Nora hielt nicht mal die Hälfte der Menschen, die auf Lindas Seite geschrieben hatten, für echte Freunde.

Sie betrachtete die Bilder der jungen Frau. Sie hatte braune Haare, war hübsch, aber nichts Besonderes und sie schien ein fröhlicher Mensch gewesen zu sein. Vor einem Jahr war sie ermordet worden. Ein Jahr war es her und immer noch lief ihr Mörder frei herum.

Oder lag gerade in einem Sarg beim Bestattungsunternehmer. Nora schob den Gedanken beiseite.

Sie konnte nichts Auffälliges an dem Mädchen finden. Sie arbeitete in einem kleinen Unternehmen in Neuerdorf, das Wasserwagen herstellte. Sie war single gewesen, hatte sich oft mit Freunden getroffen und war erst kurz vor ihrem Tod aus dem Haus ihrer Eltern in eine eigene Wohnung gezogen.

Nora klickte sich durch die Profile der anderen Mädchen. Bei ihnen war es ähnlich. Auch sie hatten braunes Haar, waren keine besonderen Schönheiten und lebten ein gewöhnliches Leben.

Es waren Durchschnittsfrauen.

Außer der Tatsache schienen sie nichts gemeinsam zu haben. Drei Mädchen hatten in Neuerdorf, zwei Mädchen in Bonn gewohnt.

Ihr Äußeres war ähnlich. Ihre Gesichtszüge waren nicht gleich, nur waren sie alle der gleiche Typ Frau.

Der Mann stand also auf brünette Frauen Mitte Zwanzig.

Viel war das nicht. Und sicherlich auch nichts, was die Polizei nicht wusste.

Nora schob den Laptop von sich.

Was machte sie hier auch? Wie konnte sie glauben, eine Serie von Morden aufzuklären, wenn es der Polizei nicht gelang.

Ihr Vater hatte sich wohl schon eine ganze Weile mit den Morden auseinandergesetzt. Mal angenommen er hatte versucht, den Mörder zu finden: Möglicherweise war er zu wichtigen Schlüssen gekommen.

Sie sah durch die Küchentür in den Flur. Da unten waren Informationen über die Frauen und die Morde. Was immer es auch war, es könnte ihr helfen.

Aber sie konnte nicht schon wieder hinuntergehen. Sie konnte sich nicht schon wieder das Werk ihres Vaters ansehen, ohne zu wissen, wozu er es aufgestellt hatte.

Wer war ihr Vater gewesen?

War er ein Mann gewesen, der fünf Frauen vergewaltigt und ermordet hatte?

Oder war er ein Mann gewesen, der von den Serienmorden Wind bekommen und herausfinden wollte, wer die Frauen getötet hatte?

Wozu sollte er einen solchen Aufwand betreiben? Hatte er die Frauen gekannt?

Nora griff nach ihrem Handy, stand auf und verließ die Küche. Sie musste mit jemandem sprechen, dem sie vertraute. Nachdem sie sich eine Jacke angezogen hatte, trat sie durch die Terrassentür in den Garten hinterm Haus. Sie wählte die Nummer ihres Mannes und hielt sich das Handy ans Ohr.

Ihr Blick ruhte auf dem Waldrand. Sie nahm das Rascheln und Zwitschern von Vögeln nur nebenbei wahr.

»Hallo?«

»Hallo Ben. Hier ist Nora.«

»Hey. Wie geht es dir?«

»Ach.« Sie seufzte und schloss für einen Moment die Augen. »Ich habe hier mehr und gleichzeitig weniger über meinen Vater erfahren, als ich gedacht habe.«

Kurz herrschte Stille auf der anderen Leitung, dann sagte er: »Was hast du über ihn herausgefunden?«

»In seinem Keller hat er einen Raum, in dem er Zeitungsartikel und Notizen über die Serienmorde aus Bonn und Neuerdorf sammelt. Hast du von ihnen gehört?«

»Ja, so nebenbei. Aber ich weiß nichts Genaues.«

»Jetzt versuche ich herauszufinden, ob er etwas damit zu tun hat.«

»Du meinst, ob er die Frauen ermordet hat?«

Nora biss sich auf die Unterlippe. »Oder, ob er irgendetwas über die Morde weiß.«

»Warum sollte er Informationen sammeln, wenn er die Mädchen nicht umgebracht hat?«

Sie sog die Luft ein. »Ich weiß es nicht.« Sie hatte vor langer Zeit ihre letzte Zigarette geraucht, aber jetzt wünschte sie sich eine.

»Kannst du dich besser an ihn erinnern?«

»Nein. Da sind diese Zeitungsausschnitte und ich versuche rational an die Sache heranzugehen. Ich würde gerne sagen, dass er niemals zu einem Mord fähig gewesen wäre, aber ich kenne ihn gar nicht, Ben.«

»Hast du mit deinem Bruder darüber gesprochen?«

»Ja.« Nora strich sich eine Haarsträhne hinter das Ohr. »Er spielt die Zeitungsartikel runter.«

»Er glaubt nicht, dass dein Vater ein Serienmörder ist?«

Diese Frage klang so absurd. Noras Vater ein Serienmörder. Solche Verbrechen passierten nur in Filmen und Büchern. Aber das hier war das echte Leben, in dem Serienmörder Familien hatten.

»Nein, das glaubt er nicht.«

»Wahrscheinlich hat er ein enges Verhältnis zu eurem Vater gehabt.«

»Zumindest enger als mein Verhältnis zu ihm.«

»Ich würde auch abstreiten, dass mein Vater ein Mörder ist. Selbst wenn komische Sachen über ihn herauskommen würden.«

Bei der Vorstellung, dass Bens Vater Menschen umbrachte, musste Nora lächeln. Er war ein unsicherer kleiner Mann mit Halbglatze und so dünnen Gliedern, dass man fürchten musste, er brach sich etwas, wenn man ihn zu fest drückte.

»Ich weiß einfach nicht, was ich machen soll«, sagte Nora.

»Wahrscheinlich würde es dir nicht besser gehen, wenn du das Haus verkaufst und zurück nach Bonn kommen würdest. Du würdest immer noch darüber nachdenken, ob dein Vater ein Mörder war. Also ... musst du herausfinden, ob er es gewesen ist.«

Sie nickte.

»Finde heraus, wer dein Vater gewesen ist«, fuhr Ben fort. »Du kannst entweder von den Opfern ausgehend ermitteln oder du fängst bei dem möglichen Täter an. Lerne deinen Vater kennen. Dann findest du heraus, ob er die Morde begangen hat.«

Kapitel 9

Von wem konnte sie Hilfe erwarten? Wer würde ihr Informationen über ihren Vater geben?

Martin wollte sie auf keinen Fall nochmal ansprechen. Er hatte ihr den Flo ins Ohr gesetzt, ihr Vater sei pädophil gewesen.

Doris und Nils würden niemals mit ihr sprechen. Sie glaubten ja nicht einmal, dass sie seine Tochter gewesen war.

Am naheliegendsten war natürlich Marvin. Aber nachdem er gestern so überstürzt das Haus verlassen hatte, wusste Nora nicht, ob er sich noch einmal mit ihr unterhalten würde. Sie sollte ihm zumindest ein bisschen Zeit lassen. Zeit, um sich klar zu werden, was der Kellerraum bedeuten könnte.

Blieb nur noch Lisa. Sie hatte Dirk auch gekannt. Ebenso wie ihre Tochter. Wenn diese schlafwandelnd zu ihm gegangen war, hatte Lisa ihn oft gesehen.

Irgendetwas würde sie über ihn wissen.

Nora warf einen Blick auf ihre Uhr. Es war halb eins. Wenn sie Glück hatte, arbeitete Lisa nur halbtags und war schon jetzt zu Hause.

Nora zog sich Jacke und Schuhe an und trat nach draußen. Sie ging die Straße entlang, ohne nach links oder rechts zu blicken. Sie wollte nicht Martin, Doris oder Nils sehen. Sie wollte verdrängen, dass sie da waren und sie beobachteten.

Nora bog in Lisas Einfahrt und lief die Stufen zu ihrer Haustür hoch.

Das Gefühl, beobachtet zu werden, wurde stärker. Sie warf einen Blick über ihre Schulter. Nils stürmte aus seinem Haus. Er hielt einen Stock in der Hand und schwang ihn wütend, als er auf Nora zulief.

Nora drückte auf die Klingel.

Bitte, dachte sie. Sei zu Hause, Lisa.

Nora vergaß, dass Nils doppelt so alt war wie sie und trotz des Stockes wahrscheinlich nicht viel anrichten konnte. Sie sah nur den Ausdruck von Entschlossenheit auf seinem Gesicht und drückte noch einmal auf die Klingel.

Sie hörte nun seine Schritte hinter sich. »Was soll das? Was wollen Sie von Lisa?«

In dem Moment, indem Nora sich zu dem Mann umdrehte, wurde die Haustür geöffnet.

»Ich will nur mit ihr reden, Nils. Beruhigen Sie sich wieder.« Sie fixierte ihn.

»Was ist denn los?«, hörte sie eine Stimme hinter sich.

Nora drehte sich zu Lisa um. »Ich habe ein paar Fragen an Sie und wäre Ihnen sehr dankbar, wenn Sie Zeit für mich hätten.«

Lisa sah zu Nils, dann wieder zu Nora. Verwirrung war ihr ins Gesicht geschrieben.

»Okay«, sagte sie. »Natürlich, kommen Sie rein. Esther macht gerade Hausaufgaben. Ich habe eine halbe Stunde Zeit.«

»Dankeschön.« Nora trat einen Schritt auf Lisa zu.

»Lisa«, sagte Nils warnend.

Nora fuhr zu ihm herum. »Ich will doch nur mit ihr reden.« Langsam reichte ihr sein Verhalten. »Ich tue ihr nichts.«

»Kommen Sie rein«, sagte Lisa und hielt ihr die Tür auf.

»Wenn sie in einer halben Stunde nicht rauskommt, werde ich nachsehen kommen, ob alles in Ordnung ist«, sagte Nils an Lisa gewandt.

Nicht mehr lange und Nora würde sich auf ihn stürzen. Was bildete er sich ein? Sie hatte niemandem etwas getan. Dass er und seine Frau ihr nicht glaubten, Dirks Tochter zu sein, war doch nicht ihr Problem.

Lisa schloss hinter ihnen die Tür und lächelte Nora entschuldigend an.

»Was hat er gegen mich? Ich habe ihm nie etwas getan.« Sie folgte Lisa ins Wohnzimmer, wo sie sich auf die Couch setzten.

Das Haus war sehr klein, aber es wirkte nicht ungemütlich, nur ein bisschen gedrungen.

»Ich weiß es nicht«, sagte Lisa, ohne ihr in die Augen zu blicken.

Nora glaubte ihr nicht.

»Was wollen Sie denn wissen?«, fragte Lisa, immer noch den Blick auf ihre Hände gerichtet.

»Sie kannten doch meinen Vater, oder? Ich bin vor fünfzehn Jahren ausgezogen und habe nicht viel Kontakt zu ihm gehabt. Seit ich hergekommen bin, um seine Angelegenheiten zu regeln, habe ich das Gefühl, ihn gar nicht richtig gekannt zu haben.«

Lisa hob den Blick. »Ich glaube nicht, dass ich die Richtige bin, um ihre Fragen zu beantworten.«

»Warum nicht?«

Sie räusperte sich. »Ich habe Ihren Vater nicht besonders gut gekannt.«

»Aber Esther ist öfter zu ihm gegangen, wenn sie geschlafwandelt ist.«

»Wie gesagt, ich weiß nicht, woran das lag. Wir waren Nachbarn, haben uns gut verstanden, aber mehr auch nicht. Wir waren keine Freunde.«

Nora runzelte die Stirn. »Hat er manchmal mit Ihnen über seine Angelegenheiten gesprochen?«

»Was für Angelegenheiten?«

Nora hob die Schultern. »Alles Mögliche. Was er so den ganzen Tag macht, mit wem er gerne Zeit verbringt.«

Lisa verzog das Gesicht. »Tut mir leid, ich weiß wirklich nichts.«

»Was war er für ein Mensch?«

Sie seufzte. »Er war höflich, aufmerksam, war sehr freundlich zu Esther. Sie ist ein bisschen eigen und nicht alle Menschen kommen mit ihr zurecht. Er schon.«

Nora nickte. »Und sonst? Hatte er oft Besuch?«

»Nils und Marvin haben ihn öfter besucht. Sonst niemand.«

Ich auch nicht, dachte Nora. Sie hatte in den letzten Monaten nicht einmal an ihren Vater gedacht, geschweige denn mit dem Gedanken gespielt, ihn zu besuchen.

»Wirkte er in dem letzten … Jahr irgendwie anders? Zufriedener?«

»Zufriedener?« Sie sah Nora verwirrt an.

»Manche Menschen spüren, dass sie Sterben werden und schließen innerlich mit ihrem Leben ab«, spann Nora sich einen Grund für ihre Frage zusammen. »Es könnte auch sein, dass er gehetzt und unruhig war.«

Lisa schüttelte den Kopf. »Nein, nicht, dass ich wüsste.«

»Sie sagen, er kam gut mit Ihrer Tochter zurecht. Nur mit Ihrer Tochter oder mit allen Kindern?«

»Was? Warum stellen Sie mir diese Fragen?« Unruhig rutschte sie auf ihrem Platz hin und her.

»Ich versuche ihn nur kennenzulernen.«

»Nein«, sagte Lisa. »Sie versuchen herauszufinden, ob die Behauptungen, er sei pädophil, stimmen.«

Sie hatte also davon gehört. Natürlich. In einer kleinen Stadt wie Neuerdorf dürfte nicht nur Martin an solche Informationen kommen.

»Deswegen frage ich nicht.«

»Verkaufen Sie mich nicht für dumm. Glauben Sie, ich hätte nichts unternommen, wenn Esther im Schlaf zu einem Pädophilen ins Haus gegangen wäre?«

»Ich kann mich kaum an meine Kindheit erinnern, Lisa. Ich versuche nur herauszufinden, was für ein Vater er gewesen ist. Wenn er gut mit Kindern auskam, wird er auch ein guter Vater gewesen sein.«

»Warum können Sie sich nicht an Ihre Kindheit erinnern?«

»Ich weiß es nicht. Ich kann mich nur bruchstückhaft erinnern. Vielleicht lag es an dem frühen Tod meiner Mutter und ich habe dadurch ein Trauma erlitten.«

Lisa nickte, schien aber noch nicht überzeugt zu sein. Ebenso wenig wie ich.

»Dirk war ein netter Kerl. Manchmal ein bisschen nachlässig, was seine eigene Pflege und die des Hauses angeht, aber das konnte mir ja egal sein.« Sie holte Luft. »Er war freundlich zu allen, hat niemandem Probleme gemacht. Als er verdächtigt wurde, sich dem Mädchen gegenüber entblößt zu haben, hat das niemand so recht glauben können. Er war nett zu Kindern. Er hätte so etwas niemals getan.«

Als Nora wieder im Haus ihres Vaters war, überkam sie eine Welle der Frustration. Sie kam nicht weiter. Sie fand niemanden, der sich auf ihre Seite schlug und ihr half in dieser Stadt zurechtzukommen. Sie merkte mit jeder Stunde, die verstrich, dass sie ihren Vater weniger kannte, als sie gedacht hatte.

Es klingelte an der Tür und Nora war nicht überrascht, da sie, nach dem Auftritt vor Lisas Haus, mit Nils rechnete. Aber es war nicht Nils, sondern seine Frau.

»Hallo«, sagte Nora und betrachtete die Frau aus der Nähe. Sie hatte graue, gelockte Haare, trug Jeans und einen schlichten Pullover und hatte Gartenhandschuhe in der Hand.

»Darf ich reinkommen?«, fragte sie in einem Ton, der Nora gar keine andere Wahl ließ.

Nora hielt ihr wortlos die Tür auf. Doris marschierte ins Wohnzimmer. Auch sie war schon einmal hier gewesen.

Sie sah sich in dem Zimmer um. »Sie haben ja schon viel weggeräumt.«

»Ja. Ich möchte in drei Wochen fertig sein.«

»Haben Sie das Foto gefunden, auf dem Dirk, Nils und ich vor einem Restaurant stehen? Es ist hier in Neuerdorf aufgenommen worden.«

Sie konnte sich an das Foto erinnern, aber auch daran, dass sie es weggeschmissen hatte. »Nein«, log sie.

Doris drehte sich zu ihr um und musterte sie. »Sie haben mit Lisa gesprochen.«

»Ja.«

»Ich habe meinem Mann gesagt, dass ich mit Ihnen sprechen werde, damit er sich nicht vergisst und sich an Ihnen vergreift.«

Nora presste ihre Zähne aufeinander.

»Worüber haben Sie mit Lisa gesprochen?«

»Das geht Sie nichts an.«

Doris seufzte. »Ich werde es so oder so erfahren.«

Da hatte sie wahrscheinlich recht. Lisa schien sich mit ihnen gut zu verstehen und würde Nils oder Doris von dem Gespräch erzählen.

»Ich habe mit ihr über meinen Vater gesprochen. Ich habe ihn lange nicht mehr gesehen und möchte erfahren, wie es ihm in den letzten Monaten vor seinem Tod ging.«

Es war Doris anzusehen, dass sie Nora nicht glaubte. »Warum haben Sie Ihren Vater nie besucht? Ich habe *Sie* hier nie gesehen und er hat nicht von Ihnen gesprochen.«

»Wir standen uns nicht sehr nah.«

»Und dann sind gerade Sie es, die sich um seine Angelegenheiten kümmert?«

»Irgendjemand muss es ja tun«, sagte Nora. Sie stemmte ihre Hände in die Hüften. »Ich weiß wirklich nicht, was es Sie angeht mit wem ich spreche und wie oft ich meinen Vater besucht habe. Wollen Sie mir nicht endlich erzählen, was los ist?«

»Mit Ihnen stimmt irgendetwas nicht. Ich weiß nicht, wer Sie sind. Aber Dirks Tochter sind Sie nicht.«

»Warum glauben Sie mir nicht? Wie kommen Sie darauf, dass ich nicht seine Tochter bin?«

»Sie sind zu alt.«

»Bitte?« Nora hob ihre Augenbrauen.

»Dirks Tochter war nicht einmal dreißig Jahre alt. Sie sind aber über dreißig. Wie alt sind Sie? Fünfunddreißig? Sechsunddreißig?«

Sprachlos starrte Nora sie an. Mit dieser Antwort hatte sie nicht gerechnet. »Ich bin fünfunddreißig.«

»Dirk hat mal erwähnt, dass seine Tochter Ende zwanzig sei.«

»Vielleicht vor sieben Jahren«, sagte Nora.

»Nein. Es ist erst ein Jahr her. Er hat nicht oft über sie gesprochen, deswegen konnten Nils und ich uns noch so gut daran erinnern.«

Ende zwanzig? Warum erzählte er ihnen das? Was ergab das für einen Sinn?

»Außerdem« Doris räusperte sich, »haben wir Dirks Tochter kennengelernt. Vor ein paar Wochen erst. Und das waren sicher nicht Sie.«

»Da müssen Sie etwas durcheinanderbringen. Ich bin Dirks einzige Tochter und ich bin vor Jahren das letzte Mal hier gewesen.«

»Er hat eine junge Frau aus dem Auto in sein Haus geführt. Sie muss Ende zwanzig gewesen sein. Als Nils fragte, wer sie sei, hat Dirk gesagt, das sei seine Tochter Nora und sie komme aus Bonn zu Besuch.«

Kapitel 10

Nora kniff ihre Augen zusammen. Waren jetzt alle bekloppt?

»Entweder lügen Sie mich an oder Dirk hat Sie angelogen. Ich bin seine Tochter Nora. Da gibt es keine andere.«

Doris zuckte mit den Schultern und ließ ihren Blick über das Wohnzimmer wandern.

»Haben Sie von den Morden an den Mädchen in Bonn und Neuerdorf gehört?«, fragte Nora unvermittelt.

Doris blinzelte. »Natürlich. Ich kannte die Mädchen hier aus Neuerdorf.«

»Haben Sie eine Vermutung, wer der Mörder ist?«

»Nein, woher auch?« Doris sprach bedächtig. »Der Kerl muss aus Bonn stammen. Niemand hier in Neuerdorf würde so etwas tun.«

»Das sagen die Menschen in Bonn wahrscheinlich auch.«

»Dirks Tochter wohnt in Bonn«, murmelte Doris, die immer noch versuchte einen Zusammenhang aus den zwei Themen zu ziehen.

»Richtig. Ich habe in Bonn studiert und lebe nun dort.«

»Interessant«, sagte Doris, ohne Noras Kommentar wahrzunehmen.

Nora fuhr langsam die Straße entlang, die so eng war, das nur ein Auto hindurchpasste. Sie war erst zwei Mal bei Marvin zu Hause gewesen. Aber zumindest das war eine Sache, die sie nicht vergessen hatte.

Sie parkte ihren Wagen vor dem Haus und stieg aus. Die Straßenlaternen gingen an, als sie an der Haustür ankam.

Nora klingelte bei ihrem Bruder und vergrub die Hände in ihren Jackentaschen. Es wurde immer kälter. Der Winter kam mit langen Schritten auf sie zu.

Als der Türsummer ertönte, trat sie in den Flur und schaltete das Licht an. Sie lief die Stufen bis in den zweiten Stock hoch, wo Marvin unter dem Dach wohnte.

Er schien nicht überrascht zu sein, sie zu sehen. Er nickte ihr zu, dann verschwand er in der Wohnung.

Nora folgte ihm und schloss die Tür hinter sich.

Die Wohnung war klein, hatte nur ein Zimmer, Küche und Bad. Marvin war in die Küche gegangen, wo er nun Kaffee aufsetzte.

»Dass du hier drin keinen Kollaps bekommst«, sagte Nora und lehnte sich gegen den Türrahmen.

Er warf ihr einen Blick zu. »Ne. Krieg' ich nicht.«

»Du verdienst doch genug Geld. Eine größere Wohnung hier in Neuerdorf kostet nichts.«

Er seufzte, drehte sich um und verschränkte die Arme vor der Brust. »Bist du hergekommen, um mir eine neue Wohnung anzudrehen?«

»Nein.« Sie sah zu Boden, sammelte ihren Mut und sah ihren Bruder wieder an. »Ich habe mich mit Doris unterhalten.«

»Aha.«

»Sie hat mir erzählt, Dirk habe behauptet, ich wäre Ende zwanzig.«

»Na und? Kann doch gut sein.«

»Dass er denkt, er hätte mich sieben Jahre später gezeugt?« Nora hob ihre Augenbrauen. »Das glaubst du doch nicht wirklich. Ein Vater weiß doch, wann seine Tochter geboren wurde.«

»Vielleicht hat er ihr vor sieben Jahren erzählt, dass du Ende zwanzig bist. Oder vor sechs.« Er zuckte mit den Schultern. »Ist doch kein großes Ding.«

»Für mich schon. Doris und Nils glauben deswegen nämlich, dass ich nicht seine Tochter bin.«

Sie erzählte Marvin nichts von der Frau, die Dirk als Nora ausgegeben hatte. Das musste Doris erfunden haben. Eine andere Erklärung gab es nicht.

Ein Lächeln huschte über seine Lippen. »Ach, Nora. Du musst immer allen gefallen. Dann mögen die Beiden dich eben nicht. Was soll`s.«

»Das hat nichts mit mögen zu tun, sondern damit, dass sie mich für eine Hochstaplerin halten. Wären wir in Bonn, wäre das eine ganz andere Sache. Da hat man nicht viel mit seinen Nachbarn zu tun. Aber hier in Neuerdorf, werden sie allen erzählen, dass ich nicht Nora bin. Und die werden es glauben, weil sie Doris und Nils kennen.«

Marvin trat auf sie zu. »Na und? Was schert es dich? Dann glaubt halt die ganze Stadt, dass du nicht die Tochter unseres Vaters bist. Was soll`s? Dir hat die Stadt bisher doch auch nichts bedeutet. Genauso wenig wie unser Vater oder ich. Sonst wärst du uns öfter besuchen gekommen, Nora. Erwarte jetzt keine Hilfe von mir, denn du warst uns in den letzten Jahren auch keine.«

»Ach, Marvin. Das bedeutet doch nicht, dass ihr mir nicht wichtig wart. Ich hatte in Bonn einfach ein ganz anderes Leben.«

»Ja.« Er sah sie ernst an. »Ich weiß.«

»Ich frage mich jetzt auch, was gewesen wäre, wenn ich euch öfter besucht hätte. Zwei oder drei Mal im Jahr.« Sie hob die Schultern. »Aber ich kann es nicht mehr ändern. Unser Vater ist tot. Wir sind beide erwachsen.«

»Aber du hast damit dein Recht verloren, dich darüber zu beschweren, wie die Menschen hier mit dir umgehen.«

»Aber den Menschen hier habe ich doch gar nichts getan. Dirk und du habt das Recht euch zu beschweren, die anderen Neuerdorfer nicht.«

»Drei Wochen«, sagte er. »Mehr Zeit musst du hier nicht verbringen. Halte diese drei Wochen einfach aus. Dann kannst du wieder zurück nach Bonn und dein Leben hier vergessen.«

Nora betrachtete ihn. Diese Diskussion hatte sie verloren. Er würde ihr nicht verzeihen, dass sie ihn mit Dirk allein gelassen hatte.

»Ich habe gehört, unser Vater wurde festgenommen.«

Marvin wurde blass. »Was?«

»Er habe sich vor einem Kind entblößt.«

»Dieser Vorwurf wurde wieder zurückgezogen«, sagte er steif.

»Was denkst du darüber?«

»Dass sich ein Kind geirrt hat.« Er durchbohrte sie mit Blicken.

»Warst du überrascht, als er dessen beschuldigt wurde?«

»Ja natürlich! Unser Vater steht doch nicht auf Kinder. Stand.«

»Ich nicht«, sagte sie. »Ich bin nicht überrascht gewesen.«

»Weil du ihn nicht gekannt hast und weil du …« Er beendete den Satz nicht. Marvin holte Luft. »Du solltest dich deswegen schämen.«

»Wer ist das Mädchen gewesen?«

»Sie war auf Durchreise hier. Hat in der Burg mit ihren Eltern gewohnt.«

»Wie alt war sie?«

Er hob die Schultern. »Sechs vielleicht.«

»Und er hat von Anfang an bestritten, sich ihr gezeigt zu haben?«

»Ja natürlich!«, rief er. »Er war es nicht.«

»Wer war es dann? Wurde der Mann nie gefunden?«

»Nein. Aber vielleicht hat sie es sich auch nur eingebildet.«

»Eingebildet?«

Marvin zuckte mit den Schultern. »Vielleicht stand einfach ein Mann vor ihr, dessen Hosenschlitz offen stand und sie hat das irgendwie in den falschen Hals bekommen.«

»Du sagst, das Mädchen war sechs. Da kriegen Kinder normalerweise gar nichts in den falschen Hals. Besonders nicht so etwas.«

»Ich weiß es doch nicht«, sagte er und wendete sich von ihr ab, um zwei Tassen aus dem Schrank zu holen.

»Ich bin nach Neuerdorf gekommen, um sein Haus zu verkaufen. Jetzt beschäftige ich mich aber vor allem mit zwei Fragen: War mein Vater pädophil oder war er ein Serienmörder?«

Er hielt inne. »Was?«

»Er hat diese ganzen Zeitungsausschnitte in seinem Keller hängen. Du hast sie gesehen. Das ist doch verrückt. Warum sollte er das machen, wenn er nicht Polizist, Journalist oder der Täter ist? Außerdem wurde er beschuldigt, sich vor einem Mädchen entblößt zu haben. Ja, die Beschuldigung wurde zurückgezogen, aber das heißt nicht, dass er es nicht getan hat. Vielleicht wurde das Mädchen eingeschüchtert und hat deswegen gesagt, unser Vater sei es nicht gewesen. Aber wenn er pädophil war, hat er nicht die Frauen vergewaltigt und getötet. Das waren erwachsene Frauen. Also überlege ich, was schlimmer ist. Einen Vater zu haben, der pädophil war oder einen, der fünf Frauen vergewaltigt und ermordet hat.«

»Sag mal: Spinnst du?« Marvin drehte sich zu ihr um und starrte sie wutentbrannt an. »Sich vor einem Kind zu entblößen ist doch nicht vergleichbar mit fünffacher Vergewaltigung und Mord.«

»An sich nicht. Aber wenn es der eigene Vater ist, schon.« Sie trat einen Schritt auf ihn zu. »Überleg doch mal. Wenn er auf Kinder stand, was bedeutet das dann für uns? Dieses Gefühl kommt doch nicht aus dem nichts. Er hat so sicherlich auch schon empfunden, als wir noch Kinder waren.«

»Er hat uns nie angerührt, Nora. Wie kannst du so etwas nur denken?«

»Ich weiß es nicht«, sagte sie. »Ich weiß gar nichts mehr. Unseren Vater habe ich nicht gekannt. An unsere Kindheit kann ich mich kaum noch erinnern und ich bin in den letzten Jahren viel zu wenig hier gewesen. Unser Vater ist mir fremd.«

»Er ist unser Vater!«

»Ja, aber die Tatsache, dass er mein Vater ist, macht ihn nicht automatisch zu einem guten Menschen.«

»Er war ein guter Mensch«, sagte Marvin mit Nachdruck. »Das kannst du mir glauben.«

Sie versuchte es, wirklich. Aber sie schaffte es nicht. Der Zweifel nagte weiterhin an ihr.

Die Burg in Neuerdorf war schon seit Jahren eine Jugendherberge. Familien, Schulklassen und Reisegruppen

69

konnten hier übernachten. Außerdem fanden auf dem Burghof Feste und Veranstaltungen statt.

Als Kind hatte Nora mit ihren Freundinnen Prinzessin und Ritter gespielt. Sie waren mit Holzpferden hochgeritten, hatten Lanzenturniere nachgespielt und sich in den Kerkern versteckt.

Nun fuhr sie mit dem Auto zur Burg hoch, parkte es vor dem Eingangstor und ging durch das Tor hindurch auf den Innenhof.

In der Burg lebte eine Familie, die sich um die Gäste kümmerte. Es würde nicht schwer sein, jemanden zu finden.

Der Kies knirschte unter ihren Füßen. Es war schon dunkel geworden und Scheinwerfer beschienen die Gemäuer um sie herum. Auf der rechten Seite befand sich das Haus, in der die Familie wohnte. Efeu rankte an der Fassade hoch.

Nora ging daran vorbei und auf die Mauern zu, unter denen sich die Verließe befanden. Sie sah vor sich, wie sie als Mädchen dort heruntergelaufen war, um sich vor ihren Freundinnen zu verstecken.

Sie hatte ganz hinten im Schatten an die kalte Steinwand gedrückt darauf gewartet, dass sie kommen und Nora finden würden. Aber es hatte länger gedauert als gedacht. Das Versteck war nicht schwer zu finden. Ihre Freundinnen hatten gewusst, dass Nora sich am liebsten da unten versteckte, weil es so schaurig war.

Doch es verstrichen Minuten. Ihr Rücken, mit dem sie an der Mauer lehnte, wurde kalt und bald fing sie an zu zittern. Sie hatte keine Lust mehr auf das Spiel. Sie kam aus dem Kerker hervor, um nach ihren Freundinnen zu suchen. Aber die Gestalt, die vor ihr aufragte war keine ihrer Freundinnen gewesen.

»Hallo?«

Nora wurde aus ihrer Erinnerung gerissen. Sie sah sich nach der Stimme um, die sie gerufen hatte. Eine Frau, ein paar Jahre jünger als sie selbst, kam aus dem Wohnhaus und auf Nora zu. Sie zögerte kurz, dann breitete sich ein Lächeln auf ihren Lippen aus.

»Nora? Bist du das?«

Nora trat näher und betrachtete die Frau, die auf sie zuging.

»Ja. Kennen wir uns?«

Sie lachte. »Wahrscheinlich kannst du dich nicht an mich erinnern. Ich habe dich und deine Freundinnen ja immer aus der Ferne beobachtet, wenn ihr hier auf der Burg gespielt habt.«

Die blasse Erinnerung an ein Mädchen drang in ihr Gedächtnis. Es war ihre Familie, die die Jugendherberge geleitet hatte.

»Entschuldigung. Ich kann mich noch an dich erinnern, aber dein Name ist mir entfallen.«

Die Frau winkte ab. »Macht doch nichts. Die jüngeren Kinder in der Umgebung hat man ja immer weniger beachtet. Ich bin Louise.«

»Schön dich wiederzusehen«, sagte Nora und meinte es auch so. Es war toll jemanden zu treffen, der sich an sie erinnerte.

»Das kann ich nur zurückgeben Was treibt dich zu uns auf die Burg? Ich habe dich schon ewig nicht mehr in Neuerdorf gesehen.«

»Ja, ich wohne jetzt in Bonn. Aber mein Vater ist gestorben und bin ich hier, um ein paar Dinge zu erledigen.«

»Davon habe ich gehört. Mein Beileid.«

»Danke.« Nora nickte. »Auf der Burg bin ich auch wegen ihm. Hast du einen Moment Zeit für mich?«

»Natürlich. Komm rein.« Louise lächelte und führte Nora in das Wohnhaus.

So gut sie auch jeden Winkel der Burg gekannt hatte, in dem Wohnhaus war sie noch nie gewesen.

Die Decken hingen tief und die Fenster waren klein, aber es war gemütlich. Louise brachte sie in die Küche, wo eine Suppe auf dem Herd köchelte. Dieser stand unter einem Fenster, durch das man einen wunderbaren Blick auf den Hof hatte. Die Küche war lang und schmal. Sie führte tief in das Haus hinein. An der hinteren Wand stand ein schwerer Schrank, auf dem Kerzen brannten. Ebenso wie auf dem Küchentisch.

»Setz dich doch«, sagte Louise. »Ich mache uns einen Tee. Der wärmt uns. Hier drin wird es nämlich ganz schön kalt.« Sie warf einen Blick über ihre Schulter. »Im Wohnzimmer habe ich einen Ofen, der die alten Heizungen unterstützt, aber hier zünde ich mir Kerzen an. Heutzutage hat man vergessen, dass das Feuer den Menschen früher nicht nur Licht, sondern auch Wärme gespendet hat. Ich nutze es für beides.«

Nora setzte sich an den Tisch und überschlug die Beine. Sie sah Louise dabei zu, wie sie in der Küchenzeile Tee machte. Sie hatte nicht viel Platz zur Verfügung, aber es schien ihr zu reichen.

Mit einer Kanne Tee und zwei Tassen kam sie zu Nora zurück und setzte sich zu ihr.

»Also, weshalb bist du hier?«, fragte sie und stützte ihre Arme auf dem Tisch ab.

Nora sah auf ihre Hände hinab. »Ich bin lange nicht mehr in Neuerdorf gewesen. Daher habe ich so einiges in dem Leben meines Vaters nicht mitbekommen. Ich würde das jetzt gerne nachholen.« Sie sah Louise an. »Ich habe von dem Mädchen gehört, das meinen Vater beschuldigt hat, sich vor ihr entblößt zu haben. Sie hat hier mit ihrer Familie gelebt.«

Louise wurde ernst. »Ja. Die Familie war super. Sie waren freundlich und haben sich sehr für Neuerdorf und die Burg interessiert, auch wenn sie nur auf Durchreise hier waren.« Sie sah auf die Teekanne hinunter. »Das kommt nicht oft vor und ich bin froh, wenn ich von Neuerdorfs Geschichten erzählen darf. Vom Hexentanzplatz, Ritter Kunibert und anderen Sagen. Das Mädchen hat immer ganz große Augen bekommen, wenn ich ihr Geschichten erzählt habe.« Sie lächelte traurig. »Und von einem auf den anderen Tag war es anders. Das Mädchen wurde schüchtern und ängstlich. Sie hat kaum gegessen und hat ihre Fröhlichkeit verloren. Sie ist nicht mehr auf der Burg herumgelaufen, sondern war nur noch bei ihren Eltern. Ich war natürlich schockiert, als herauskam, was passiert ist. Aber ich hatte schon geahnt, dass irgendetwas passiert war. Ich weiß nicht … es ist natürlich schrecklich, wenn ein Mann das vor einem kleinen Kind tut. Aber ich habe mich gefragt, ob das alles gewesen ist, was passiert ist.«

Kapitel 11

»Als dein Vater beschuldigt wurde, habe ich den Gedanken sofort wieder verworfen. Auch wenn er das getan hätte, was man ihm vorwarf, hätte er sie nicht angefasst. Das glaube ich einfach nicht. Aber dann hat das Mädchen gesagt, er sei es doch nicht gewesen und dann ...« Sie brach ab und seufzte. »Ich weiß nicht, was damals passiert ist. Die Familie ist bald abgereist und ich habe nie wieder etwas von ihnen gehört. Die Polizei hat nichts machen können. Es gab keinen Täter und das Opfer ist auch bald weg gewesen. So ist der Fall nicht weiter bearbeitet worden und man hat das Mädchen irgendwann vergessen. Ich denke ab und zu noch an sie. Frage mich, ob sie ihre Lebensfreude wiedergefunden hat.«

Louise schien mit dem Mädchen zu leiden, als wäre sie verantwortlich für es. »Ich bin mir sicher, sie hat therapeutische Hilfe bekommen und ihre Eltern werden für sie da sein«, sagte Nora

Louise nickte. »Ich hoffe es.« Sie sah Nora wieder an und lächelte.

»Hast du geglaubt, dass es mein Vater war?«

»Als die Polizei ihn verhört hat? Ja. Das Mädchen hat ihn beschuldigt. Sie hat gesagt, er sei es gewesen. Ich habe ihr geglaubt.«

Nora nickte. »War er manchmal hier?«

»Ich habe ihn nicht gesehen. Aber ich bekomme auch nicht immer mit, wenn jemand hier herumläuft. Dafür ist die Burg einfach zu groß.« Sie goss ihnen Tee ein und schob Nora die Tasse herüber.

Nora umfasste sie und wärmte ihre Hände an ihr.

»Aber letztendlich wurde er von dem Vorwurf befreit«, sagte Louise. »Glaub nicht, dass dein Vater so etwas getan hat.«

»Findest du es nicht merkwürdig, dass das Mädchen zuerst einen wildfremden Menschen beschuldigt und dann ... einfach sagt, nee, er war es doch nicht? Ein kleines Mädchen, das keinen Nutzen daraus gezogen hätte, wenn ein Falscher deswegen verurteilt worden wäre.«

»Sie hat sich einfach nur vertan. Das kann passieren.«

»Aber irgendjemand ist es gewesen.«

Louise nickte. »Ja. Und er läuft hier immer noch herum. Kommt manchmal auf die Burg und geht an Schulen vorbei.«

Nora lag auf der Couch und starrte an die Decke. Um sie herum war es dunkel. Vollkommen dunkel. Sie hatte vergessen wie es war, wenn kein Licht die Dunkelheit durchbrach.

Sie drehte sich auf die Seite und sah zur Balkontür. Dahinter begann der Wald. Der Wald, in dem sie als Kind den Schrei gehört hatte.

Der Moment auf der Burg, in dem sie sich wieder erinnern konnte, hatte ihr Mut gemacht. Die Erinnerungen würden zurückkommen. Langsam zwar, aber sie waren nicht verloren. Irgendwo tief in ihr drin, waren sie verborgen. Vielleicht warteten sie darauf, dass Nora sie hervorzog. Vielleicht schabten sie ungeduldig mit den Hufen und rieben sich die Hände, um jeden Moment hervorzustürmen und sich vor ihrem inneren Auge auszubreiten.

Nora schlug die Decke zur Seite und stand auf. Die Kälte des Bodens zog ihre Beine hinauf. Sie griff nach einer Strickjacke, die aus ihrem Koffer ragte und zog sie über.

Sie ging zur Balkontür und zog die Vorhänge beiseite, um nach draußen zu sehen, aber vor ihr tat sich nur Dunkelheit auf.

Nora öffnete die Tür und trat nach draußen. Der Steinboden zu ihren Füßen war feucht, doch sie bemerkte es nicht.

Als Kind hatte sie im Wald gespielt und einen Schrei gehört. Nora wusste nicht, zu wem der Schrei gehört hatte. War es ein Kind gewesen, das sich vor einem Mann ohne Hose erschreckt hatte?

Es raschelte einige Meter vor ihr.

Ein Tier. Möglicherweise ein Vogel.

Nichts Bedrohliches. Nichts Schlimmes.

Und dennoch bekam sie eine Gänsehaut. Nora ließ ihren Blick über die Schatten des Waldes schweifen. Sie konnte nicht viel erkennen. Hinter den ersten Zweigen war nur Schwärze zu sehen. Sie biss sich auf die Unterlippe, trat einen Schritt zurück, hielt ihren Blick auf den Wald gerichtet und drehte sich dann um. Sie ging wieder ins Haus. Nora wollte sich den Wald später genauer ansehen. Vielleicht drangen ja mehr Erinnerungen zu ihr durch.

Sie schloss die Tür und zog die Vorhänge zu. Für heute würde der Schrecken ihrer Kindheit im Verborgenen bleiben. Morgen würde sie ihn hervorziehen, wie ein Büschel Haare aus dem Abfluss einer Dusche. Aber diese Nacht würde sie noch friedlich schlummern.

Nicht ganz so friedlich wurde Nora aus ihrem Schlaf gerissen. Ein schrilles Klingeln weckte sie, das ihr sofort Kopfschmerzen verursachte.

Sie kniff die Augen zusammen und fasste sich an die Schläfe. Was war das? Woher kam dieses Geräusch?

Sie wurde nur langsam wach, begriff wo sie war und was passierte. Es war kalt in dem Wohnzimmer und sie wünschte, sie müsste das improvisierte Bett nicht verlassen.

Aber das Geräusch brach nicht ab und als es sie immer mehr aus dem Schlaf riss, merkte sie, dass es das Telefon war. Nicht ihr Handy. Das Festnetztelefon ihres Vaters.

»Welcher Idiot ruft bei einem Toten an?« Sie legte sich die Decke um die Schultern und stand auf.

Sie musste lange geschlafen haben, denn ein trübes Licht schien von draußen durch die Vorhänge.

Sie fand das Telefon auf einem Beistelltisch neben der Tür zum Flur. Es hatte noch eine Drehscheibe.

Sie griff nach dem Hörer und nahm ab. »Hallo?«, fragte sie und schloss ihre Augen. Ein bisschen mehr Schlaf hätte nicht geschadet.

»Hallo? Nora? Hier ist Louise von der Burg.«

Gut. Niemand, der mit ihrem Vater verbunden werden wollte.

»Hallo Louise.«

»Mir ist da noch etwas eingefallen, nachdem du gestern gegangen bist.«

»Mh?«

»Eine Neuerdorferin ist psychologische Gutachterin. Sie ist zwar hauptsächlich vor Gericht und spricht mit Gefängnisinsassen, aber sie hat auch Kontakt zu Polizisten. Wenn du irgendetwas über den Fall, in dem dein Vater beschuldigt wurde, wissen willst, kann sie dir bestimmt helfen, die richtigen Ansprechpartner zu finden.«

Die Polizei. Nora war noch gar nicht auf die Idee gekommen, bei der Polizei nachzufragen, was es mit der Geschichte auf sich hatte. Aber sie mussten auch die Serienmorde untersucht haben. Wenn ihr jemand etwas dazu sagen konnte, dann die Polizei. Ob sie ihr Auskunft erteilten, war allerdings noch einmal eine ganz andere Sache.

»Danke, Louise. Das ist eine gute Idee. Vielleicht komme ich so weiter.«

»Gerne. Wenn du noch irgendetwas wissen willst, melde dich. Ich helfe gerne.«

Nora schloss die Augen. Sie hatte endlich jemanden in Neuerdorf gefunden, der ihr gegenüber positiv gestimmt war.

Als Nora aus dem Haus trat, begegnete sie Nils' Blick. Er stand an einem Fenster im ersten Stock seines Hauses und sah zu ihr.

Ihre Schritte wurden langsamer und Nora spielte mit dem Gedanken, stehen zu bleiben und sich mit ihm ein Blickduell zu liefern. Doch sie wollte zu der Frau, von der Louise gesprochen hatte. Mila. Sie musste sie aufsuchen und mit ihr sprechen.

Ob Nils wohl irgendwann von ihr ablassen würde? Marvin hatte recht gehabt. Es war egal, ob Doris und Nils sie mochten. Aber es kratzte trotzdem an ihr, ließ sie nicht los. Warum hatte ihr Vater behauptet, sie wäre jünger, als sie tatsächlich war? Und warum hatte er ihr Alter an das der toten Frauen angepasst? War es Zufall? Hatte das gar nichts miteinander zu tun? Wer war die Frau gewesen, die er als seine Tochter ausgegeben hatte? Und warum hatte er das getan? Hatte er es überhaupt getan?

Vor einem Jahr, als er Doris und Nils ihr falsches Alter genannt hatte, war die erste Frau gestorben.

Was war nur passiert?

Sie wünschte, sie könnte ihren Vater danach fragen. Mit ihm darüber reden und sich dafür entschuldigen, dass sie die letzten Jahre viel zu selten nach Neuerdorf gekommen war.

Doch es war zu spät. Viel zu spät.

Sie ging die Straße entlang und nahm zum ersten Mal das leerstehende Haus auf der rechten Seite wahr. Es war groß. Breit und hoch. Außerdem sah es alt aus. Und war noch heruntergekommener als das Haus ihres Vaters.

Sie versuchte sich daran zu erinnern, wer in ihrer Kindheit hier gewohnt hatte.

Um das Haus war ein knochiger Holzzaun aufgebaut, der ihr bis zur Schulter reichte. Sie trat an den Zaun und sah darüber.

Eine Erinnerung tauchte so unvermittelt auf, dass sie zurückstolperte.

Sie sah sich mit etwa zehn Jahren durch dunkle Gänge an geschlossenen Türen vorbeilaufen. Unter ihren Füßen knarrte der Holzfußboden und sie streifte mit ihrem Gesicht ein Spinnennetz. Sie hörte jemanden hinter sich lachen und beschleunigte ihre Schritte. Als sie am Ende des Ganges angelangt war, riss sie eine Tür auf und rannte in den Raum dahinter. Mit ihrem ganzen Körper warf sie sich gegen die Tür. Der Raum war leer. Nur das Eisengestell eines alten Bettes stand darin. Auf der vergilbten Tapete war eine Kinderzeichnung von einer Frau mit rotem Rock. Dann trat jemand gegen die Tür und warf sich dagegen.

Nora ging von der Tür weg und schrie ihre Furcht und Wut heraus.

Nora trat einen Schritt zurück. Das Haus hatte auch schon in ihrer Kindheit leer gestanden. Sie hatte dort mit Freunden und ihrem Bruder Verstecken gespielt. Aber es war nicht immer lustig gewesen. Nora überlegte, wer sie verfolgt und wen sie angeschrien hatte, aber die Erinnerung brach an dieser Stelle ab.

Es war, als wäre da etwas in ihrem Kopf, das immer die wichtigen Stellen aus ihrer Erinnerung tilgte. In der Burg und auch jetzt. Aber da war eine Menge Angst in ihrer Kindheit.

Kapitel 12

Das erste, das ihr in Milas Wohnung auffiel, waren die vielen Bücher. Sie standen in den Regalen entlang der Wand im Wohnzimmer, auf Tischen und Stühlen und auf dem Boden gestapelt.

»Louise hat mir nicht gesagt, weshalb Sie zu mir kommen«, sagte Mila und führte Nora zu dem roten Sofa, das mitten im Raum stand.

Nora setzte sich. »Mein Vater ist vor kurzem gestorben. Jetzt habe ich erfahren, dass er ein Kind belästigt haben soll. Louise hat gesagt, dass sie Kontakte zur Polizei haben. Könnten Sie mir jemanden vorstellen, der mir mehr über die Geschichte erzählen kann?«

Mila musterte sie. »Wer ist Ihr Vater?«

»Dirk Langen.«

Sie nickte. »Das habe ich mir schon gedacht. Möchten Sie wirklich die Wahrheit herausfinden? Auch wenn die zeigt, dass er schuldig war?«

»Ja.«

»Okay. Dann werde ich jemanden anrufen. Die Polizei redet nicht gerne aus dem Nähkästchen, aber die Person, die ich anrufen werde, ist sehr offen.«

»Danke.« Nora lächelte.

»Sind Sie damit einverstanden, dass ich ihm Ihre Adresse gebe? Er wird sie wahrscheinlich aufsuchen und gegebenenfalls befragen.«

»Befragen?« Nora hatte gedacht, *sie* würde *ihn* befragen.

»Ja. Der Fall wurde nie aufgeklärt und es wäre natürlich gut, wenn man einen Schlussstrich darunter ziehen könnte. Ich bin keine Polizistin und weiß nicht genau, wie die arbeiten, aber ich kann mir vorstellen, dass er den Fall, je nachdem was bei dem Gespräch, das Sie führen, herauskommt, nochmal aufrollt.«

Nora nickte und fühlte sich plötzlich gar nicht mehr wohl in ihrer Haut. Sie wollte nicht verhört werden. Sie wollte selbst herausfinden, was passiert war und niemand Fremden in ihren Angelegenheiten herumstochern lassen. Schon gar nicht, wenn dabei Dinge ans Tageslicht kämen, die sie noch nicht kannte.

»Haben Sie damit ein Problem?« Mila neigte ihren Kopf zur Seite. »Wenn Sie nicht mit ihm sprechen wollen, ist das vollkommen in Ordnung. Sagen Sie mir dann nur Bescheid, damit ich Ihn nicht anrufe.«

Nora sah auf ihre Hände hinab. »Ich weiß nicht. Ich möchte nicht, dass jemand Fremdes mein Leben oder das meines Vaters ins Visier nimmt. Ich habe eigentlich vorgehabt, das selbst zu tun.«

Sie nickte. »Der Polizist will Ihnen nichts Böses. Er ist ein guter Mensch.«

»Ja? Kennen Sie ihn gut?«

»Ich bin psychologische Gutachterin vor Gericht. Da habe ich schon mal mit ihm zu tun.«

»Haben Sie von den Serienmorden in Neuerdorf und Bonn gehört?«

»Natürlich.«

»Was denken Sie darüber? Sie sind Psychologin, oder? Was glauben Sie, was das für ein Mensch war, der die Frauen getötet hat?«

»Ich habe mich nicht richtig in die Fälle reingelesen.«

»Nur eine erste Einschätzung.«

Mila holte Luft. »Serienmörder haben oft eine schwere Kindheit gehabt. Ihr Vater ist abwesend und die Mutter sehr dominant gewesen. Vielleicht wurde er als Kind psychisch, physisch oder sexuell misshandelt. Dann versucht er diese Machtlosigkeit zu kompensieren. Möglicherweise ist ihm das nicht gelungen. Er wurde von einer Frau enttäuscht oder verlassen. Vielleicht hat sie ihm auch Schreckliches angetan. Sie könnte den Opfern ähnlich sehen, in dem gleichen Alter sein. Oder sie war zu dem Zeitpunkt, an dem sie ihn verletzt hat, in dem Alter.«

Nora wurde blass. Sie hatte ihren Vater verlassen, sah den Opfern ähnlich und er hatte gedacht, sie sei Ende zwanzig. Sie hatte in das letzte Mal mit achtundzwanzig besucht.

»Die Abstände der Morde wurden kürzer und die Morde brutaler. Deswegen glaube ich, dass bald der nächste Mord passieren und er seine Gewalt noch steigern wird. Es wundert mich, dass nicht schon längst die nächste Leiche gefunden wurde«, fügte Mila hinzu.

»Normalerweise hören Serienmörder nicht einfach auf, zu morden. Vielleicht ist dem Mörder irgendetwas dazwischengekommen.«

»Etwas dazwischengekommen?«

»Eine Gefängnisstrafe. Oder eine Krankheit. Das kann alles Mögliche sein, solange es ihn stark einschränkt.«

Wozu natürlich auch der Tod gehören würde.

Nora stand auf. »Okay. Danke. Ich … muss jetzt los. Es wäre toll, wenn Sie den Polizisten anrufen würden und … äh … Sie können ihm gerne meine Adresse geben.«

»Alles okay?« Mila stand ebenfalls auf.

»Ja. Ich bin es nur nicht gewohnt, mit Morden zu tun zu haben.« Nora fuhr sich mit der Hand durch die Haare. »Ich bin nicht so abgebrüht wie Sie.«

»Ich beschäftige mich schon seit vielen Jahren mit Gewalttätern. Ich bin nicht abgebrüht, habe nur einen anderen Blick auf diese Menschen. Ich sehe sie als wissenschaftliche Objekte.«

Nora nickte, interessierte sich aber nicht dafür, was Mila zu sagen hatte. Sie wollte nur schnell raus aus diesem Zimmer, in dem die Bücher sie zu erdrücken schienen.

Ihr Vater war ein Mörder gewesen. Ein Serienmörder. Das musste so sein. Es passte zu gut, als dass es hätte Zufall sein können.

Bei dem Haus ihres Vaters angekommen, beschloss Nora ihren Erinnerungen auf die Spur zu kommen. Wenn der Polizist wirklich zu ihr kommen und mit ihr über ihren Vater sprechen wollte, dann musste sie wissen, was dabei herauskommen könnte.

Sie betrat das Haus, ging durch den Flur und das Wohnzimmer und verließ das Haus wieder durch die Terrassentür. Sie wollte nicht die Möglichkeit bekommen, es sich noch einmal anders zu überlegen, denn der Gedanke, was sich ihr offenbaren würde, machte ihr Angst.

Vor ihr lag der Wald. Still und verlassen und gleichzeitig erfüllt von Geraschel und Vogelstimmen.

Sie ging auf ihn zu. Die Erinnerungen waren bis jetzt immer von allein gekommen. Nora wusste nicht, wie sie an die Erinnerungen kommen konnte. Sie ging von der Terrasse über den Rasen und in den Wald.

Es knackte unter ihren Schuhen. Es war kalt. Als würden die Bäume Kälte ausstrahlen und Nora nun verschlucken. Sie entfernte sich Schritt für Schritt vom Haus. Das Ende des Waldes war nicht zu erkennen. Aber auf der anderen Seite reihten sich weitere Wohnhäuser aneinander.

Sie ballte ihre Hände zu lockeren Fäusten. Ein Schauer lief ihr über den Rücken. Ein Vogel schrie über ihrem Kopf. Sie ging langsam und nahm alle Geräusche wahr. Sie roch die kühle Luft, das Moos und die Erde. Sie strich mit ihren Händen über die raue Rinde eines Baumes.

Ganz langsam kam die Erinnerung, als würde sie sich nicht sicher sein, ob sie Nora das zumuten wollte.

Kapitel 13

Ihr Bruder, doppelt so alt, wie die fünfjährige Nora, kam aus den Tiefen des Waldes auf sie zu gerannt. Es wurde immer kühler und die Sonne hatte sich verzogen. Sie sollten nach Hause gehen, wenn es dunkel wurde. Aber ihr Bruder strahlte sie so glücklich an, dass Nora die Bitte ihrer Mutter sofort vergaß.

Er hatte etwas in der Hand. Etwas Braunes. Als er näherkam, erkannte sie, dass es ein Stück Rinde war. Die kräuselte sich so, dass sie eine Röhre formte.

»Guck mal, was ich gefunden habe, Nora.« Er hielt ihr die Rinde hin.

»Super«, sagte sie, obwohl sie nicht wusste, was so toll an einer Rinde sein sollte. Aber wenn er es gut fand, fand sie es auch gut.

»Du kannst es als Rüstung benutzen.«

Sie sah skeptisch auf die Rinde hinab. »Wieso das denn?«

»Halt mir mal deinen Arm hin und schieb deinen Pulli hoch.«

Nora zögerte. »Warum machst du das nicht bei dir?«

Er seufzte. »Jetzt mach schon. Mein Arm ist dafür zu breit.«

Ihr Bruder wusste schon, was er tat. Er war immer viel cleverer als sie und wusste, wo die Abenteuer lauerten. Sie schob ihren Ärmel bis zum Ellbogen hoch und hielt ihm den Arm hin.

Konzentriert schob er die Rinde über ihren Arm. Sein Arm wäre dafür wirklich viel zu breit gewesen. Ihr eigener passte gerade so in die Röhre.

»Siehst du. Jetzt hast du eine Rüstung wie ein Ritter.«

Nora sah sich ihren Arm an. Er hatte Recht. Es sah toll aus. Ihr Lächeln wurde breiter. »Meinst du, ich kann die Rüstung mitnehmen, wenn ich auf der Burg spiele?«

»Aber klar doch.« Er verschränkte seine Arme vor der Brust.

Doch da spürte sie eine Bewegung an ihrem Arm. Es war nur ganz leicht. Wie ein Haar, das sie streifte. Nicht ganz so leicht war dafür der Schmerz, den sie plötzlich spürte.

Sie schrie auf.

Ihr Bruder zuckte zusammen und starrte sie entsetzt an. Tränen stiegen ihr in die Augen.

»Mach das weg!«, schrie sie und hielt ihm den Arm hin. »Das tut weh. Mach das weg.«

Immer mehr Stiche drangen in ihre Haut.

»Mach das weg! Mach das weg!«

Ihr Bruder legte seine Hände um die Rinde und zog sie hastig weg. Nora fuhr sich mit einer Hand über ihren Arm, der mit roten Flecken übersät war. Eine Träne kullerte ihr über die Wange. Die Stiche waren verschwunden, aber ihr Arm tat immer noch weh, brannte wie Feuer.

Marvin sah in die Rinde hinein. »Ameisen.«

»Du hast das extra gemacht«, sagte Nora und rieb sich den Arm. »Du wusstest, dass da Ameisen drin sind.«

Er ließ die Rinde sinken. »Nein! Nora, ich wusste das nicht.«

»Du hast das extra gemacht.« Sie hatte ihm vertraut und er hatte mal wieder einen seiner blöden Witze gemacht.

»Komm, ich bring dich zu Mama. Die hat bestimmt Medizin dafür.« Er legte eine Hand an ihre Schulter und führte sie Richtung Haus.

Nora liefen immer noch Tränen über die Wangen. Mittlerweile nicht mehr aus Schmerz, sondern vor Schreck und aufgrund der Enttäuschung, dass sie mit ihrem Bruder nicht nur gute Abenteuer erlebte.

Nora kam wieder zurück in die Gegenwart. Ihre Hand lag immer noch auf dem Baumstamm. Sie sah auf die Rinde. Es war nicht die Erinnerung gewesen, die sie erwartet hatte. Sie hatte gedacht, der Schrei, den sie im

Wald gehört hatte, habe irgendetwas mit den ermordeten Mädchen zu tun. Doch sie selbst hatte geschrien, als die Ameisen sie gebissen hatten.

Nora war in dem Schlafzimmer ihres Vaters, um dort auszumisten. Da klingelte es an der Tür. Es war schon Nachmittag und die Sonne verabschiedete sich.

Nora legte ein Fotoalbum beiseite, das sie sich hatte ansehen wollen. Sie hatte schon länger erwartet Fotos zu finden und war nun froh, endlich welche in den Händen zu halten.

Doch sie stand auf und ging zur Tür. Sie erwartete den Polizisten, hoffte aber, dass irgendjemand anderes geklingelt hatte. Sie war noch nicht dazu bereit, mit ihm zu sprechen. Sie hatte noch nicht die Erinnerungen hervorgerufen, die sie in Schrecken versetzten.

Aber er würde sie ja wohl kaum hypnotisieren. Er kam nicht, um gegen ihren Willen Erinnerungen hervorzuzerren.

Sie öffnete die Haustür und stand einem dunkelhäutigen, überraschend jungen Mann gegenüber. Er trug eine dunkle Jeans und ein Jackett.

»Hallo«, sagte sie.

»Hallo. Sie sind Nora Langen?«

Nora nickte.

»Ich bin David Huber. Frau Richter hat mich angerufen und mir gesagt, dass Sie sich gerne mit mir unterhalten würden. Darf ich reinkommen?«

Kapitel 14

Sie trat beiseite. »Natürlich. Entschuldigen Sie das Chaos. Das ist das Haus meines verstorbenen Vaters und ich sortiere gerade aus.«

»Kein Problem. Bei mir zu Hause ist dieser Zustand normal.«

Sie lächelte dankbar für sein Verständnis und führte ihn in die Küche.

»Kann ich Ihnen etwas anbieten? Wasser? Kaffee? Tee?«

»Ein Kaffee wäre super. Danke.« Er setzte sich an den Tisch und holte sein Handy heraus. Nora ging an ihm vorbei zur Kaffeemaschine. Er hatte die Notizfunktion seines Handys geöffnet. Moderne Polizeiarbeit, dachte sie und gab Kaffeepulver in die Maschine.

Sie setzte sich zu ihm an den Tisch, überschlug die Beine und wippte mit dem Fuß auf und ab.

»Frau Richter hat mir nicht viel von Ihrem Anliegen erzählt. Nur, dass es um das Mädchen geht, vor dem sich vor zwei Jahren ein Mann entblößt hat.«

Nora nickte. »Damals wurde mein Vater dazu verhört. Ich wollte nur … also damals war ich nicht hier … ich.« Sie seufzte und atmete tief durch, um sich zu fangen. »Ich wohne in Bonn und habe erst vor kurzem gehört, dass er beschuldigt wurde dieses Verbrechen begangen zu haben.« Sie richtete ihren Blick auf den Polizisten. »Ich möchte einfach nur wissen, ob mein Vater pädophil war.«

Er lächelte. »Das kann ich verstehen. Aber ich fürchte, ich kann Ihnen darauf keine Antwort geben. Nicht, weil ich nicht möchte, ich weiß es einfach nicht. Damals hat das Mädchen die Beschuldigung, bevor wir Durchsuchungsbeschlüsse oder ähnliches bekommen konnten, zurückgenommen.«

»Glauben Sie, dass ihre Eltern oder irgendjemand anderes sie dazu gebracht haben könnte?«

Er zögerte. »Die Eltern auf keinen Fall. Sie waren sehr besorgt und wollten, dass aufgeklärt wurde, wer es getan hat. Sie wollten die Sache nicht vertuschen, wenn Sie das meinen.«

Nora nickte.

»Wer sonst mit dem Mädchen gesprochen haben könnte, weiß ich nicht. Es könnte sein, dass Ihr Vater mit ihr gesprochen und sie bedroht hat.« Er lächelte sie entschuldigend an, als würde er sich dafür schämen, so über ihren Vater zu sprechen. »Aber davon sind wir nicht ausgegangen. Wir hatten den Eindruck, dass sie sich einfach nicht mehr sicher war, ob es Ihr Vater war.«

»Wie kam sie auf ihn? Hat sie seinen Namen genannt?«

»Nein. Wir haben uns eine Beschreibung von dem Mann geben lassen und haben ihr dann Bilder von Männern gezeigt, die auf diese Beschreibung zutraf. Sie hat dann auf das Foto Ihres Vaters gezeigt.«

»Wie sind Sie an das Foto meines Vaters gekommen?«, fragte Nora.

»Hier in Neuerdorf ist ein Fotograf, der Fotos von Neuerdorfs Einwohnern macht. Er lässt sie ablichten, um die Geschichte der Stadt festzuhalten. Die Fotos haben wir von ihm bekommen.«

»Aber das sind nicht Fotos von allen Neuerdorfern gewesen.«

»Nein«, sagte er. »Wir haben nicht damit gerechnet, dass der Täter sich bei dem Fotografen hat fotografieren lassen. Aber das Mädchen hat auf Ihren Vater gezeigt und so sind wir auf ihn gekommen. Als sie ihn dann bei uns auf dem Revier gesehen hat, hat sie die Beschuldigung zurückgezogen und gesagt, er sei es nicht gewesen. Es kann der Gang oder die Größe ihres Vaters gewesen sein, die auf dem Foto nicht zu sehen gewesen sind. Es war nur eine Portraitaufnahme und die war schon etwas älter.«

Nora nickte. Sie war noch nicht überzeugt von seiner Unschuld. Unter allen Neuerdorfern, die fotografiert worden waren, hatte das Mädchen ausgerechnet auf ihren Vater gezeigt.

Es klingelte an der Tür.

»Entschuldigung.« Sie stand auf. »Ich bin sofort wieder da.«

Sie verließ die Küche und trat an die Haustür. Jemand hämmerte von draußen dagegen.

Nora hatte eine Ahnung, wer das sein könnte.

Sie öffnete die Tür und wurde nicht enttäuscht. Vor ihr stand Nils, der immer noch eine Faust erhoben hielt.

Bevor sie ihn begrüßen konnte, sagte er: »Was fällt Ihnen ein? Wir sind hier nicht in Bonns Ghetto. Wir wollen hier keine Obdachlosen oder Gangster.«

»Bitte?«

»Dieses Haus darf nicht zu einem Sammelplatz für dieses Pack werden und wir werden nicht zulassen, dass sie ihn zu einem solchen Ort machen.«

Nora verstand immer noch nicht, was er von ihr wollte.

»Ich habe nicht vor das Haus zu einem Ort ... was haben Sie gesagt? Einen Sammelplatz für Obdachlose zu machen.«

»Und warum lassen Sie dann diesen Nigger ins Haus?«

Nora riss die Augen auf. Nils hatte so laut gesprochen, dass Huber es in der Küche gehört haben musste. Sie trat nach draußen und lehnte die Tür hinter sich an. Es beschämte sie, dass Huber hörte, wie der Nachbar über ihn sprach.

»Wie können Sie so etwas nur sagen?«, fragte sie aufgebracht.

»Ich will, dass sie den Gangster sofort aus Dirks Haus werfen. Dirk hätte das nicht gewollt.«

»Dieser Mann«, sagte sie mit erhobener Stimme. »Ist kein Gangster. Auch kein Oberdachloser. Er ist ein Polizist.« Sie redete sich in Rage. »Er hat sehr viel mehr Anstand als Sie und hat jedes Recht der Welt, in diesem Haus zu sein. Egal, was Sie davon halten. Und wenn sie noch einmal dieses abscheuliche Wort benutzen, dann lernen Sie mich von einer ganz anderen Seite kennen.«

Überrascht von ihrem Ausbruch, trat Nils einen Schritt zurück.

»Verschwinden Sie von diesem Grundstück. Aber ganz schnell.«

Er sah hinter sie, zögerte, drehte sich dann um und stapfte zu seinem Haus.

Nora sah ihm nach, bis er seine Tür hinter sich geschlossen hatte. Alles in ihr sträubte sich dagegen zurück in die Küche zu gehen. Huber hatte ihr Gespräch sicherlich mitangehört. Sie hatte ihn hergebeten und ihretwegen hatte er Nils schreckliche Worte hören müssen.

Doch sie konnte sich nicht hier draußen verstecken und so kehrte sie ins Haus zurück. Er saß immer noch auf seinem Platz und lächelte sie an.

»Es tut mir so leid«, brachte sie heraus. »Ich bitte tausend Mal um Entschuldigung. Ich kenne diesen Mann gar nicht richtig. Er ist auch zu mir schon herablassend gewesen. Also nicht, dass das mit den Worten, die er über Sie gesagt hat, gleichzusetzen ist. Ich möchte ihre Abscheulichkeit nicht schmälern, aber er ist von Grund auf ein schrecklicher Mensch. Sie haben nichts getan, um …« Sie seufzte und gab die Entschuldigungen auf. Nora hatte viel zu schnell gesprochen und den Faden verloren.

»Sie können nichts dafür, Frau Langen«, sagte er in überraschend ruhigem Tonfall.

Ihre eigene Aufgeregtheit hatte sie bei ihm erwartet. Aber er wirkte ruhig und entspannt.

»Wollen wir weiter über Ihren Vater sprechen?«

Nachdem Nora ihnen Kaffee eingegossen hatte, setzte sie sich wieder zu ihm an den Tisch. Sie wollte nun aber nicht mehr über das Mädchen in der Burg sprechen, sondern über die Serienmorde.

»Hier und in Bonn sind Frauen umgebracht worden.« Sie nippte an ihrem Kaffee. »Muss ich Angst haben? Ich scheine dem Opfertyp zu entsprechen.«

Er lächelte nachsichtig. »Sie sollten sich nicht verrückt machen. Seien Sie vorsichtig und wenn Ihnen irgendetwas merkwürdig vorkommt, dann melden Sie es einfach der Polizei.«

»Untersuchen Sie diesen Fall?«

»Mit meinem Partner zusammen, ja.«

»Was glauben Sie, was das für ein Mensch ist, der diese Morde begeht? Also, nur damit ich weiß, vor wem ich mich in acht nehmen muss.«

Er lächelte und Nora merkte, dass sie nicht so unschuldig wirkte, wie sie es beabsichtigt hatte.

»Sie arbeiten nicht zufällig als Journalistin, oder?«

Sie lachte leise. »Nein. Ich möchte mich nur schützen.«

Er nickte. »Gehen Sie im Dunkeln nicht an abgelegene Orte und haben Sie ein Pfefferspray dabei. Mehr kann ich Ihnen nicht raten. Aber Sie …« Er sah lächelnd auf seine Tasse hinab. »Ich möchte Ihnen nicht zu nahetreten, aber wie alt sind Sie?«

Sie unterdrückten ein Seufzen. »Fünfunddreißig.«

»Dann werden Sie wohl etwas zu alt für den Täter sein. Da die Opfer alle ungefähr das gleiche Alter haben, sie sind zwischen sechsundzwanzig und achtundzwanzig Jahre alt, glauben wir, dass das Alter dem Täter wichtig ist. Ich glaube nicht, dass Sie sein Typ sind.« Er hob seinen Blick wieder. »Aber vorsichtig zu sein, schadet nie.«

Sie nickte. »Ich verstehe. Glauben Sie, dass er hier aus Neuerdorf oder aus Bonn kommt?«

»Ich kann Ihnen keine genauen Informationen geben. Wenn das an die falschen Personen getragen wird, könnte das unseren Ermittlungen schaden.«

Nora nickte. »Ich verstehe. Schade.«

Er zögerte, rang mit sich und sagte schließlich: »Er wohnt wahrscheinlich in Neuerdorf. Bitte behalten Sie diese Information für sich. Aber da Sie aus Neuerdorf kommen, könnten Sie den Täter kennen. Wenn Ihnen also irgendjemand einfällt, der hier wohnt und sich auffällig verhält, dann melden Sie sich doch bitte bei uns. Der Täter könnte auch einen Bezug zu Bonn haben. Vielleicht arbeitet er dort oder Familie von ihm wohnt in Bonn.«

Nora bemühte sich um ein Lächeln. »Okay.«

Dein Vater ist ein Serienmörder, schrie es in ihrem Inneren. Dein Vater hat all diese Frauen, die dir so sehr ähneln vergewaltigt und ermordet.

Kapitel 15

Nora stand am Fenster und sah nach draußen auf die Straße.

Seit David Huber vor fünfzehn Minuten in seinem dunklen Mercedes davongefahren war, dachte sie darüber nach, was er gesagt hatte und was es bedeutete.

Es gab zwei Verbrechen. Zwei Verbrechen, die nicht von derselben Person begangen worden waren. Wer pädophil war, stand auf Kinder und nicht auf erwachsene Frauen. Wer auf erwachsene Frauen stand, stand nicht auf Kinder. So einfach war das.

Aber was nicht einfach war, war herauszufinden, worauf ihr Vater gestanden hatte.

Wie sollte sie auch?

Sie lag wach auf der Couch. Nora hatte das Gefühl, mit jeder Nacht schlechter zu schlafen. Ihr Körper schien schon blaue Flecken auf den Stellen zu haben, an denen sie gegen das Holz der Armlehne stieß.

Aber irgendwann legte sich der Schlaf wie eine Decke um sie und Nora merkte nichts mehr von dem, was im Wohnzimmer geschah.

Sie war wieder ein Kind. Nicht älter als sieben Jahre. Sie lief durch den Wald, sprang über Äste und große Steine. Sie trug das Kleid, das sie zum Geburtstag geschenkt bekommen hatte und fühlte sich damit unbesiegbar. Ihr Haar wehte im Wind und ein breites Grinsen lag auf ihrem Gesicht.

Heute war sie allein. Ihr Bruder hatte schlechte Noten von der Schule nach Hause gebracht und musste lernen.

Sie lief immer tiefer in den Wald, bald schon konnte sie die Häuser auf der anderen Seite erkennen. So weit war sie noch nie gelaufen. Sie wurde langsamer und sah zwischen den Bäumen zu den Häusern herüber. Sie standen eng beieinander. Und trotzdem konnte sie zwischen zwei Häusern drei Mädchen spielen sehen. Sie hatten etwas in den Händen, was Nora nicht erkennen konnte, aber für Puppen hielt.

Langsam trat sie näher. Nora kannte die Mädchen nicht. Sie gingen nicht in ihre Klasse und konnten noch nicht lange in Neuerdorf wohnen. Vielleicht waren es Schwestern.

Nora hockte sich unbemerkt hinter einen Busch. Sie kam sich vor wie die Heldin in einem Film. Wie Ronja Räubertochter vielleicht. Die hatte auch wilde braune Haare und war gerne im Wald.

Die Mädchen zuckten alle auf einmal zusammen und sahen zwischen den Häusern hindurch. Als hätte sie jemand gerufen.

Nora beugte sich vor, konnte aber niemanden erkennen. Dann legten sie ihre Puppen, Nora konnte mittlerweile ganz genau erkennen, dass es Puppen waren, zur Seite und liefen zum Haus.

Nora richtete sich auf. Schade. Sie hätte sie gerne noch weiter beobachtet, vielleicht sogar gefragt, ob sie mit ihnen spielen dürfe. Eines der Mädchen kam wieder heraus und lief zu den Puppen. Sie blieb abrupt stehen und sah zu Nora herüber. Nora hob einen Arm, um ihr zuzuwinken. Aber das Mädchen bückte sich, packte die Puppen und lief zurück ins Haus.

Enttäuscht ließ Nora ihre Hand sinken.

Plötzlich fühlte sie sich weder unbesiegbar noch wie Ronja Räubertochter. Ronja war ein starkes Mädchen und alle mochten sie.

Nora trottete durch den Wald zurück. Sie sah auf ihre Füße hinab, die automatisch den Weg über Pilze, umgekippte Bäume und an Sträuchern vorbei fanden.

Ein Ast knackte und sie sah auf. Da entdeckte sie das Haus ihrer Eltern vor sich. Sie verdrängte das Mädchen, das ihr nicht zurück gewunken hatte und lief los.

Der Wald war doof. Ihr war kalt geworden, weil sie den Rückweg nicht mehr so gerannt war, wie den Hinweg. Nun wollte sie lieber ihrem Bruder bei den Hausaufgaben zusehen.

Nora wurde von einem Geräusch geweckt, das sie zusammenfahren ließ. Sie riss die Augen auf und sah in das blasse Gesicht, das über ihr schwebte. Sie wich zurück, bis sie gegen die Sofalehne stieß.

»Tot«, sagte das Mädchen, das sie anstarrte.

Nora atmete zitternd aus. »Esther«, flüsterte sie und versuchte sich damit in Erinnerung zu rufen, dass das Mädchen keine Gefahr für sie darstellte. Sie schlafwandelte nur.

Doch da bemerkte sie das Messer in der kleinen Hand.

Kapitel 16

Das Messer war lang und hatte einen schwarzen Griff. Nora erkannte es aus der Küche ihres Vaters wieder. Sie wusste nicht, ob es sie beruhigen oder noch mehr ängstigen sollte, dass das Mädchen in den Schubladen gewühlt und nach dem Messer gesucht hatte.

»Esther«, sagte Nora nun lauter. Die reagierte nicht. Sie stand immer noch vornübergebeugt und sah Nora an.

»Leg bitte das Messer weg.«

Nichts.

»Esther. Hörst du mich? Bitte leg das Messer weg.«

Mit dem Wissen, dass das Mädchen schlafwandelte, hätte sie sie gerne geschüttelt, um sie aufzuwecken. Aber mit einem Messer in der Hand wollte sie sie nicht erschrecken.

Langsam richtete sie sich auf. Esther rührte sich nicht und Nora stellte sich neben sie.

»Ich nehme dir das Messer jetzt weg. Hörst du? Ich lege es beiseite. Dir wird nichts passieren.«

Was hatte sie nur erlebt, dass sie meinte sich mit einem Messer verteidigen zu müssen?

»Komm, Kleine.« Sie legte eine Hand an ihre Schulter. Das Mädchen rührte sich nicht. Sie starrte nun nicht mehr Nora, sondern das Sofa an.

Nora ließ ihre Hand über den Oberarm hinunter zu Esthers Hand wandern. Ohne das Gesicht des Mädchens aus den Augen zu lassen, löste sie behutsam die Finger um das Messer und griff mit der anderen Hand danach. Esther leistete keinen Widerstand.

Ihre Hände waren kalt. Wie lange sie hier nun schon stand? In der Kälte. Mit dem Messer über dem Sofa gebeugt.

Nora wollte lieber gar nicht darüber nachdenken.

Sie legte das Messer auf den Couchtisch und nahm Esther an die Hand. »Ich bringe dich jetzt nach Hause«, sagte sie, wusste aber nicht, ob ihre Worte überhaupt zu dem Mädchen durchdrangen.

Sie führte sie aus dem Wohnzimmer und den Flur entlang. Die Haustür stand sperrangelweit offen. Esther versteifte sich, folgte Nora aber nach draußen.

Nora hatte keine Schuhe an. Sie wollte das Mädchen so schnell wie möglich aus dem Haus bringen und keine Zeit mit anziehen vergeuden. Sie konnte immer noch nicht verstehen, wie sie ins Haus gekommen war. Fenster und Türen waren geschlossen gewesen.

Die Kälte zog durch ihre Socken ihren Körper hoch. Esther hatte auch keine Schuhe an und musste ebenfalls frieren.

In der Straße war es still. Kein Martin, der mit seinem Hund Gassi ging, kein Nils, der in seinem Haus auf der Lauer lag. Und keine Lisa, die ihre Tochter suchte.

Nora hatte zwar nicht auf die Uhr gesehen, aber es musste mitten in der Nacht sein. Wahrscheinlich schlief Lisa und hatte Esthers Fehlen noch gar nicht bemerkt.

Sie kamen dem Haus von Lisa und Esther immer näher. Alle Fenster waren dunkel, die Vorhänge zugezogen. Nora warf Esther einen Blick zu. Die starrte immer noch unbewegt gerade aus und schien gar nichts um sich herum wahrzunehmen.

Nora führte sie zu der Haustür und klingelte. Sie sah sich auf der stillen Straße um. Sie hatte kein gutes Gefühl. Die

Häuser in dieser Straße schienen alle etwas Bedrohliches auszustrahlen.

Ihr Blick fiel auf das Haus rechts neben Lisas und Esthers. Es war das letzte Haus auf der linken Seite. Sie hatte die Bewohner noch nicht kennengelernt und konnte sich nicht daran erinnern, wer früher darin gewohnt hatte.

Aber im obersten Stock, unter der Dachschräge, war ein Fenster erleuchtet. Irgendjemand war noch wach.

Sie drückte erneut auf die Klingel. Lisa musste erst einmal aus dem Schlaf gerissen werden.

»Deine Mama kommt gleich«, sagte sie zu Esther, doch es war, als würde sie mit einer Wand reden. »Sie schläft nur.« Und zur Tür gewandt murmelte sie: »Genau wie du. Du wolltest mich nicht wirklich mit diesem Messer verletzen. Das war alles in deinem Schlaf. Ein Albtraum. Für dich und für mich.«

Im Flur ging ein Licht an und kurz danach wurde die Haustür geöffnet. Lisa stand im Pyjama und Bademantel vor ihnen und blinzelte.

»Nora?«, fragte sie. »Was machen Sie …« Erst da bemerkte sie Esther, die neben Nora stand. Mit einem Schlag war sie hellwach.

»Oh, Esther. Schätzchen, warst du wieder bei Nora drüben?«

Lisa schloss ihre Tochter in die Arme. Das Mädchen erwiderte ihre Umarmung nicht, stand starr vor ihrer Mutter.

Lisa richtete sich wieder auf. »Danke, dass Sie sie zu mir gebracht haben«, sagte sie und lächelte.

»Hören Sie.« Nora kratzte sich an der Schläfe. »Ich habe mich ziemlich vor Esther erschreckt. Sie stand plötzlich mit einem Messer vor mir. Ich weiß, dass sie das nicht bewusst macht, aber könnten Sie sie bitte während sie schläft in ihrem Zimmer einschließen? Oder auch die Haustür abschließen?«

»Was?« Lisa starrte sie mit großen Augen an. Nora hatte nicht das Gefühl, dass sie wegen des Messers so erschrocken war.

»Es hätte wirklich leicht etwas passieren können und ich möchte keine Angst haben müssen, schlafen zu gehen.«

»Ich sperre doch nicht meine Tochter ein!«

»Bitte, Lisa. Nur für die Zeit, in der sie schläft.«

»Meine Tochter wird Ihnen nichts tun. Sie haben ja noch alle Hände und Füße, also hat sie Sie wohl auch nicht angegriffen.«

»Nein, aber sie war ziemlich kurz davor.«

»Dann können wir ja immer noch über das Einsperren reden, wenn es soweit ist«, sagte Lisa, zerrte ihre Tochter ins Haus und schlug Nora die Tür vor der Nase zu.

Nora konnte nicht begreifen wie Lisa so rücksichtslos und ignorant sein konnte.

Legte sie es etwa darauf an, dass Esther Nora verletzte? Denn es würde darauf hinauslaufen, wenn es so weiter ging.

Sie stapfte die Straße entlang. Die Straßenlaternen waren zwar eingeschaltet, aber sie spendeten kaum Licht. Sie konnte nicht viel von dem Haus ihres Vaters erkennen. Ihr Wagen, der davor parkte, war nur ein schwarzer Fleck.

Ihre Schritte wurden langsamer. Im Haus brannte Licht. Hatte sie eben das Licht eingeschaltet? Es schien aus dem Wohnzimmer zu kommen. Die Haustür stand offen.

Plötzlich huschte ein Schatten durch den Flur und verschwand im Wohnzimmer. Nora starrte mit großen Augen auf das Haus. Da war jemand drinnen.

Was sollte sie tun? Eigentlich wäre es dumm, ins Haus zu gehen. Aber sie konnte schlecht hier draußen stehenbleiben und warten, bis es hell wurde. Die Polizei konnte sie von hier draußen auch nicht rufen. Zumal sie sich nicht sicher sein konnte, ob sie wirklich jemanden gesehen hatte.

Langsam ging sie weiter, behielt die Haustür aber im Blick. Könnte sie sich den Schatten nur eingebildet haben? Aber er hatte so real gewirkt.

Sie trat die Stufen zur Haustür hoch und blieb schließlich davor stehen. Nora zögerte, wollte nicht hineingehen. Und doch blieb ihr nichts anderes übrig und sie trat über die Schwelle.

Kapitel 17

Nora unterdrückte den Drang in das Haus ein ver- unsichertes *Hallo*? zu schicken. Sie hatte schon zu oft in Horrorfilmen gesehen, was danach geschah.

Sie ging den Flur entlang und warf einen Blick in die Küche. Durch das schwache Licht konnte sie nicht viel erkennen. Eine der Schubladen stand offen. Esther musste daraus das Messer genommen haben. Nora trat näher, griff ebenfalls nach einem Messer und drehte sich um.

Auf Socken ging sie in den Flur zurück. Sie atmete flach. Im Flur lehnte sie sich mit dem Rücken gegen die Wand und sah um die Ecke ins Wohnzimmer. Das Messer lag schwer in ihrer Hand. Ihre Handfläche schwitzte, obwohl Nora kalt war.

Die Stehlampe im Wohnzimmer war angeschaltet. Sie spendete genug Licht, um auf den ersten Blick niemanden erkennen zu können. Die Vorhänge bauschten sich auf. Nora trat ein, ließ ihren Blick schnell umherschweifen, scannte jedes mögliche Versteck ab. Dabei fiel ihr Blick auf den Couchtisch, auf den sie Esthers Messer gelegt hatte. Doch da war es nicht mehr.

Nora schluckte und griff ihr Messer fester. Ein Windhauch ließ sie frösteln. Sie ging zu der offen- stehenden Terrassentür. Dabei ließ sie die Vorhänge nicht aus dem Blick. Sie waren blickdicht. Ein Windstoß bauschte sie auf und Nora erkannte, dass dahinter niemand stand.

Sie trat an die Terrassentür. Sie selbst hatte sie nicht aufgemacht. Der Einbrecher musste durch sie geflohen sein. Nora sah in die Dunkelheit, die sich hinter der Wiese ausbreitete. Sie konnte nur hoffen, dass er wirklich weg war.

Nora wollte sich schon abwenden, als etwas auf dem Boden ihre Aufmerksamkeit auf sich zog. Sie bückte sich und hob einen Zeitungsartikel auf. Es war einer aus dem Keller.

Sie schluckte, sah erneut in die Dunkelheit und drehte sich dann um. In einer Hand den Zeitungsartikel, in der anderen Hand das Messer, schloss sie die Terrassentür. Nora durchquerte das Wohnzimmer und ging durch den Flur auf die Kellertür zu.

Irgendetwas musste er da unten gemacht haben. Kalter Schweiß brach ihr aus. Die Kellertür war nur angelehnt. Sie schob sie auf und sah hinunter. Die Glühbirne brannte immer noch. Langsam ging sie nach unten. Der Stein zu ihren Füßen war kalt und hart.

Nora hob das Messer. Er war nicht hier unten, redete sie sich ein. Er war durch die Terrassentür geflüchtet. Und trotzdem erwartete sie jeden Moment, dass er aus dem Kellerraum sprang.

Nora tastete mit zittriger Hand nach der Türklinke. Sie holte Luft und drückte die Tür auf. Dahinter war es dunkel. Sie biss ihre Zähne aufeinander und schaltete das Licht an.

Wo gestern noch die Artikel gehangen hatten, war nun nur noch brauner Kork. Die Pinnwand war leer. Auch auf den Tapeziertischen lagen keine Zeitungsausschnitte mehr. Der Einbrecher hatte alles mitgenommen.

Sie saß mit einem Kaffee auf dem Sofa und dachte nach. In ihrem Kopf sprang ein Gedanke zum nächsten. Trotzdem versuchte Nora Ordnung zu schaffen.

Jemand war in ihr Haus eingebrochen. Wann war das passiert? Als sie mit Esther hinausgegangen war? Oder schon, als sie noch geschlafen hatte? Wie lange war er im Haus gewesen? Er war reingekommen, obwohl Nora keine Einbruchsspuren entdeckt hatte. Also hatte jemand einen Schlüssel oder war nach Esther ins Haus gekommen. Diese hatte schließlich die Tür offen stehen gelassen.

Er war in den Keller gegangen und hatte alles mitgenommen, was ihr Vater gesammelt hatte. Warum? Weil die Spuren zu dem Einbrecher führen würden? Weil er selbst weiter forschen wollte? Aber wäre es dann nicht einfacher gewesen, direkt zu Nora zu gehen und seine Hilfe anzubieten?

Sie setzte sich abrupt auf und verschüttete dabei einen Klecks Kaffee auf dem Teppich vor dem Sofa.

Wenn der Einbrecher sich nicht gut mit Nora verstanden hatte und daher nicht einfach seine Hilfe anbieten konnte, machte der Einbruch Sinn. Nils und Doris wussten genau, dass sie gar nicht erst bei Nora anfragen brauchten. Sie hatten ihrem Vater nahe genug gestanden, dass er ihnen einen Schlüssel überlassen hätte. Schließlich war es üblich, Nachbarn einen Zweitschlüssel zu geben.

In Dirks Fall, der auch einen Schlüssel unter dem Blumentopf vor der Tür hatte, einen Drittschlüssel.

Aber Nora konnte sich einfach nicht vorstellen, warum die beiden die Artikel brauchten. Sie würden doch nicht nach einem Mörder suchen. Sie waren zwar neugierig, aber ihre Neugierde ging nicht über das Beobachten von Nachbarn hinaus.

Nora rieb sich die Augen. Der Kaffee und das Adrenalin hielten sie zwar wach, aber erschöpft war sie trotzdem. Hätte Nora gewusst, was sie hier erwartete, hätte sie Marvin mit der Arbeit allein gelassen. Sie hätte keinen Fuß in dieses Haus gesetzt. Es war nicht gut. Es barg nur Leid, Trauer und Unglück.

Sie gehörte zu den ersten, die den Supermarkt betraten. Es war so früh, dass die Sonne noch nicht aufgegangen war. Nora wollte schnell eine Glühbirne für die Wohnzimmerlampe und frisches Brot kaufen.

Nachdem sie die Glühbirne bezahlt hatte, stellte sie sich an der zum Supermarkt gehörenden Bäckerei an. Vor ihr in der Schlange stand nur eine Frau. Sie hatte braune Haare, trug einen dicken Wintermantel und schwere Stiefel. Sie verstaute ihren Einkauf in einer Stofftasche, da erkannte Nora sie.

»Louise«, sagte sie und lächelte. »Hallo.«

Die Frau, die auf der Burg lebte, drehte sich zu Nora um und lächelte. »Hallo Nora. Wie geht es dir? So früh schon unterwegs?«

»Ich habe kaum noch Brot zu Hause«, sagte sie und deutete auf die Fachverkäuferin, die Nora erwartungsvoll ansah.

»Bestell nur. Ich warte«, sagte Louise.

Sie hatte viel Unmut durch Lisa und Nils erfahren. Ganz zu schweigen von Esther und dem Einbrecher. Da war es schön, ein freundliches Gesicht zu sehen.

Mit dem Laib Brot kehrte sie zu Louise zurück, die sich an den Ausgang gestellt hatte und auf sie wartete.

»Konnte Mila dir helfen?«, fragte Louise und sie verließen den Laden.

»Ja. Ich habe mit einem Polizisten reden können. Leider hat er mir auch nicht mehr sagen können als du.« Zumindest was das Mädchen auf der Burg betraf.

»Schade. Ich kann verstehen, dass du mehr über deinen Vater erfahren möchtest.«

Noras Körper entspannte sich. Es tat gut, mit jemandem offen sprechen zu können.

»Es ist nur so, dass ich mich kaum an meine Kindheit erinnern kann«, vertraute sie sich ihr an. »Seit ich hier bin, kommen einige Erinnerungen zurück, aber nicht alle.«

»Was sind das für Erinnerungen?«

Nora seufzte. »Wie ich im Wald mit meinem Bruder oder in dem Spukhaus bei mir in der Straße spiele.«

»Im Spukhaus?«

»Ach, das ist ein leerstehendes Haus. Da wohnt schon seit meiner Kindheit niemand mehr.«

Louise schmunzelte. »Okay. Und haben die Erinnerungen etwas gemeinsam?«

Nora zögerte. »Nur, dass ich in ihnen ein Kind bin.«

»Wie alt bist du da?«

»Fünf bis zehn, glaube ich. Ich weiß es aber nicht genau.«

»Dann ist dieses Alter wichtig. Irgendetwas wird da passiert sein, dass du dich nicht mehr daran erinnern möchtest.«

»Meine Mutter ist gestorben, als ich zehn war«, sagte Nora leise.

»Das kann der Grund sein.« Louise lächelte sie an. »Vielleicht solltest du einfach geduldiger sein. Irgendwann wird sich dir erschließen, was passiert ist und was dein Vater für ein Mann war.«

»Glaubst du?« Nora fürchtete, sie würde nach Hause fahren, bevor die Erinnerungen sich ihr erschlossen hatten.

»Ich glaube, die Erinnerungen wollen mit dir kommunizieren.« Als sie Noras Blick bemerkte, lachte sie. »Halte mich ruhig für verrückt. Aber unser Geist wird unterschätzt und hat mehr drauf, als wir ihm zutrauen.«

Kapitel 18

Nachdem Nora die Glühbirne eingeschraubt und das Brot in der Küche verstaut hatte, trat sie wieder nach draußen. Sie wollte mit Nils und Doris sprechen und nicht warten, bis ihr Mut und ihre Angriffslust verschwunden waren.

Sie stapfte zu dem Haus ihrer Nachbarn. Nils und Doris würden um diese Uhrzeit sicherlich schon wach sein.

Sie lief durch den kleinen Vorgarten, direkt auf ihre Haustür zu. Ausnahmsweise sahen mal keine neugierigen Augen nach draußen und beobachteten sie.

Sie drückte auf die Klingel, stemmte ihre Hände in die Hüften und wartete. Es war das erste Mal, dass sie Kontakt zu ihnen suchte. Normalerweise waren sie es, die zu ihr kamen, um sich zu beschweren. Sie trat einen Schritt zurück und sah die Fassade hoch.

Da ihr niemand öffnete, drückte sie noch einmal auf die Klingel, dieses Mal länger.

»Da werden Sie niemanden antreffen!«

Wie ertappt, wirbelte Nora herum und sah zu dem Mann, der auf der anderen Straßenseite stand. Er kam von rechts und hielt eine Aktentasche in der Hand.

Nora kam ihm entgegen. »Wissen Sie, wo die beiden sind?«

»Nein. Aber ich glaube, ich habe sie vor einer halben Stunde wegfahren sehen.« Er lächelte sie an.

Ein Lächeln, das ihr einen Schauer über den Rücken jagte. Der Mann wirkte oberflächlich gesehen gepflegt und ordentlich. Aber seine Zähne waren gelb, auf seinem

Pullover prangte ein Fleck und seine Augen wirkten wirr und ruhelos.

»Okay. Danke«, sagte sie und wollte so schnell wie möglich von dem Mann wegkommen.

»Kann ich Ihnen vielleicht helfen?«, fragte er, bevor sie sich von ihm abwenden konnte.

»Nein. Danke.« Sie blieb stehen und sah hinter ihm die Straße hoch. »Wohnen Sie hier?«

Er trat näher, um ihr seine Hand zu reichen. »Entschuldigen Sie. Ich habe mich gar nicht vorgestellt. Ich bin Alf. Alfred eigentlich, aber den Namen finde ich scheußlich.«

Nora sah auf seine Hand hinab. Unter seinen Fingernägeln konnte sie sogar aus dieser Entfernung Dreck sehen.

»Nora.« Sie beließ es bei einem knappen Nicken.

»Die Tochter von Dirk. Ich habe schon viel von Ihnen gehört. Ich wohne dort drüben mit meiner Familie.« Er deutete mit einer Kopfbewegung zu dem Haus neben Lisas und Esthers. Es war das letzte auf der linken Seite. »Wenn Sie Hilfe beim Ausräumen des Hauses brauchen, können Sie sich melden. Wir helfen gerne.«

Nora wunderte sich nicht, dass er wusste, was sie hier tat.

»Okay. Ich melde mich, wenn ich Hilfe brauche«, sagte sie und wusste genau, dass sie das nie tun würde.

Sie nickte ihm zu, dann wendete sie ihm den Rücken zu und ging zum Haus ihres Vaters.

Sie spürte auf dem gesamten Weg seinen Blick in ihrem Rücken. Sie schloss die Tür hinter sich und lugte aus dem Fenster. Doch Alf war weg.

Nora zog sich eine Winterjacke und einen Schal an. Es war selbst im Haus kalt, da würde es im Wald noch kühler werden. Sie trat aus der Haustür und bog nach rechts. Sie zwängte sich an den Mülltonnen vorbei und ging den schmalen Weg zwischen Haus und Gartenzaun entlang.

Nora lief über die Wiese, auf den Wald zu. Sie vergrub ihre Hände in den Jackentaschen und zog ihre Schultern hoch.

Sie konnte deutlich die Kälte spüren, die ihren Weg durch den Stoff ihrer Jacke und den Pullover bahnte, um sich um ihre Knochen zu legen. Sie ging über tote Blätter und feuchte Erde. Obwohl es heute nicht geregnet hatte, lag Nässe in der Luft.

Sie konnte nicht einschätzen, wie lange es bis zu den Häusern hinterm Wald dauerte. Aber Nora würde durch den Wald schneller an ihr Ziel kommen, als außen herum.

Louise hatte wahrscheinlich Recht. So bescheuert sich das auch anhörte, glaubte Nora ihr, wenn sie sagte, die Erinnerungen wollten ihr etwas zeigen. Sie kamen nicht willkürlich in ihr auf. Es gab einen Grund, weshalb sie sich daran erinnern konnte, wie sie dem Mädchen zugewunken hatte. Nora erhoffte sich mehr Erinnerungen, wenn sie an die gleiche Stelle wie damals ging.

Überall auf der Welt veränderten sich Städte. Wälder wurden abgeholzt und neue Häuser gebaut, doch in Neuerdorf änderte sich wenig.

In den engen Gassen standen immer noch Häuser, die schon lange nicht mehr bewohnbar waren, als Nora ein Kind gewesen war. Manche waren dabei so klein, dass sie heutzutage nur noch als Schuppen genutzt würden. Aber damals hatten dort Menschen, im Weltkrieg sogar ganze Familien, gelebt.

111

Genauso wenig würde das Haus des Mädchens abgerissen worden sein. Vielleicht hatte Nora sogar Glück und eines der Mädchen lebte nun dort mit ihrer eigenen Familie. Doch das wagte Nora kaum zu hoffen.

Obwohl es schon so kalt war, waren immer noch Vögel zu hören. Doch die schaltete Nora irgendwann ganz aus. Sie hatte das Gefühl, als wäre sie in Watte gepackt.

Zwischen den Bäumen blitzten Häuser auf. Sie verlangsamte ihre Schritte, bis sie schließlich einige Meter vom Waldrand entfernt, hinter einem Strauch stehen blieb. Wie in ihren Erinnerungen waren die Einfamilienhäuser aneinandergereiht und zeigten mit ihrer Rückseite zum Wald.

Sie war damals wiedergekommen. Erst Wochen später, aber sie war wiedergekommen. Die Langeweile hatte sie getrieben. Ihr Bruder hatte mit seinen Freunden gespielt und keine Lust auf seine kleine Schwester. Nora war im Wald umhergestreift und hatte sich dann wieder an die Mädchen erinnert, die hier mit Puppen gespielt hatten.

Nora hatte schon lange nicht mehr mit Puppen gespielt. Eigentlich hatte sie das nie getan. Durch ihren Bruder war sie an anderen Dingen interessiert gewesen.

Sie lief durch den Wald. Vielleicht könnte sie ja bei den Mädchen klingeln und fragen, ob sie Lust hatten mit ihr zu spielen. Nora fühlte sich wieder stark und mutig. Sie kam hinter dem Haus an, doch es war niemand zu sehen. Sie ging über den Garten zum Haus und rechnete jeden Moment damit, dass ihr jemand zurief, sie habe hier nichts zu suchen und solle verschwinden.

Aber sie gelangte bis zum Haus, ohne dass jemand sie aufhielt. Nora ging zwischen den zwei Häusern vorbei und erblickte eine Straße vor sich, die ihrer eigenen nicht unähnlich war. Diese war länger. Aber sonst sahen sich die Häuser sehr ähnlich. Das gab Nora noch mehr Zuversicht.

Die Mädchen waren wie sie. Da gab es nichts, wovor sie Angst haben brauchte.

Sie trat an die Haustür und klingelte.

Ein Hund bellte hinter ihr. Sie drehte sich um, suchte die Straße nach ihm ab, konnte aber keinen erkennen. Sie wandte sich wieder der Tür zu und zuckte zusammen, da plötzlich ein großer Mann vor ihr stand. So nah, dass sie seinen muffigen Geruch einatmen konnte.

Kapitel 19

»Ja?« Er sah zu ihr hinab.

Nora trat von einem Fuß auf den anderen. Er war wirklich groß. Viel größer als ihr Vater.

»Ähm ...« Ihr kam die Idee, mit den Mädchen zu spielen nun blöd vor. Das hätte sie nicht machen sollen. Sie mied den Blickkontakt. Was sollte sie denn jetzt sagen?

»Was willst du?«, fragte der Mann und beugte sich vor. »Willst du zu meinen Töchtern? Bist du eine Freundin?« Und als sie weiterhin schwieg: »Verdammt, sag doch was!«

Er klang so genervt, dass Panik in ihr hochstieg. Würde sie jetzt sagen, es sei nichts, würde er das Klingeln für einen schiefgegangenen Streich halten. Aber sie wollte auch nicht mehr mit den Mädchen spielen.

»Ich muss mal«, flüsterte sie einer Eingebung folgend.

Der Mann lachte blechern. »Na, dann komm mal rein.« Er hielt ihr die Tür auf.

Nora sah zu ihm auf und spürte einen Schauer über ihren Rücken laufen. Es fühlte sich an, als würde sie in eine Falle tappen, als sie an ihm vorbei und in das Innere des Hauses trat.

Sie hatte ihren Bruder angerufen und um ein Gespräch gebeten. Obwohl er nicht gerade erfreut darauf reagiert hatte, machte sie sich nun auf den Weg zu ihm. Er war die einzige Person, mit der sie offen über ihren Vater sprechen konnte. Die einzige Person, die ihr und ihm nahegestanden hatte.

Er öffnete ihr mit ernstem Gesichtsausdruck, brachte nicht einmal ein Lächeln zustande.

»Worüber willst du reden?«, fragte er und führte sie in die kleine Küche.

Sie setzte sich an den Tisch, auf dem neben einer leeren Tasse ein Teebeutel lag, um den sich eine Pfütze gesammelt hatte. Marvin lehnte sich gegen die Arbeitsplatte und verschränkte seine Arme vor der Brust.

»Gestern Nacht war jemand in dem Haus unseres Vaters.«

Er schien nicht überrascht zu sein. Einzig eine Augenbraue schnellte nach oben. Sonst zeigte er keine Reaktion.

»Aber ich habe keine Einbruchsspuren entdecken können. Wer hat alles einen Schlüssel für das Haus?«

»Woher soll ich das wissen?«

Nora seufzte. Sie hatte jetzt keine Lust auf seine Zickereien. »Weil du Dirks Sohn bist. Vielleicht hast du ja irgendetwas mitbekommen. Hat er gesagt, wem er einen Zweitschlüssel gibt?«

»Ich habe einen Zweitschlüssel. Der andere Schlüssel lag unter dem Blumentopf an der Haustür. Aber ich gehe mal davon aus, dass du ihn bei dir trägst und nicht da liegen lässt.«

»Richtig.«

»Na, da hast du deine Antwort.«

»Nils und Doris haben keinen Zweitschlüssel?«

»Wozu? Sie konnten doch immer mit dem Blumentopfschlüssel rein.«

Sie hätte gerne mehr Hilfe und Anteilnahme von ihm bekommen. Er hatte nicht einmal gefragt, was der Einbrecher gewollt hatte, ob er sie verletzt hatte.

»Der Typ hat die Sachen aus dem Keller mitgenommen. Die Artikel.«

»Ist das schlimm?«

»Findest du das nicht sonderbar? Was will die Person mit den Artikeln?«

Er zuckte mit den Schultern.

»Wenn der Serienmörder wusste, dass unser Vater ihm auf der Spur war, könnte er die Notizen und Artikel gestohlen haben.«

Marvin schnaubte. »Ich glaube nicht, dass unser Vater dem Kerl auf der Spur war.«

»Vielleicht hat der Mörder das aber gedacht.«

»Na, dann wird er jetzt wissen, dass er es nicht war.«

Nora schüttelte enttäuscht den Kopf. »Machst du dir keine Sorgen um mich? Nicht mal ein bisschen?« Es klang, als würde sie Mitleid haschen wollen, aber das war nicht beabsichtigt. Es verletzte sie, dass ihrem Bruder egal zu sein schien, ob ein Serienmörder um Nora herumschlich, während sie schlief.

»Warum sollte ich? Wenn er dich hätte töten wollen, würdest du nicht vor mir sitzen. Er wollte nur die Artikel haben. Dich hat er in Ruhe gelassen.«

Gut. Im Prinzip hatte er Recht. Wenn der Mörder bei ihr eingebrochen war, dann hatte er ihr kein Haar gekrümmt, obwohl er die Möglichkeit dazu gehabt hätte.

»Denkst du an die Beerdigung morgen?«, fragte Marvin sie.

Nora registrierte, was er sagte und nickte. Natürlich hatte sie nicht an sie gedacht, was wahrscheinlich viel über ihre Qualitäten als Tochter aussagte.

Aber ihr ging jetzt ein ganz anderer Gedanke im Kopf umher. Wenn der Serienmörder gewusst hatte, dass ihr Vater nach ihm suchte, musste dieser es ihm erzählt haben und ihr Vater hatte von den Artikeln nicht jedem erzählt. Sonst hätte Marvin davon gewusst.

Das bedeutete, dass ihr Vater dem Täter nahegestanden haben musste. Selbst wenn der keinen Schlüssel gehabt und durch die offene Tür gekommen war.

Und noch etwas bewies der Einbruch: Noras Vater hatte die Morde nicht begangen.

Den restlichen Tag hatte Nora sich um das Schlafzimmer ihres Vaters gekümmert. Sie hatte Kleidung und Bettwäsche in zwei Stapel aufgeteilt. Den einen Stapel wollte sie wegschmeißen, den anderen Stapel spenden. Geld konnte man für die altmodische Kleidung ihres Vaters nicht mehr verlangen.

Nach einem schnellen Abendessen und zwei Stunden vor dem Fernseher lag sie nun wach auf der Couch und dachte nach.

Sie versuchte ihre Gedanken zu ordnen, die in ihrem Kopf seit dem Gespräch mit ihrem Bruder umherschwirrten.

Wer konnte der Serienmörder sein? Dass es ihr Vater war, war ausgeschlossen. Niemand hätte die Artikel geklaut, wenn er nicht der Mörder war. Die Annahme, dass der Dieb den Mörder mit den Artikeln finden wollte, war absurd. Dafür hätte er niemals einen Einbruch begangen und riskiert, erwischt zu werden. Er hätte die Artikel entweder selbst zusammensuchen oder Nora nach denen ihres Vaters fragen können.

Also was wusste sie über den Serienmörder? Er lebte in Neuerdorf, hatte Beziehungen zu Bonn, stand auf braunhaarige Frauen Ende zwanzig und wusste, dass ihr Vater nach ihm gesucht hatte.

Sie zog die Decke hoch, bis sie auch ihr Kinn bedeckte. Mit einem Mal fühlte sie sich gar nicht mehr sicher.

Bei Marvin am Tag hatte es noch plausibel geklungen, dass der Mörder ihr nichts antun würde. Schließlich hatte er die Chance gehabt und nicht genutzt. Wo sie nun im Dunkeln und alleine in dem Haus war, zu dem jemand, der fünf Frauen vergewaltigt und ermordet hatte, Zugang hatte, fühlte sie sich alles andere als sicher.

Sie sollte unbedingt die Schlösser des Hauses austauschen. Und den Polizisten anrufen. Sie hätte den Einbruch schon längst melden sollen. Aber die Zeitungsartikel, die sie der Polizei nicht auf die Nase hatte binden wollen, hatten sie davon abgehalten.

Nora drehte sich auf die Seite und schloss ihre Augen. Gut. Sie hatte einen Plan für den nächsten Tag.

Die Polizei verständigen, einen Schlosser beauftragen und auf die Beerdigung gehen. Vor der konnte sie sich nicht drücken, auch wenn es ihr davor graute.

Es wurde Zeit zu schlafen. Also schlaf ein, sagte sie sich und versuchte sich zu entspannen. Sie ließ ihren Körper schwer werden und atmete regelmäßig ein und aus.

Langsam manövrierte sie sich in den Schlaf. Doch ein Geräusch ließ sie aufschrecken.

Ihr Herz setzte für eine Sekunde aus.

Nora riss ihre Augen auf und lauschte in die Stille. Nichts.

Sie musste das Geräusch geträumt haben. Sie hatte ja schon fast geschlafen.

Aber das Geräusch ertönte wieder und nun war Nora sich sicher, dass sie es nicht geträumt hatte.

Jemand schloss die Haustür auf.

Kapitel 20

Nora hielt die Luft an. Die Tür war offen. Sie spürte den kalten Luftzug bis ins Wohnzimmer. Aber sie hörte keine weiteren Geräusche. Keine Schritte, kein Atmen, kein Türöffnen oder -schließen.

Sie wusste nicht, was sie tun sollte. Also blieb sie mit zugekniffenen Augen liegen und bewegte sich nicht. Sie war sich nicht einmal sicher, ob sie aufstehen könnte, selbst wenn sie wollte.

Die Kälte kroch unter ihre Decke und Nora bekam eine Gänsehaut. Ein Zittern ging durch ihren Körper. Sie wollte sich nicht bewegen, konnte es aber nicht unterdrücken.

Wo war der Einbrecher gerade? War er in den Keller gegangen? Warum? Er hatte doch alles mitgenommen.

Nora schoss die abgeschlossene Kellertür in den Sinn. Hatte ihr Vater dort noch mehr Informationen gesammelt? Noch brisantere? War der Mörder gekommen, um sich einen Weg zu den Informationen zu verschaffen? Oder war er gekommen, um Nora zu beseitigen? Wenn man es genauer betrachtete, hatte er das letzte Mal gar nicht die Möglichkeit gehabt, sie zu töten. Esther war da gewesen und wahrscheinlich ein zu großes Risiko.

Aber was sollte Nora jetzt machen? Sie würde gerne warten, bis er wieder ging, aber da sie ihn nicht hörte, könnte er ewig in dem Haus herumschleichen oder schon längst weg sein. Sie wüsste es nicht.

Okay. Sie musste jetzt etwas tun. In der Küche waren Messer. Sie würde sich eines davon nehmen und falls sie jemanden überraschte, würde sie ihn damit vertreiben.

Aber dafür müsste sie erst einmal die Augen öffnen und die Kraft finden aufzustehen. Nora wusste nicht, ob sie das schaffte.

Eins nach dem anderen.

Blinzelnd öffnete sie die Augen und unterdrückte einen Schrei. Jemand stand direkt vor ihr.

Sie biss sich fest auf die Unterlippe. Es war Esther. Sie hatte den Ausdruck im Gesicht, der Nora verriet, dass sie schlafwandelte. Dieses Mal ohne Messer in der Hand. Nora setzte sich auf.

Da war kein Serienmörder, gegen den sie sich wehren musste. Nur das Nachbarsmädchen.

»Hallo Kleine. Was machst du denn schon wieder hier?«, fragte sie in die Stille, ohne eine Antwort zu erwarten. »Ich bring dich nach Hause.«

Dieses Mal nahm sie sich die Zeit Schuhe und Jacke anzuziehen, bevor sie Esther nach draußen führte.

Die Kälte klärte ihre Gedanken. Nun wusste sie endlich wie Esther in das Haus kam. Sie hatte einen Schlüssel. So einfach war das. Wahrscheinlich hatte sie irgendwann den Schlüssel unter dem Blumentopf genommen und ihr Vater hatte einen nachmachen lassen und wieder unter den Topf gelegt.

Sie führte sie die Straße hinunter. Die lag still vor ihnen. Nur im Haus von Martin brannte noch Licht. Sie war froh, dass sie ihn nun seit einigen Tagen nicht mehr gesehen hatte. Sie brachte Esther zu ihrem Haus und klingelte.

Sekunden später öffnete Lisa ihr in Jeans und Pullover die Tür. Es war noch nicht spät. Lisa hatte noch nicht geschlafen.

»Hallo, meine Kleine«, sagte sie zu Esther und führte sie in das Innere des Hauses. Nora nahm sie gar nicht richtig wahr.

»Deine Tochter hat einen Schlüssel zu dem Haus meines Vaters«, sagte Nora gerade heraus.

»Ich kann mich nicht daran erinnern, Ihnen das Du angeboten zu haben.« Lisa musterte sie kühl.

Nora seufzte. »Ihre Tochter hat einen Schlüssel zu dem Haus meines Vaters. Ich hätte ihn gerne zurück.« Da Lisa nicht begeistert sein würde, wenn Nora ihre Tochter durchsuchte, hatte sie darauf verzichtet. Aber nun würde sie nicht ohne den Schlüssel gehen.

Lisa wandte sich von Nora ab und sah zu ihrer Tochter hinunter. Wie in Zeitlupe bückte sie sich und legte beide Hände an ihre Schultern.

»Esther?«

Nora sah, wie Lisa den Druck ihrer Hände verstärkte. Sie war es offensichtlich nicht gewohnt, ihre Tochter während des Schlafwandelns zu wecken. Unbeholfen drückte sie ihre Schultern fester und schüttelte Esther.

»Schatz, wach auf.«

Sie schüttelte sie noch stärker. Esthers Kopf wackelte dabei leicht vor und zurück, bis sie zusammenzuckte und dann versteifte.

»Hallo mein Schatz«, sagte Lisa so sanft, dass Nora sich fragte, wie sie so schnell die Feindseligkeit hatte ablegen können.

»Mama.« Esther traten Tränen in die Augen.

Nora zog die Augenbrauen zusammen. Auf dem Gesicht des Mädchens breitete sich Erkenntnis und dann Trauer aus, fast schon Verzweiflung. Nora konnte sich die Reaktion nicht erklären.

»Ich bin schon wieder geschlafwandelt«, murmelte Esther und ihr rann eine Träne über die Wange.

»Das ist doch nicht schlimm, Schätzchen.« Lisa strich ihr die Träne weg. »Aber kannst du vielleicht mal nachsehen, ob du einen Schlüssel bei dir hast?«

»Was?« Esther sah ihre Mutter an.

»Du warst wieder in Dirks Haus. Seine Tochter hat dich zurückgebracht.«

Erst jetzt bemerkte Esther Nora, die still an der Tür stand und die Szene beobachtete.

»Sieh mal bitte in den Taschen deines Nachthemds nach.«

Esther sah wieder ihre Mutter an, zögerte, steckte dann aber eine Hand in die Tasche in ihrem Nachthemd. Zuerst tat sich nichts, doch dann zog sie einen Schlüssel aus der Tasche. Klein, Silbern und unbedeutend. Aber den, den Nora gebraucht hatte.

Lisa sog die Luft ein.

»Ich weiß nicht, wie der da reingekommen ist«, stammelte Esther. »Wirklich nicht, Mama. Ich habe den noch nie gesehen.«

»Ist schon gut. Den hast du genommen, als du geschlafwandelt bist.« Lisa nahm Esther den Schlüssel ab. Das Lächeln, das sie ihrer Tochter geschenkt hatte, verschwand augenblicklich, als sie sich an Nora wandte und ihr den Schlüssel reichte.

Sie sah sie dabei mit einem Blick an, als wäre es Noras
Schuld, dass Esther schlafwandelte und ihnen diesen
Kummer bereitete.

Nora nahm den Schlüssel an sich, öffnete den Mund, um
Esther etwas Aufmunterndes zu sagen, schloss ihn dann
aber wieder. Obwohl das Mädchen nun traurig aussah,
hatte Nora noch bis vor wenigen Minuten kein Mitleid mit
ihr gehabt. Im Gegenteil. Sie hatte sie als unangenehm
und bedrohlich empfunden.

Also nickte Nora nur und wandte sich von ihnen ab, um
zu dem Haus ihres Vaters zurückzukehren. Sie hoffte,
dass das Problem mit Esther jetzt erledigt wäre. Sie würde
trotzdem morgen einen Schlosser anrufen. Wenn Esther
wirklich den Schlüssel unter dem Blumentopf genommen
hatte, konnte es sein, dass sich noch jemand bedient hatte.
Und ihr Vater hatte den Schlüssel nachmachen lassen,
ohne zu hinterfragen, wo der eigentliche Schlüssel ver-
blieben war.

Kapitel 21

Besetzt.

Frustriert legte sie auf. War es normal, dass an einem Sonntag kein Schlosser zu erreichen war? Entweder ging niemand an das Telefon oder es war besetzt.

Sie brauchte aber neue Schlösser. Noch heute.

Sie richtete ihren Blick wieder auf den Badezimmerspiegel, atmete tief durch und wandte sich ab. Sie trug ein schwarzes Kleid, das ihr bis über die Knie reichte. Die Haare hatte sie hochgesteckt und Wimperntusche aufgetragen.

Marvin hatte versprochen sie abzuholen, damit sie zusammen zum Friedhof fahren konnten. Es gab nicht viele Friedhöfe in Neuerdorf. Einen direkt in der Stadt, auf dem im zweiten Weltkrieg gefallene Soldaten lagen und einen Friedhof außerhalb der Stadt. Dort würden sie nun hinfahren.

Sie ging die Stufen ins Erdgeschoss hinunter. Die Sonne war noch nicht richtig aufgegangen, wodurch der Tag in einen grauen Schleier gehüllt war.

Sie hatte immer noch kein gutes Gefühl dabei, einen Mann zu betrauern, den sie gar nicht richtig gekannt hatte. Sie wusste nicht einmal, ob sie ihn wirklich betrauerte. Sie hätte gerne erfahren, ob er ein Verbrecher war oder nicht, bevor sie sich zwischen die anderen Menschen stellte und um ihn weinte.

Sie verstaute ihr Handy in der kleinen schwarzen Tasche, die sie sich für die Beerdigung gekauft hatte. Dazu legte sie Taschentücher und ihre Schlüssel.

Sie hatte heute Morgen schon mit Ben telefoniert, den sie davon abhalten hatte müssen, zu ihr zu fahren, um ihr bei der Beerdigung beizustehen. Nora hatte ihm ehrlich geantwortet, dass sie keinen Beistand brauchte. Er war die einzige Person, der sie das sagen konnte. Er wusste, dass sie kein schlechter Mensch war, nur weil sie nicht um ihren Vater trauerte.

Sie stellte sich ans Küchenfenster und sah hinaus. Zu der Dunkelheit mischte sich Nebel, der durch Neuerdorfs Straßen strich.

Sie konnte Lisa und Noras Haus nicht erkennen. Die Häuser von Martin und Doris und Nils waren nur zu erahnen. Aber die erleuchteten Fenster stachen aus der Dunkelheit heraus. Sie würden ebenfalls zur Beerdigung kommen. Nora freute sich nicht darauf, sie wieder-zusehen. Aber wahrscheinlich hatten sie mehr Berechtigung zu kommen als Nora, da sie ihren Vater zumindest gemocht hatten.

Plötzlich löste sich ein Auto aus dem Nebel und hielt vor dem Haus ihres Vaters. Die Erkenntnis, dass sie keine Ahnung hatte, was noch alles hinter dem Nebel verborgen war, gab ihr ein ungutes Gefühl. Aber im Moment war es nur Marvin, der aus dem Auto stieg und auf das Haus zulief.

Obwohl es mittlerweile hell geworden war, zog der Nebel nur langsam davon. Neuerdorf lag im Tal, der Friedhof aber zwischen Feldern auf einem Hügel.

Es lagen nicht viele Menschen auf dem Friedhof. Nora vermutete, dass die meisten Neuerdorfer sich auf einem anderen, außerhalb der Stadt, beerdigen ließen. Einem größeren und gepflegteren.

Nora stand mit verschränkten Armen zwischen der Menge, die dabei zusah, wie der Sarg ihres Vaters in die Erde gelassen wurde und rührte sich nicht.

Sie starrte auf den Sarg. Nach dem Tod hatte sie ihren Vater nicht noch einmal gesehen und nun war sie sich nicht sicher, ob ein geschlossener Sarg die richtige Entscheidung gewesen war. Sie hatte nur noch eine verschwommene Erinnerung an sein Gesicht von vor sieben Jahren, als sie das letzte Mal in Neuerdorf gewesen war. Sie schämte sich, wünschte, sie hätte ihren Vater vor einem Jahr noch einmal besucht. Oder zumindest vor zwei Jahren. Doch es war viel zu lange her und nun war es zu spät. Sie hatte die Chance vertan ihn richtig kennen zu lernen.

Sie betrachtete die Menschen, die mit ihr hier waren. Lisa und Esther, Doris und Nils, Martin, Alf mit einer Frau und zwei Kindern im Teenageralter und ein Dutzend Leute, deren Namen sie nicht kannte. Die meisten waren im Alter ihres Vaters. Vielleicht alte Bekannte, Freunde. Sie wusste es nicht.

Marvin rührte sich neben ihr. Sie sah ihm ins Gesicht, erwartete Tränen. Aber seine Augen waren trocken. Er sah nur betrübt zu dem Sarg hinunter.

Nach und nach löste die Menge sich, um eine Rose auf den Sarg fallen zu lassen. Nora betrachtete die Blume in ihrer Hand und drehte sie.

»Mein herzliches Beileid«, hörte sie eine Stimme hinter sich.

Sie drehte sich um und sah in die Augen von Martin. Sein graues Haar stand ihm vom Kopf ab, aber sein Anzug saß perfekt.

»Danke«, sagte Nora. Sie hätte sich gerne von ihm abgewandt, aber ihr war bewusst, dass sie zumindest auf der Beerdigung ihres Vaters Anstand wahren musste. »Danke, dass Sie gekommen sind. Das hätte meinem Vater viel bedeutet.«

Als wüsste sie das.

Martin lächelte. Unpassend amüsiert. »Da bin ich mir sicher.« Mit den Worten ging er an ihr vorbei auf das Grab zu, um seine Rose hineinzuwerfen.

In dem Moment sah sie, wie Alf sich auf sie zubewegte. So viel Anstand sie auch wahren wollte, mit diesem Mann wollte sie nicht reden. Sie folgte Martin zum Grab und ließ ihre eigene Rose auf den Sarg fallen.

Sie hätte beinahe einen unpassenden Satz wie »Lebe wohl« oder »Auf Wiedersehen« gesagt. Aber in letzter Sekunde konnte sie die Worte herunterschlucken und schwieg.

Hinter ihr sprach Alf mit Marvin und Nora hoffte, schnell verschwinden zu können. Doch da schälte sich eine Gestalt aus der Menge, die Nora versteinern ließ. Sie hatte ihn auf den ersten Blick nicht erkannt. Es war schließlich sehr lange her, dass sie ihn das letzte Mal gesehen hatte.

Der Mann fiel durch seine Größe auf. Er war zwei Meter groß, sehr dünn und hatte einen langen Kopf, auf dem nur noch wenige Haare wuchsen. Die meisten Menschen, die alterten wurden irgendwie trüb, sie schrumpften und fielen in sich zusammen. Aber dieser Mann hatte nichts von seiner damaligen Größe eingebüßt und sah immer noch genauso respekteinflößend aus wie damals.

Sein Blick streifte Nora, aber er schien sie nicht zu erkennen. Wie auch? Sie war vielleicht sechs gewesen, als sie bei ihm geklingelt und auf die Toilette gewollt hatte.

Vor ihrem Auge schob sich das Gesicht, das er vor knapp zwanzig Jahren gehabt hatte. Er war damals schon nicht mehr jung gewesen. Er hatte weniger Falten und mehr Haare gehabt. Sie sah ihn vor sich, wie er seine Hand nach ihr ausstreckte. Er hatte unwahrscheinlich lange Finger gehabt und die Handfläche war in ihrer Erinnerung so groß, wie ein kleiner Topfdeckel.

»Nora. Gut, dass ich Sie noch erwische.«

Sie wurde aus der Erinnerung gerissen und drehte sich zu Alf um. Sie hatte ihm nicht entkommen können, aber nun war sie viel zu sehr mit dem alten Bild des großen Mannes beschäftigt, als dass sie sich darüber hätte ärgern können.

»Ich halte Sie gar nicht lange auf.« Alf lächelte und zeigte ihr seine gelben Zähne. »Ich möchte Ihnen nur mein herzliches Beileid aussprechen. Ihr Vater war ein toller Mann und er wird uns allen fehlen.«

Er streckte ihr seine Hand hin. Nora hatte nicht das Gefühl, sie könnte dem entgehen und ergriff sie. Sie war nicht nur unangenehm warm, sondern auch feucht. Als hätte er geschwitzt. Sie ließ seine Hand los und widerstand dem Drang, sie an ihrem Kleid abzuwischen.

»Danke.«

Marvin stellte sich neben sie, sagte aber nichts. Stille trat ein und Nora räusperte sich.

»Na dann. Wir sehen uns. Marvin, Nora.« Alf nickte ihnen zu, bevor er zu seiner Frau und den Kindern zurückging.

»Unangenehmer Kerl«, sagte sie leise.

»Kein schlechter Kerl«, erwiderte Marvin.

Sie sah ihn an. »Kennst du ihn besser?«

»Besser nicht gerade. Aber ich kenne ihn.«

Die Gäste sprachen Marvin ihr Beileid aus. Doris und Nils waren auch unten ihnen. Sie würdigten Nora nicht eines Blickes, aber das war ihr nur Recht.

Lisa kam mit Esther zu ihnen. Sie ignorierte Nora und sprach mit Marvin, aber Esther betrachtete Nora.

»Hallo«, sagte sie so leise, dass Nora es ihr von den Lippen ablesen musste.

»Hallo«, sagte sie. Dem Mädchen gegenüber hatte sie gemischte Gefühle. Sie mochte Kinder, auch wenn sie selbst keine hatte. Auch Esther mochte sie irgendwie. Aber sie wurde das Bild einfach nicht los, wie Esther mit einem Messer über ihr stand.

»Vermisst du deinen Papa?«, fragte Esther.

Nora zögerte. So unverblümt konnte nur ein Kind sein.

»Ich habe ihn kaum gekannt«, antwortete sie ausweichend.

»Ich vermisse ihn nicht«, sagte Esther leise.

Bevor Nora fragen konnte, ob sie ihren Vater oder Esthers Vater meinte, ergriff Lisa ihre Hand und zog sie von Nora weg. Nachdenklich sah diese ihr nach. Sie vermisste Dirk nicht? Eine merkwürdige Aussage.

Kapitel 22

Sie stocherte in ihrem Essen herum. Rechts neben ihr saß Marvin, der sich mit einem Mann unterhielt, den Nora nicht kannte. Links von ihr saß Martin.

»Was werden Sie mit dem Haus ihres Vaters machen?«, fragte dieser sie und rührte in seiner Suppe.

»Ich werde das Haus verkaufen«, sagte sie, ohne ihn anzusehen.

»Darf man schon mal ein Gebot abgeben?« Martin lachte. Es hörte sich falsch und fehl am Platz an.

»Sie wollen es kaufen?«

»Nein.« Er berührte leicht ihre Hand, die neben ihrem Teller lag. »War nur ein Scherz.«

Ihre Hand verkrampfte sich unter seiner Berührung, aber er schien es gar nicht zu bemerken. Er pustete über seinen Löffel und schob ihn sich dann in den Mund.

»Aber Sie haben noch keinen Interessenten?«, fragte Alf.

Nora hatte gar nicht mitbekommen, dass er ihr Gespräch verfolgte. Er saß ihr schräg gegenüber. Neben ihm unterhielt sich seine Frau mit einer Kellnerin.

Nora räusperte sich. Weitere Augenpaare richteten sich auf sie.

»Nein. Ich werde das Haus erst einmal leerräumen, bevor ich es zum Verkauf ausschreibe.«

Sie wurde sich bewusst, dass der Einbrecher hier an diesem Tisch mit ihnen sitzen könnte. Es konnte der Mann sein, mit dem sich ihr Bruder unterhielt, Martin oder Alf. Es könnte jeder sein, denn sie hatten alle ihren

Vater gekannt und ihm mehr oder weniger nahegestanden.

»Wie weit sind Sie denn mit dem Leerräumen?«, wandte sich ein älterer Herr an Nora. Er saß rechts von Marvin und beugte sich vor, um sie über den Tisch hinweg ansehen zu können.

»Ein paar Zimmer sind fertig, aber es liegt noch viel Arbeit vor mir.« Sie wünschte, jemand würde das Thema wechseln.

»Unser Dirk war wohl ein Sammler, was?« Martin lachte, aber niemand stimmte mit ein.

Alf sah ihn ernst an. Die Gespräche um sie herum verstummten. Nun hatte sich selbst Marvin zu ihnen gewandt, um der Unterhaltung zu folgen.

»Über die Jahre sammelt sich eben viel an«, sagte Nora.

»Unsere alten Zimmer sind total zugestellt«, sagte Marvin und trank einen Schluck Wasser.

Nora nickte.

»Hat er sie als Abstellkammern benutzt?«, fragte Martin amüsiert.

»Ja, so ziemlich.«

»Ich freue mich schon darauf, zwei freie Zimmer zu bekommen, wenn unsere Kinder ausziehen«, mischte Alfs Frau sich ein. Nora hatte ihren Namen nicht mitbekommen. Sie hatte hellbraune Haare, sah unscheinbar aus und wirkte bleich. »Ich würde sie nicht als Abstellkammern verkümmern lassen.«

»Ihm hat der Keller wohl nicht gereicht, mh?«, sagte Alf und warf Nora einen Blick zu.

»Nein. Den Keller hat er für andere Dinge gebraucht«, murmelte Nora.

»Hat vielleicht irgendjemand schöne Dinge zu erzählen?«, fragte Marvin. »Irgendwelche Anekdoten? Verbindet ihr schöne Erlebnisse mit unserem Vater?«

Nora schwieg. Nun war es an den anderen, die Unterhaltung in Gang zu bringen. Zu diesem Thema hatte sie nichts beizutragen.

Sie betrachtete die Menschen an dem Tisch, die einer nach dem anderen Geschichten aus ihrem Leben mit Dirk erzählten. Die meisten Anekdoten waren langweilig. So erzählte der Mann Marvin gegenüber, dass er einmal mit Dirk einem Wildschwein mit seinen Jungen im Wald begegnet war und sich vor Angst fast in die Hose gemacht hatte.

Doris und Nils saßen am weitesten von Nora entfernt. Sie waren auffallend schweigsam. Nora hatte gedacht, dass diese ihren Vater am besten gekannt und am häufigsten gesehen hatten. Aber sie saßen sich still gegenüber und aßen ihr Essen, ohne nach links oder rechts zu sehen.

Es wirkte, als würden sie gar nicht dazu gehören. Als hätten sie sich nur zufällig an den gleichen Tisch wie die Gäste gesetzt und würden nun versuchen, entspannt ihr Essen zu sich zu nehmen, ohne von den lauten Trauergästen gestört zu werden.

Nora hatte nicht das Gefühl, dass sie hier nicht herein passte, sondern dass Doris und Nils die Außenstehenden waren.

Marvin wollte sie nicht nach Hause bringen. Die Angebote von Martin und Alf, sie nach Hause zu fahren, hatte Nora abgelehnt. Sie würde lieber dem Serienmörder auf Neuerdorfs einsamen Straßen begegnen, als von einem der beiden nach Hause gefahren zu werden. Außerdem war es vom Restaurant aus nicht weit.

Auf dem Weg rief sie drei Schlosser an, aber erreichte niemanden. Sie ließ das Handy in ihre Handtasche gleiten. Es war schon Mittag und heute würde bestimmt kein Schlosser mehr bei ihr vorbeikommen. Dann würde sie eben mit einem Messer unter dem Kissen schlafen.

Nora bog in die Straße ein und wäre am liebsten sofort wieder umgekehrt. In den wenigen Tagen, die sie nun hier war, hatte sie die Straße und das Haus ihres Vaters hassen gelernt.

Unfreundliche Nachbarn, schlafwandelnde Kinder, Einbrecher und ein Keller voller Geheimnisse.

Sie erreichte das leerstehende Haus und zögerte. Die Erinnerung an dieses Haus ließ Nora nicht los. Zuerst hatte sie gedacht, dass sie mit jemandem fangen gespielt hatte, aber am Ende wirkte es eher so, als wäre sie vor jemandem geflohen. Vor wem? Vor einem Erwachsenen? Ihrem Vater? Oder einem Kind? Marvin?

Bisher war ihr Vater in keiner ihrer Erinnerungen vorgekommen. Ob das irgendetwas zu bedeuten hatte? Oder würde ihr Vater noch auftauchen?

Nora drückte das Gartentor auf und trat in den Vorgarten.

Sie wollte ihre Erinnerung im Haus wieder hervorrufen und hoffte, dass sie genau da ansetzte, wo die erste geendet hatte.

Sie merkte nicht, dass sie beobachtet wurde. Dass die Menschen ihr mit Blicken folgten, bis sie im Haus verschwunden war.

Kapitel 23

Sie betrachtete die abblätternde Farbe der Fassade und die Fenster, die mit Brettern notdürftig zugenagelt worden waren. Das war noch nicht so gewesen, als sie hier gespielt hatte. Es war Licht durch die dreckigen Fenster gefallen. Aber seitdem waren fünfzehn, zwanzig Jahre vergangen.

Sie drückte die Haustür auf. Sie war aus Holz, bewegte sich aber nicht weit. Nur einen Meter ging sie auf, dann blockierte irgendetwas sie. Nora zwängte sich durch den offenen Spalt, wobei ihre Jacke am Türrahmen schabte.

In dem Haus war es wie erwartet dunkel. Es war feucht und dreckig. Obwohl die Möbel schon längst herausgetragen worden waren, lag hier immer noch Müll. Kartons, Kisten, Decken, Schubladen ohne Schrank und Blätter, Zweige und Steine.

Der Flur im Erdgeschoss war genauso lang wie im ersten Stock. Das Haus ging in die Tiefe. Nora betrachtete die Treppe und fragte sich, ob die sie halten würde.

Vorsichtig trat sie mit einem Fuß auf die erste Stufe und verlagerte ihr Gewicht nach vorne.

Und plötzlich steckten ihre Füße nicht mehr in Schuhen mit Größe 39 sondern 27. Sie stellte den Fuß nicht bedächtig darauf ab, sondern stürmte die Treppe hoch.

Eine Hand glitt über das Treppengeländer, aber sie hielt sich nicht daran fest. Sie wollte so schnell wie möglich nach oben und in Sicherheit kommen. Sie rannte den Flur entlang, konnte sich für keine der vielen Türen entscheiden und war dann auch schon am Ende des Flures angelangt. Sie schlüpfte in den Raum dahinter und knallte die Tür zu.

Atemlos sah sie sich um. Hier sah es genauso aus, wie im ganzen Haus. Die meisten Möbel, die noch hier standen, waren marode. Auch das Eisenbettgestell, das auf der anderen Seite des Raums stand, war kaputt.

Sie ging darauf zu und hatte für einen Moment den Verfolger vergessen. Über dem Bett hing eine Kinderzeichnung aus Papier.

Hinter ihr wurden Türen auf- und wieder zugeschlagen. Er kam näher.

Sie drehte sich um und trat zurück, bis sie mit dem Rücken an die Wand stieß. Hätte das Bett neben ihr Decken oder eine Matratze gehabt, hätte sie darunter kriechen können. Aber so gab es keine Möglichkeit, sich zu verstecken. Sie konnte nur warten, bis die Tür geöffnet und sie gewaltig Ärger bekommen würde.

Nora hielt den Atem an, als sie laute Schritte hinter der Tür hörte. Sie hätte gerne geschrien, Gegenstände gegen die Tür geworfen oder sonst etwas getan, um sich zu wehren. Die Tür öffnete sich und Nora konnte nur dastehen und zu dem riesigen Mann hochsehen. Wie auch schon damals, als sie mit seinen Töchtern hatte spielen wollen.

Nora fluchte. Die Erinnerung hatte sich wieder viel zu früh verflüchtigt. Sie trat noch eine Stufe die Treppe hoch, aber die Erinnerung kehrte nicht zurück. Sie sollte in das Zimmer gehen, in dem sie sich versteckt hatte. Vielleicht würde die Erinnerung dann zurückkommen.

Sie tat einen weiteren Schritt und verlagerte ihr Gewicht auf die dritte Stufe. Das Holz gab so plötzlich nach, dass sie sich nicht einmal am Geländer festhalten konnte.

Sie stürzte nach vorne und stützte sich mit beiden Händen auf der nächsten Stufe ab. Nora hatte Glück, dass diese nicht auch unter ihrem Gewicht nachgab.

Sie hockte einen Moment lang auf der Treppe, dann rappelte sie sich auf und hob vorsichtig den Fuß aus der Stufe. Aus dem Loch drang Geraschel, als würde ein kleines Tier flüchten. Eine Ratte oder eine Taube vielleicht.

Sie würde also nicht nach oben gehen. Sie warf einen Blick in den ersten Stock. Er lag dunkel über ihr.

Wieder dieser große Mann. Sie musste herausfinden, wer er war und was sie mit ihm zu tun gehabt hatte. Hatte sie sich doch mit seinen Töchtern angefreundet?

Während der Kocher das Wasser erhitzte, griff sie nach dem Handy. Huber hatte ihr seine Handynummer gegeben. Nora ging davon aus, dass es die dienstliche war und hoffte, dass er an einem Sonntag zu erreichen war.

Sie wählte seine Nummer. Nora lehnte sich gegen die Arbeitsplatte und sah nach draußen.

Doris und Nils bogen in ihrem alten Geländewagen in die Straße ein und tuckerten auf ihr Haus zu. Nora wunderte sich, dass sie erst jetzt nach Hause kamen. Sie waren alle zusammen vom Restaurant aufgebrochen.

»Huber.«

Sie drehte dem Fenster den Rücken zu. »Hallo Herr Huber. Hier ist Nora Langen. Ich hoffe, ich störe nicht.«

Kurzes zögern, dann sagte er: »Nein, ganz und gar nicht.«

Das Zögern verriet ihr, dass sie ihn doch störte. Er war wohl genauso verheiratet mit seinem Job wie Noras Ehemann.

»Ich möchte auch gar nicht lange stören«, sagte sie. »Ich wollte Ihnen nur erzählen, was passiert ist, falls das wichtig für Ihre Ermittlungen ist.«

»Was ist denn passiert?«

»Bei mir wurde eingebrochen, letzte Nacht. Also bei meinem Vater. Jemand war im Keller und hat … ein paar Dinge mitgehen lassen.«

»Was für Dinge?«

Jetzt kam der schwierige Part, in dem sie ihm nicht das Gefühl vermitteln durfte, ihr Vater hätte etwas mit den Morden zu tun.

»Mein Vater hat über die Morde recherchiert. Also diese Serienmorde, über die wir das letzte Mal gesprochen haben. Er hatte Zeitungsartikel zusammengestellt und sich Notizen gemacht. Das war alles in einem Raum im Keller. Und diese Zeitungsartikel und Notizen sind gestohlen worden. Ich dachte, vielleicht war das der Mörder, dem mein Vater zu nahegekommen ist.«

»Warum haben Sie mir von den Zeitungsartikeln nicht schon vorher erzählt?«

»Ich wusste nicht, dass das wichtig sein könnte«, log Nora.

»Was waren das denn für Zeitungsartikel? Was stand darin?«

»Nun ja. Es ging um die Morde an den Frauen. Ich weiß nicht, was darüber alles geschrieben wurde, aber ich glaube, mein Vater hat so ziemlich jeden Artikel gesammelt.«

»Und was hat er sich für Notizen gemacht?«

»Zum Beispiel hat er auf einer Landkarte Punkte markiert. Ich gehe mal davon aus, dass das die Orte waren, an denen die Frauen gefunden wurden. Oder dort, wo sie gelebt haben. So genau habe ich mir das nicht angesehen.«

»Okay.«

Nora bekam das Gefühl, dass er zu viel darüber nachdachte. Sie wollte nicht, dass er die gleichen Schlüsse zog wie sie, als sie die Artikel gefunden hatte. Aber sie konnte es nicht verhindern.

»Und die Sachen sind jetzt einfach weg?«, fragte er. »Nichts davon ist mehr im Keller. Gar nichts?«

»Gar nichts.«

Nora erzählte ihm, wie sie an dem Abend Esther nach Hause gebracht und dann bemerkt hatte, dass jemand in ihrem Haus gewesen war.

»Sie haben viel zu spät angerufen«, sagte Huber.

»Tatsächlich? Das war mitten in der Nacht und heute Morgen ist mein Vater beerdigt worden.«

»Wir arbeiten auch nachts. Dann wäre ein Team bei ihnen vorbeigekommen und hätte die Spuren gesichert.«

»Ist das nicht immer noch möglich?«

»Ich schicke sie zu Ihnen.«

Kapitel 24

Nora stand so weit von dem Haus ihres Vaters entfernt wie möglich, ohne das Grundstück zu verlassen. Sie hatte sich Jacke und Schal angezogen und war geflohen. Die Spurensicherung war damit beschäftigt, Fingerabdrücke zu nehmen und von allem Fotos zu machen.

Nora hatten sie schon befragt. Dabei hatte es den Ermittler besonders interessiert, warum Nora erst mehr als zwölf Stunden nach dem Einbruch Bescheid gegeben hatte.

Sie hatte sich gefühlt, als wäre sie eine Verdächtige und nach dem Verhör sofort nach draußen gegangen. Sie wusste nicht, wie lange das noch dauern würde, aber sie hoffte, man würde sie bald wieder in Ruhe lassen.

»Was ist denn da los?«, fragte Doris.

Nora hatte gar nicht bemerkt, dass sie zu ihrer Linken erschienen war und das Haus ihres Vaters betrachtete. Nora trug immer noch das Kleid der Beerdigung. Doris hatte sich hingegen umgezogen. Sie schien wieder im Garten gearbeitet zu haben, denn auf Kniehöhe ihrer Jeans waren Schmutzflecken.

»Ein Einbruch.« Warum lügen, wenn es ohnehin rauskam?

»Was?« Doris starrte sie entsetzt an. Von ihrer Wut auf Nora und ihrer Skepsis bezüglich ihrer Verwandtschaft mit Dirk war nichts mehr zu sehen. Vielleicht hatte sie sich jetzt, da sie Nora mit Marvin auf der Beerdigung gesehen hatte, beruhigt.

»Ja.«

»Was wurde gestohlen?«

»Nichts. Gibt ja nichts von Wert im Haus.«

Doris sah zur Haustür und reckte ihren Hals, um mehr erkennen zu können.

Nora wandte sich von ihr ab. »Ich gehe eine Runde um den Block. Bin in zehn Minuten wieder da.«

Sie konnte sich Schöneres vorstellen als mit Doris darauf zu warten, dass die Spurensicherung fertig wurde. Sie war ihr immer noch unangenehm.

Doris reagierte nicht. Sie starrte auf das Haus, durch die die Spurensicherung ein- und ausging, als würde dort ein Toter liegen.

Sie wusste nicht, ob es eine gute Idee gewesen war, Huber anzurufen. Nun liefen diese fremden Menschen durch das Haus, um einen leeren Raum zu untersuchen. Huber war ja noch nicht einmal persönlich gekommen. Nur ein Kollege, der für Einbrüche zuständig war.

Die Vorstellung, dass sie Fingerabdrücke fanden, die in ihrer Datenbank waren und zu ihrem Einbrecher führen würde, war absurd. Das hier war Neuerdorf. Hier standen Diebstahl und Hausfriedensbruch eigentlich nicht an der Tagesordnung.

Nora überlegte, warum sie Huber angerufen hatte. Sie hatte keinen Schlosser erreichen können. Wahrscheinlich war das der Tropfen, der das Fass zum Überlaufen gebracht hatte.

Sie sollte eigentlich beruhigt sein, dass die Polizisten hier waren. Das würde den Einbrecher vielleicht abschrecken.

»Was ist denn da bei Ihnen los?«

Nora hob den Blick und sah zu Martin. Er kam ihr entgegen, an der Leine den Retriever.

»Es ist letzte Nacht jemand bei mir eingebrochen und die sichern Spuren.«

Martin sah an ihr vorbei. »Was hat der Einbrecher mitgehen lassen?«

»Keine Ahnung. Mir fehlt nichts.« Sie hörte die Beiläufigkeit in ihrer Stimme und war stolz.

»Merkwürdig«, sagte er und runzelte die Stirn.

Nora hatte das Gefühl, dass er zu verwundert war. Als würde er ihr nur etwas vorspielen. Sie betrachtete den Mann. Er hatte gesagt, dass er erst seit zwei Jahren hier wohnte und wirkte nicht so, als wäre er mit Dirk befreundet gewesen. Und doch keimte in ihr der Verdacht auf, dass er es gewesen sein könnte, der im Keller die Artikel gestohlen hatte.

»Sie kommen aus Bonn, oder?«, fragte sie.

Es dämmerte schon. Sie schloss die Haustür auf und trat in den Flur. Aus der Küche kamen Stimmen. Ohne sich Jacke und Schuhe auszuziehen, betrat sie die Küche und entdeckte den Polizisten und Marvin am Küchentisch sitzend.

»Ah, da sind Sie ja.« Der Mann stand auf und reichte ihr ein Formular. »Würden Sie das bitte unterschreiben?«

Mit ihrer Unterschrift bestätigte sie, dass die Polizei zu Recht im Haus Spuren gesichert hatte.

»Dann noch einen schönen Abend. Wir melden uns bei Ihnen.« Mit einem letzten Blick auf Marvin, den sie nicht deuten konnte, verließ er die Küche und Sekunden später fiel die Haustür zu.

»Was machst du hier?«, fragte sie.

Er stand auf und ging zum Fenster.

»Ich wollte nur wissen, was hier los ist. Du hast mir nicht erzählt, dass du die Polizei rufen würdest.«

»Was hast du denn erwartet? Natürlich rufe ich die Polizei.«

»Warum hast du es mir nicht gesagt?«

Verblüfft sah sie ihn an. »Weil ich nicht wüsste, warum ich dir das sagen sollte.«

»Er war nicht nur dein Vater. Das ist nicht nur das Haus *deines* Vaters. Nicht nur du bist hier groß geworden.«

»Das weiß ich.« Sie verstand immer noch nicht, was sein Problem war.

Er seufzte und ließ sich am Tisch nieder.

»Möchtest du mir sagen, was los ist?«

Marvin schüttelte den Kopf.

Nora setzte sich ihm gegenüber und stützte sich mit den Ellbogen auf der Tischplatte ab. Schweigend betrachtete sie ihn und gab ihm Zeit, es sich anders zu überlegen. Doch das tat er nicht. Sie lehnte sich zurück und überschlug die Beine. »Weißt du etwas von diesem großen Mann, der auf der Beerdigung war?«

»Ein großer Mann?«

»Ja. Ungefähr zwei Meter groß. In dem Alter unseres Vaters. Vielleicht etwas jünger. Ich glaube, er hat früher mit seiner Familie auf der anderen Seite des Waldes gewohnt.«

Er überlegte. Dann klärte sich seine Miene auf. »Ach der. Norbert. Er hat drei Töchter. Ungefähr in unserem Alter. Ich war als Teenager in eines der Mädchen verliebt.« Ein Lächeln huschte über seine Lippen. Es war traurig. Nostalgisch.

»Was ist mit ihm? Warum war er auf der Beerdigung?«

»Ich nehme an, weil er mit unserem Vater befreundet war.«

»Was?«

»Ja. Vor … vielleicht zwanzig Jahren. Weiß ich nicht so genau.«

»Aber nicht mehr vor kurzem? Sie hatten keinen Kontakt mehr?« Nora lehnte sich vor.

»Keine Ahnung, Nora. So gut kannte ich seine Freunde auch wieder nicht. Er wohnt immer noch in Neuerdorf. Daher wird er wohl kaum keinen Kontakt zu unserem Vater gehabt haben. Aber ob sie befreundet waren …« Er hob die Schultern. »Ich glaube nicht. Ich glaube, das hat sich vor Jahren im Sande verlaufen.«

»Was war mit den Mädchen?«

Er betrachtete sie. »Du kannst dich wirklich nicht daran erinnern?«

Nora schüttelte den Kopf, begierig, mehr zu erfahren.

»Drei Mädchen. Zwei gingen in meinen Jahrgang. Die dritte war mit dir befreundet.« Er musterte Nora, als würde ihr ein drittes Auge wachsen. »Ihr wart sogar ziemlich gut befreundet. Dass du dich nicht mehr an sie erinnern kannst …«

»Wie hieß sie?«

»Ach, keine Ahnung. Da fragst du mich was. Die Mädchen, beziehungsweise jetzt wohl Frauen, wohnen alle nicht mehr hier. Sind genauso wie du weggezogen.«

»Nach Bonn?«

»Kann sein. Weiß ich nicht.«

Nora dachte nach. Halb Neuerdorf schien Kontakte nach Bonn zu haben. Martin, Dirk, Norbert. Bestimmt noch eine Menge mehr. Woher sollte sie da wissen, welcher von ihnen ein kranker Serienmörder war?

»Warum fragst du mich nach der Familie?«

»Ich versuche immer noch herauszufinden, wer die Frauen ermordet hat.«

»Die aus den Zeitungsartikeln?«

Blöde Frage. »Ja. Der Polizist, der die Morde untersucht, hat mir gesagt, dass …« Sie zögerte. Sie hatte Huber versprochen die Informationen nicht weiterzugeben. Außerdem hatte auch Marvin Kontakt nach Bonn. Nora.

Ihr schwirrte der Kopf. Es waren viel zu viele Menschen. Sie musste sie eingrenzen.

»Was?« Marvin beugte sich vor.

Sie schüttelte den Kopf. »Nichts. Ich denke nur nach, versuche schlau aus dem Kuddelmuddel in meinem Kopf zu werden.«

»Vielleicht solltest du die Polizei einfach ihre Arbeit machen lassen.«

Sie hob ihren Blick. »Eben warst du noch sauer, weil ich die Polizei gerufen habe.«

»Weil du es getan hast, ohne mir davon zu erzählen«, korrigierte er sie.

»Wie auch immer. Ich muss herausfinden, was unser Vater mit den Morden zu tun hatte. Und um das zu tun, muss ich herausfinden, wer die Serienmorde verübt hat.«

»Dann pass zumindest auf, dass davon nicht allzu viele Menschen Wind bekommen. Wenn du eine Gefahr für den Mörder wirst, könnte das unschön für dich enden.«

Kapitel 25

Den nächsten Vormittag verbrachte Nora in ihrem Kinderzimmer. Sie hatte sich neue Mülltüten besorgt und füllte eine nach der anderen. Sie fand Spielzeug, Fotos und Kleidung. Mit dem meisten konnte sie nichts anfangen. Zwei oder drei Familienfotos behielt sie, weil darauf ihre Mutter zu sehen war. Der Rest kam weg. Sie wollte alles vernichten, was ihr nicht bei ihren Erinnerungen half.

Sie konnte sich an den ein oder anderen Geburtstag oder Ausflug erinnern. Aber nichts half, ihren Vater besser kennenzulernen. Sie fand ja nicht einmal heraus wie sie als Kind gewesen war.

Und doch hatte Nora das Gefühl, dass sie der Lösung des Rätsels immer näherkam. Sie konnte sich nicht so viel mit ihrer Vergangenheit beschäftigen und immer noch nicht wissen, was damals passiert war.

Sie legte eine Regenjacke in Kindergröße beiseite und lehnte sich gegen zwei Umzugskartons. Am Morgen war sie bei dem Haus gewesen, in dem Norbert mit seinen Töchtern gewohnt hatte. Nun lebte dort eine andere Familie. Sie hatte nicht mit ihnen sprechen müssen, um das zu erkennen. Es war eine dunkelhäutige Familie.

In Neuerdorf lebten nicht viele Menschen mit dunkler Hautfarbe. Nora dachte daran, wie Nils über den Polizisten gesprochen hatte. So war es kein Wunder, dass hier nur Weiße lebten. Als Kind war ihr das nicht aufgefallen. Es wäre ihr wahrscheinlich immer noch nicht aufgefallen, wenn sie nicht so aufmerksam durch die Straßen gehen würde.

Hätte sie mit Norbert gesprochen, wenn er noch in dem Haus wohnen würde? Sie wusste nicht, was sie ihn hätte fragen sollen. Demnach lohnte es sich auch nicht, nach ihm zu suchen.

Außerdem hatte Marvin Recht. Sie sollte nicht so offen zeigen, dass sie sich für die Serienmorde interessierte. Jetzt, wo sie wusste, dass ihr Vater sie nicht begangen hatte und der Mörder demnach nicht tot war, war sie in Gefahr.

Mal angenommen, er wohnte wirklich in Neuerdorf, dann bekam er sicherlich jeden ihrer Schritte mit. Hier tratschte man einfach zu gerne. Der beste Beweis war, wie schnell Marvin erfahren hatte, dass sie die Polizei ins Haus gelassen hatte.

Sie ging nach unten, um Tee zu machen. Obwohl die Heizungen des Hauses alles gaben, um Nora zu wärmen, wurde sie die Kälte nicht los. Sie war zu tief in ihr Innerstes gedrungen.

Nora sah aus dem Küchenfenster auf die Straße, während das Wasser kochte. Im erleuchteten Fenster von Doris und Nils, sah Nora sie zu sich herüberblicken. Nora war es schon so sehr gewohnt, dass es sie nicht mal wunderte. Es war ja schon toll, dass sie nicht mehr zu ihr kamen und sie anschrien oder sie mit einem Stock bedrohten.

Jemand bog in ihre Straße und lief auf sie zu. Nora konnte aus der Entfernung nicht erkennen, wer es war, aber die Person wirkte zielstrebig.

Sie füllte das kochende Wasser in eine Tasse und gab einen Teebeutel dazu. Mit der dampfenden Tasse in der Hand ging sie in den Flur und öffnete die Haustür.

Ihr Gefühl hatte sie nicht getäuscht. Die Person wollte zu ihr. Louise lief die Stufen hoch und zuckte zusammen, als Nora die Tür öffnete.

»Hallo.«

Louise blieb einen Moment verdutzt vor ihr stehen, dann entspannte sie sich. »Hallo. Ich hoffe, ich störe nicht. Ich war gerade in der Stadt unterwegs, als ich gehört habe, dass die Polizei gestern hier war.«

Nora lächelte. Sie war in der Stadt unterwegs gewesen. Für Neuerdorfer bedeutete das, sie war auf dem Marktplatz gewesen, um den herum Geschäfte und Restaurants lagen.

»Du störst nicht. Möchtest du reinkommen und einen Tee mit mir trinken?« Nora freute sich über Louises Besuch. Sie mochte die Frau.

»Gerne.«

Sie gingen in die Küche, wo Nora Louise Tee machte und sich dann zu ihr an den Küchentisch setzte.

»Was ist denn passiert? Geht es dir gut?«, fragte Louise.

»Jemand ist hier eingebrochen.« Nora umschloss mit beiden Händen die Tasse. Wärme strömte von ihren Handflächen ihre Arme hoch. »Es wurde aber nichts gestohlen.« Sie wusste immer noch nicht, wie viel sie Louise erzählen konnte. Sie hätte sich ihr gerne ganz anvertraut. Louise war nett und hatte sicherlich nichts mit den Serienmorden zu tun. Aber irgendetwas in Nora hielt sie davon ab. War es die schlechte Erfahrung, die sie mit den Menschen in Neuerdorf gemacht hatte? Oder war es, dass sie es nicht gewohnt war, dass ein Mensch sofort herangeeilt kam, wenn sie sich Sorgen um Nora machte. Zumal Louise sie nicht gut kannte.

»Aber dir ist nichts passiert?«, vergewisserte Louise sich.

»Nein.« Nora lächelte. »Ich habe Esther zu dem Zeitpunkt nach Hause gebracht.«

»Wie, du hast Esther nach Hause gebracht?«

»Sie schlafwandelt ja manchmal. Dabei ist sie oft in das Haus meines Vaters gekommen, als er lebte und jetzt immer noch.«

Louise sah in ihre Tasse und schluckte.

Nora bemerkte die Veränderung und setzte sich auf. Aber als Louise ihren Blick wieder hob, hatte sie sich gefangen.

»Was ist los?«, fragte Nora.

»Nichts.« Sie winkte ab.

»Doch. Es ist doch etwas. Was ist mit Esther? Was weißt du?«

Louise zögerte. »Ach, was soll's. Ich sag's dir einfach. Esther wurde missbraucht. Die Polizei hat ihren Vater verdächtigt.«

Nora hielt ihren Atem an.

»Das ist ungefähr zwei Jahre her. Dem Vater konnte man nichts nachweisen. Lisa und er waren damals schon getrennt. Ich glaube, die Polizei hat in Lisa die Furcht vor Esthers Vater geschürt und jetzt will sie ihre Tochter nicht mehr zu ihrem Vater lassen. Er ist weggezogen.« Louise hob die Schultern. »Ich weiß nicht, was passiert ist, aber der Verdacht, dass Esthers Vater seine Tochter missbraucht hat, konnte nie aus dem Weg geräumt werden.«

»Was sagt Esther denn dazu?«

»Sie hat nie darüber gesprochen. Sie spricht ja ohnehin sehr selten, aber darüber hat sie nie ein einziges Wort verloren. Lisa hat auch nur herausgefunden, dass Esther missbraucht wurde, weil sie ... geblutet hat. Sie ist mit der Sorge, dass Esther schon ihre Periode bekommt zum Arzt

148

gegangen. Ist natürlich Quatsch. Esther ist damals fünf oder sechs gewesen.«

»Schrecklich«, flüsterte Nora.

Louise nickte. »Ja. Ich habe Esther und das Mädchen bei mir auf der Burg nie in diesem Zusammenhang gesehen. Aber irgendwie ... jetzt wo sie beide mit deinem Vater etwas zu tun hatten.« Sie räusperte sich. »Und es geschah ja auch beides ungefähr vor zwei Jahren.«

Nora biss ihre Lippen zusammen. »Glaubst du, deswegen kommt Esther hierher? Sie stand letztens mit einem Messer vor mir, als ich geschlafen habe. Glaubst du, sie will ... meinem Vater etwas antun und begreift nicht, dass er tot ist?«

Louise sah Nora an, sagte einen Moment lang nichts. Dann holte sie Luft. »Ehrlich, Nora. Ich weiß es nicht. Aber merkwürdig ist es auf jeden Fall, findest du nicht?«

»Ja. Es ist wirklich merkwürdig.«

Nora hob ihre Tasse und pustete über den Tee.

»Damals hat man meinen Vater nicht verdächtigt?«

»Nein. Soweit ich weiß, nicht. Es sind oft die Väter oder Onkel der missbrauchten Kinder. Wahrscheinlich hat man sich deswegen so sehr auf Esthers Vater konzentriert.«

Nora fuhr sich mit beiden Händen durch die Haare. »Das ist ein Albtraum.« Sie spürte eine Last auf ihre Schultern drücken. »Es taucht ein Rätsel nach dem anderen auf. Und alles hat irgendwie mit meinem Vater zu tun. Ich würde ihn so gerne fragen, was er dazu sagt. Ich würde gerne hören, ob er eine Erklärung dafür hat. Oder zumindest sein Geständnis hören. Aber das kann ich nicht. Ich werde niemals hören, was er dazu zu sagen hat. Wie soll ich herausfinden, was passiert ist, wenn er tot ist?«

Kapitel 26

Nora war bewusst, dass sie, wäre sie ein erwachsener Mann in einem Lieferwagen, sofort negativ aufgefallen wäre. Aber als sie nun vor der Grundschule stand, einen bunten Schal um den Hals geschlungen und darauf wartete, dass der Unterricht vorbei war, schien sich niemand für sie zu interessieren.

Die Eltern, die in ihren Autos warteten, verrieten ihr, dass bald Schulschluss war. Viele Kinder der umliegenden Dörfer gingen auf die Grundschule in Neuerdorf. Diese Mütter holten ihre Kinder ab. Aber Lisa würde nicht auftauchen. Esther hatte es nicht weit bis nach Hause. Sie konnte zu Fuß gehen.

Nora hörte die Klingel zum Schulschluss. Sekunden später traten die Kinder aus dem Gebäude. Sie quatschen miteinander, trödelten und hielten nach ihren Eltern Ausschau.

Hätte Nora an einer weiterführenden Schule gestanden, wären die Schüler wahrscheinlich herausgerannt, um so schnell wie möglich dem Unterricht zu entkommen. Aber hier waren die Kinder noch verträumt und so fanden sie erst nach und nach ihren Weg aus der Schule.

Esther war besonders langsam. Sie ging allein und redete nicht mit ihren Klassenkameraden. Sie hatte ihre Hände in den Jackentaschen vergraben und verließ den Schulhof mit gesenktem Blick.

Nora betrachtete sie. Sie hatte Esther bis jetzt fast nur schlafend und im Nachthemd gesehen. Sie schien auch im wachen Zustand nicht ganz anwesend zu sein. Als wäre sie mit ihren Gedanken wo anders.

Nora überquerte die Straße und trat zu Esther.

»Hallo Esther.«

Das Mädchen sah auf. Weder überrascht noch neugierig.

»Erinnerst du dich an mich? Ich bin Nora und wohne jetzt in dem Haus deines Nachbarn Dirk. Wir haben uns auf seiner Beerdigung gesehen.«

»Ich weiß.« Sie sah auf ihre Füße hinab. Sie steckten in braunen Stiefeln.

Einen Moment lang ging Nora schweigend neben Esther her. »Du hast mir gesagt, dass du ihn nicht vermisst.« Nun ärgerte sich Nora, dass sie damals nicht schon nachgehakt hatte.

»Kann sein.«

»Was meintest du damit? Warum vermisst du ihn nicht?«

Sie zuckte mit den Schultern.

»Ist er nicht nett zu dir gewesen?«

Sie schüttelte den Kopf. So leicht, dass Nora es fast übersehen hätte. Esther verlangsamte ihre Schritte. Sie blieben beinah stehen und wurden von den anderen Schülern überholt.

»Was hat er denn nicht Nettes getan?«

»Weiß nicht.«

Nora betrachtete das Mädchen. So würde sie nicht zu ihr durchdringen. Wenn sie mit ihrer Mutter und der Polizei nicht über ihren Missbrauch gesprochen hatte, würde sie das ganz gewiss auch nicht mit Nora tun. Sie musste einen anderen Weg finden.

»Ich mochte ihn auch nicht so gerne«, sagte sie.

Sofort sah Esther auf. »Er war dein Papa.«

»Ja. Aber wenn ein Papa gemein ist, dann muss man ihn nicht mögen.«

»Wirklich nicht?«, flüsterte das Mädchen.

»Magst du deinen Papa?«, fragte Nora plötzlich und ging damit in eine ganz andere Richtung als geplant.

Esther sah wieder zu Boden und blieb stumm.

Als Nora sich sicher war, dass sie nicht mehr antworten würde, sagte sie: »Ich jedenfalls mochte meinen Vater nicht.«

»Ich habe meinen Papa lange nicht mehr gesehen«, flüsterte Esther.

»Er wohnt weit weg, oder?«

Sie nickte.

Nora wendete ihren Blick von Esther ab und sah die Straße hinunter. »Ich habe auch weit weg von meinem Papa gewohnt. Und ich war froh, weil er mir manchmal weh getan hat.«

»Echt?«

Nora nickte. »Er hat mich angefasst.« Im nächsten Moment bereute sie ihre Worte. In Esther regte sich etwas. Wenn sie eben noch offen und kommunikativ gewirkt hatte, schloss sie nun alle Türen zu ihrem Inneren und versperrte sich vor Nora.

Hat er dich angefasst?

Diese Frage musste Esther zur Genüge gehört haben. Es war eine eigentlich harmlose Frage, die bei Erwachsenen aber mit sexuellem Missbrauch gleichgesetzt wurde.

Esther hatte die Frage schon zu oft gehört, um sie nicht richtig zu verstehen.

»Also umarmt«, fügte Nora hinzu, um Esthers Aufmerksamkeit wiederzubekommen.

»Meine Mama umarmt mich auch manchmal.«

»Ja. Umarmungen sind ja auch etwas Schönes. Zumindest bei den meisten Menschen. Bei meinem Vater mochte ich das aber nicht.«

Esther schwieg.

»Hat mein Vater dich auch manchmal umarmt?«

Sie hob die Schultern.

»Weißt du das nicht mehr?«

Sie schüttelte den Kopf.

»Aber du hast ihn nicht gemocht.«

»Nein«, sagte sie. »Doch«, fügte Esther schnell hinzu und sah zu Nora hoch. »Doch.«

Sicher klang das nicht.

»Warst du manchmal bei ihm?«

»Ja, oft.«

»Weil du ihn mochtest?«

Esther seufzte, als würde sie über eine komplizierte Matheaufgabe grübeln. »Warum fragst du mich das?«

»Weil ich dich mag und möchte, dass es dir gut ging, als mein Vater noch gelebt hat.«

Esther schwieg. Zuerst dachte Nora, sie würde über ihre Worte nachdenken. Aber schließlich bogen sie in ihre Straße ein, ohne dass Esther noch ein Wort sagte.

Am Abend ging Nora früh schlafen. Sie hatte nachmittags einen Termin mit dem Schlosser vereinbart. Der nächste freie Termin war erst in zwei Tagen und das kam ihr schrecklich lang vor. Sie hatte mit dem Gedanken gespielt, Marvin zu fragen, ob sie bei ihm schlafen dürfte, ihn aber sofort wieder verworfen. So unwohl sie sich hier auch fühlte, in Marvins Wohnung würde es noch schlimmer sein. Sie war zu klein für sie beide und ihre Differenzen.

So lag sie nun wach und lauschte auf den Geräuschen des Hauses. Es war nicht die pure Angst davor, dass der Serienmörder bei ihr einbrechen würde, die sie wachhielt. Es war die Rastlosigkeit ihrer Gedanken. Sie schwirrten in ihrem Kopf umher und Nora versuchte die Ereignisse der letzten Tage zu ordnen. Ihr wuchs alles über den Kopf. Es waren so viele Hinweise, die zu ihrem Vater führten.

Eigentlich hatte sie es schon gewagt, ihn als nicht pädophil einzustufen. Und dann war Louise mit der Information gekommen, dass Esther auch missbraucht worden war und hatte damit alles in ein anderes Licht gerückt.

Stunden lang überlegte sie, wie sie weiter vorgehen sollte. Von Esther würde sie nichts erfahren. Das Mädchen war zu verschlossen. Lisa würde ihr erst recht nichts erzählen. Nicht, weil sie nicht konnte, sondern weil sie nicht wollte.

Dann blieb nur noch Huber, der ihr auch nichts erzählen würde. Er war Polizist und die sprachen nicht über laufende Ermittlungen.

Was blieb ihr also übrig?

Bei einem Blick auf die Uhr stöhnte sie auf. Es war halb drei. Sie war erschöpft, wollte schlafen, aber ihre Gedanken hielten sie wach.

Sie schob die Decke beiseite und stand auf. Sofort umfing sie Kälte. Sie zog sich einen grob gestrickten Pullover über das Sweatshirt, das sie zum Schlafen trug und schlüpfte in ihre Winterschuhe.

Hier in Neuerdorf kam es ihr viel kälter vor als in Bonn. Sie zog sich Jacke, Schal und Mütze an und ging dann nach draußen. Vielleicht konnte sie sich müde laufen.

Hinter sich schloss sie zweimal ab. Dann ging sie los. Die Dunkelheit wurde nur von Straßenlaternen unterbrochen. Doch viele waren defekt. Immer wieder kam sie an dunklen Stellen vorbei, an denen sie für Sekunden nicht mal ihre Füße erkennen konnte.

Sie vergrub ihre Hände in den Jackentaschen. Die kalte Luft strömte durch ihre Lungen, aber die Bewegung wärmte sie.

Sie lief die Straßen entlang, die sie schon lange nicht mehr kannte. Sie wollte nicht ins Zentrum der Stadt. Sie wollte weiter durch einsame Gassen, vorbei an Häusern mit schlafenden Bewohnern gehen. Das entspannte sie. Aber in Neuerdorf gab es nicht viele Wege, die nicht früher oder später zum Marktplatz führen.

Sie lief eine steile Gasse entlang und kam dem Stadtkern näher. Die Fensterläden der umstehenden Häuser waren geschlossen. In großen Blumentöpfen hingen verdorrte Pflanzen.

Ein Schatten kreuzte ihren Weg und Nora blieb stehen. Eine Katze verschwand zwischen zwei Mülltonnen. Hier gab es so viele Winkel, Ecken und Nischen, dass sich in Nora ein mulmiges Gefühl ausbreitete.

Sie zog ihre Schultern hoch und lief weiter. Dabei lauschte sie auf jedes Geräusch. Als sie aus dem Haus gegangen war, hatte sie gar nicht darüber nachgedacht, dass der Serienmörder ebenfalls durch die Gassen Neuerdorfs laufen könnte.

Da zerriss ein Schrei die Stille.

Noras Herz setzte für einen Moment aus. Sie hob ihren Blick und sah sich um, versuchte herauszufinden, woher das Geräusch gekommen war.

Da erklang erneut ein Schrei, dieses Mal gedämpft. Sie lief die Straße entlang und sah in jede Gasse, an der sie vorbeilief.

Durch Noras Kopf jagten die Gedanken. Der Schrei war unverkennbar von einer Frau gekommen. Ein nächstes Opfer?

Sie beschleunigte ihre Schritte. Die Schreie waren nun leiser, aber Nora lief auf sie zu.

Oh Gott, dachte sie. Ich erwische ihn auf frischer Tat.

Ihre Schritte wurden schneller. Sie musste sich beeilen, wenn sie ihn aufhalten wollte. Sie bog um eine Ecke und wäre fast an der Gasse vorbeigelaufen. Es war so dunkel, dass sie die zwei Schatten beinah übersehen hatte.

Sie bewegten sich. Es war ein absurder Tanz ums Überleben. Nun rannte Nora. Ihre Schritte hallten auf dem Kopfsteinpflaster wider. Eine Gestalt löste sich von der anderen und sah zu Nora herüber. Kurz stockten ihre Schritte, wurden langsamer. Ihr wurde bewusst, auf welche Gefahr sie sich zubewegte.

Doch sie fing sich wieder, als die Gestalt sich zu dem auf dem Boden kauernden Schatten hinunterbeugte. Nora konnte nicht erkennen, was sie tat. Sie hatte das Gefühl, quälend langsam näherzukommen.

Sie musste der Frau helfen. Nur noch fünfzig Meter, dann war sie da.

Der Schatten löste sich von der Person auf dem Boden und lief in die entgegengesetzte Richtung.

Nora atmete auf und spürte wie eine Welle der Erleichterung über sie hinwegschwappte. Sie hatte es geschafft. Die Frau war in Sicherheit.

Nora gab den überanstrengten Muskeln nach und verlangsamte ihren Schritt. Sie konnte immer mehr von der Frau erkennen und langsam kehrte das Grauen zurück.

Die Frau lag gegen Müllsäcke gelehnt auf dem Rücken. Ihre Hose war heruntergezogen und entblößte ihre untere Körperhälfte. Die braunen Haare hatten sich aus ihrem Pferdeschwanz gelöst, verbargen aber nicht die klaffende Wunde an ihrem Hals. Ihre leeren Augen starrten in den schwarzen Nachthimmel.

Kapitel 27

Ihr schossen Tränen in die Augen. Schnell wischte Nora sie weg. Sie musste nun einen klaren Kopf bewahren. Der Körper der Frau war noch warm gewesen, als sie ihr den Puls gefühlt hatte. Eigentlich war nicht zu übersehen, dass sie tot war, aber Nora hatte sichergehen wollen. Sie sah sich in der dunklen Gasse um. Von dem Mörder war nichts mehr zu sehen. Seine Schritte waren längst in den Straßen Neuerdorfs verklungen.

Ihr Blick fiel auf einen kleinen Hund, der zwischen zwei Mülltonnen kauerte. Ein Welpe. Nora sah zu der Frau, dann wieder zu dem Hund. War sie deswegen um diese Uhrzeit auf der Straße gewesen? Hatte sie ihren Welpen ausgeführt?

Sie suchte in ihrer Jackentasche nach ihrem Handy und entfernte sich von der Leiche. Sie wählte den Notruf und erklärte der Frau am Telefon, was geschehen war. Dabei bemühte sie sich, ihre Stimme nicht zittern zu lassen.

Sie versuchte ebenso ruhig zu bleiben, als sie auf die Polizei wartete. Sie stand einige Meter von der Frau entfernt, spürte trotzdem ihren Blick, roch ihr Blut und hörte den Hund winseln.

Nora hätte der Frau gerne die Hose hochgezogen oder sie zumindest mit ihrer Jacke bedeckt. Aber sie durfte keine Spuren verwischen oder ihre eignen Spuren auf der Leiche hinterlassen. So blieb ihr nur, sich von der Frau abzuwenden und sie nicht anzustarren.

Wie würdelos sie auf der Straße lang. Mit heruntergelassenen Hosen und weggeworfen wie Müll.

Wertlos.

Gedemütigt.

Niemand sollte auf diese Art sterben. In Noras Ohren hallte noch der Schrei der Frau wider. Sie musste Schmerzen und Todesangst gespürt haben. Hatte sie Noras Schritte gehört und Hoffnung empfunden, bevor sie gestorben war?

Es dauerte zehn Minuten. Dann kam das erste Auto. Es folgten weitere. Zuerst Streifenpolizisten. Dann die Spurensicherung. Und zum Schluss, als Nora ihre Aussage gemacht hatte, kam David Huber.

Er ging direkt auf sie zu, schüttelte ihr die Hand und fragte sie, wie es ihr ginge.

Nora hob die Schultern. »Wie sollte es mir schon gehen?«

»Es muss ein Schock gewesen sein.«

Nora warf einen Blick zur Leiche, aber die wurde von den Männern der Spurensicherung verdeckt. »Da ist ein Hund.«

»Bitte?« Huber beugte sich vor, um sie besser zu verstehen.

»Sie hat ihren Welpen ausgeführt. Was passiert jetzt mit ihm?«

»Das weiß ich noch nicht. Wenn sie keine Angehörigen hat, die den Hund übernehmen wollen, wird er ins Tierheim gebracht.«

Nora nickte. »Okay.« Nach kurzem Zögern fragte sie: »Darf ich ihn diese Nacht mit zu mir nehmen? Er musste mit ansehen wie sein Frauchen vergewaltigt und getötet wurde. Er kann ein warmes Haus und ein paar Streicheleinheiten gebrauchen.«

Huber sagte ihr nicht, dass das nur ein Hund sei und er nicht wisse, was eine Vergewaltigung sei. »Ist gut. Sie können ihn für diese Nacht mitnehmen.«

Nora nickte und ging einen Schritt auf den Polizisten zu, der den Hund auf dem Arm hielt, aber Huber hielt sie auf.

»Es war gleichzeitig mutig und dumm, dass Sie auf den Täter zugelaufen sind«, sagte er.

Nora blieb stehen und drehte sich zu ihm um. »Sie hat noch gelebt, als ich in die Straße eingebogen bin. Sie hat noch gelebt und sie hat um Hilfe gerufen.«

Huber nickte.

»Ich bin nur zu langsam gewesen. Am Anfang, als ich sie das erste Mal schreien gehört habe, bin ich stehen geblieben und habe überlegt, von wo das Geräusch kam. Ich hätte nicht stehenbleiben dürfen. Ich hätte einfach laufen sollen.«

»Sie sind von hier gekommen?«, fragte Huber und deutete auf die Straße, aus der diese Gasse abzweigte.

Nora nickte.

»Dann hat er Sie kommen sehen und gehört. Egal wie viele Sekunden Sie vorher losgelaufen wären, er hätte sie bemerkt und die Frau Sekunden vorher umgebracht.«

Nora sah zu Boden. Eine Träne lief über ihre Wange. »Ich hätte ihn irgendwie aufhalten können.«

»Nein, das hätten Sie nicht. Er hat sechs Frauen ermordet. Wahrscheinlich hätte er Sie umgebracht, bevor er sich von Ihnen hätte aufhalten lassen.«

Nora versuchte die Worte aufzunehmen und zu verarbeiten. Aber sie flogen vorbei wie Rauch.

Sie saß auf einem Stuhl im Garten und sah dem Welpen dabei zu, wie er über die Wiese lief und mit einem Stock kämpfte.

Huber hatte sich noch nicht bei ihr gemeldet und ihr gesagt, was mit dem Hund geschehen würde. Sicherlich hatte die Tote einen Freund oder eine Freundin, die den Hund übernehmen wollte, aber Nora fühlte sich für ihn verantwortlich. Sie war der Frau so nahe gewesen, als sie starb und war es ihr schuldig. Wenn sie ihr schon nicht das Leben hatte retten können, dann musste sie zumindest für ihren Hund sorgen.

Sie bemerkte erst, dass sie nicht mehr allein war, als eine Hand sich auf ihre Schulter legte.

Nora sah auf und blickte Marvin ins Gesicht.

»Hallo«, sagte sie.

Er lächelte. »Ich habe gehört, was passiert ist.«

Sie nickte.

»Wie geht es dir?«

Nora hob die Schultern. »Ich hätte sie retten können. Ich habe sie noch schreien hören, aber ich kam nicht rechtzeitig.«

»Ich bin mir sicher, du hättest nichts für sie tun können.«

Nora ließ das unbeantwortet. Das würde sie noch oft zu hören bekommen. Aber sie waren nicht da gewesen, waren nicht durch die Gassen geirrt und hatten nicht die Verzweiflung in der Stimme der Frau gehört. Sie hatten nicht den Schatten ihres Mörders gesehen und dessen Schritte gehört. Sie hatten nicht die Hoffnung gespürt, dass sie ihn in die Flucht schlagen und die Frau retten könne. Sie hatten nicht die Erleichterung gespürt, dass sie es geschafft hatte. Nicht den Stolz, der sich sofort in Grauen verwandelt hatte.

»Hast du den Täter erkennen können?«

»Nein. Es ist zu dunkel gewesen.«

Marvin nickte und sagte nichts weiter. Gemeinsam sahen sie dem Welpen zu, wie er sich in dem Stock verbiss.

»Was ist das für ein Hund?«, fragte er schließlich in die Stille hinein.

»Er gehörte der Frau. Ich kümmere mich um ihn, bis ihn ein Angehöriger aufnimmt.«

Sie betrachtete ihn, konnte ihn aber keiner Rasse zuordnen. Er hatte einen schwarzen Kopf, aber zwischen den Augen über die Schnauze und bis zu seinem Bauch hinunter war er weiß. Seine Ohren hingen herab. Nora würde noch herausfinden, was er für ein Hund war.

Irgendwann.

Kapitel 28

Der Wind riss Blätter von den Bäumen. Nora zog ihren Schal hoch bis zum Kinn. Sie ging an dem Haus von Doris und Nils vorbei. Beide saßen in ihren Rattanstühlen vor dem Haus und lasen Zeitung. Es war viel zu kalt, um bei diesem Wetter draußen zu sitzen, aber sie würden wohl alles tun, um ja nichts zu verpassen.

»Sie haben jetzt einen Hund?«, fragte Doris herablassend und betrachtete den Welpen, den Nora an der Leine hielt.

»Ja«, sagte sie nur.

»Wir haben gehört, Sie haben eine Leiche gefunden.« Nils faltete seine Zeitung zusammen und legte sie auf den Tisch zwischen ihnen.

Nora blieb stehen. »Das ist richtig.«

»Was für ein Zufall«, sagte Nils trocken.

»Bitte?«

»Was für ein Zufall, dass gerade Sie die Leiche der jungen Frau finden.«

»Was wollen Sie damit sagen?«

»Nun ja. Nur, dass es schon interessant ist. Wie spät ist es gewesen? Mitten in der Nacht, oder? Und dann gehen sie zufällig dort spazieren.«

»Wenn Sie damit sagen wollen, dass Sie mich für die Mörderin halten, muss ich Sie enttäuschen. Sie wurde vergewaltigt. Ich kann es nicht gewesen sein.«

Nils sagte nichts dazu. Dafür erhob Doris ihre Stimme. »Sie kommen hier nach Neuerdorf und plötzlich wird in Dirks Haus eingebrochen. Plötzlich wird eine Frau vergewaltigt und ermordet.«

»Die Frau ist nicht plötzlich vergewaltigt und ermordet worden«, sagte Nora. »Sie lesen doch Zeitung. Da müssten Sie mitbekommen haben, dass im letzten Jahr mehrere Frauen in Neuerdorf und Bonn ermordet wurden.«

»Mh«, machte Doris nur.

Warum tat Nora sich das an? Sie konnte diese Menschen nicht von ihrer Unschuld überzeugen. Sie glaubten, was sie glauben wollten.

Nora ging weiter und zog den Welpen hinter sich her, der sich gerade an Doris und Nils Gartenzaun erleichtern wollte. Aufgebracht und verärgert, dass sie schon wieder für etwas beschuldigt wurde, das sie nicht getan hatte. Und auch aufgebracht darüber, dass sie noch stehenblieb und mit ihren Nachbarn sprach. Warum lernte sie nicht aus ihren Fehlern und hielt sich von ihnen fern?

Als sie auf der Höhe von Lisa und Esthers Haus ankam, wurde deren Haustür aufgerissen und das Mädchen lief heraus. Sie trug nur Schuhe, keine Jacke und lief aufgeregt auf Nora zu.

Ihre Augen glänzten und ihre Wangen waren gerötet. Ohne Nora eines Blickes zu würdigen, bückte sie sich zu dem Welpen, der sie neugierig beschnupperte.

»Er ist süß, nicht wahr?«

Esther sagte nichts. Sie streichelte das weiche Fell und machte sich ganz klein, um auf der Augenhöhe des Hundes zu sein.

Nora sah zum Haus und entdeckte Lisa, die am Türrahmen lehnte. Sie hatte die Arme vor der Brust verschränkt und sah zu ihnen herüber. Nach einer Weile rief sie Esther zu sich. Das Mädchen sah zu ihrer Mutter, gab dem Hund einen Kuss auf den Kopf und stand auf, um zu Lisa zurückzugehen.

Nora und Lisa sahen sich stumm an. Sie waren zu weit weg, um sich zu unterhalten. Aber Nora hätte auch nicht gewusst, was sie sagen sollte, wenn sie direkt voreinander stehen würden.

Lisa schob Esther ins Haus und schloss die Tür.

Nora ging weiter und gelangte zu dem verlassenen Haus. Sie trat näher und musterte es.

Die Erinnerung kam unvermittelt und ohne, dass Nora mit ihr gerechnet hatte. Sie war dünn, wie Papier, durch das man sehen konnte. Hinter der Erinnerung konnte sie immer noch das leerstehende Haus erkennen.

Sie war in einem Haus. Nora wusste nicht, in wessen. Sie ging die Treppe hoch und suchte nach jemandem. Die Haustür war offen gewesen. Im Haus war es still.

Sie hörte kein Geräusch und sah sich um. Nora war sich nicht sicher, ob sie hier sein sollte. Sie war nicht verabredet gewesen, hatte nur ihre Freundin fragen wollen, ob sie mit ihr auf der Burg spielen wollte.

Die Tür zu dem Zimmer ihrer Freundin stand offen. Sabine hieß sie. Nora nannte sie Bine. Sie hatte ein Hochbett mit einer Rutsche, um das Nora sie beneidete. Auf dem Boden waren Kleidung und Spielsachen verstreut. Aber ihre Freundin war nicht da.

Da hörte sie ein Geräusch. Es kam aus dem Badezimmer.

Sofort blieb Nora stehen. Bine war auf Toilette. Da wollte sie lieber nicht reingehen. Sie wurde bei der Vorstellung rot. Besser, sie wartete in ihrem Zimmer.

Doch bevor Nora in dem Zimmer verschwinden konnte, ging die Badezimmertür auf. Es war jedoch nicht Bine, die herauskam, sondern deren Vater. Groß und angsteinflößend ragte er vor Nora auf. Sie hatte sich immer noch nicht an ihn gewöhnt. Er war nicht

165

nett und sah sie manchmal so an, als würde sie irgendetwas falsch machen, ohne dass sie wusste, was es war.

Er zog seinen Gürtel zurecht, entdeckte Nora und blieb stehen. Sie rechnete damit, dass er sie fragte, was sie hier zu suchen habe und wie sie hereingekommen war. Aber er stand nur da und sah mit einem Blick auf sie hinab, als wäre er ein König und sie ein ungehorsamer Untertan.

Er ging an ihr vorbei und die Treppe hinunter. Bine war wahrscheinlich gar nicht da. Nora verzog das Gesicht. Sie sollte so schnell wie möglich von hier verschwinden.

Eine Bewegung an der Badezimmertür ließ Nora aufschauen. Sie sah zu ihr herüber und trat einen Schritt darauf zu. Der Vater war nicht allein im Bad gewesen.

Nun kam Bine hinter der Tür hervor. Sie trug einen Schlafanzug mit kleinen Herzen und Kreisen drauf, obwohl es mitten am Tag war.

Ihr Gesicht war blass. Ihre Augen schauten ins Nichts. Tränen schwammen darin.

Kapitel 29

»Bine?«, fragte Nora, als diese nicht auf sie reagierte.

Sie hob den Blick und sah Nora an. Zuerst ausdruckslos. Dann klärte sich ihr Blick und sie errötete. Schüchtern sah sie auf den Boden. »Oh, hallo Nora.«

»Ist alles okay?«

Warum war ihr Vater mit ihr im Badezimmer gewesen? Hatte sie nicht allein auf Toilette gehen können? Nora hatte, als sie noch fast ein Baby gewesen war, Angst vor der Toilette gehabt. Sie hatte einmal ein Buch mit ihrer Mutter gelesen, in dem ein Monster in den Abflussrohren lebte und den Kindern in den Hintern biss, wenn sie auf der Toilette saßen. Seitdem hatte sie Angst gehabt, aber das war schon Jahre her und Bine war zu alt dafür.

»Wollen wir spielen?«, fragte sie und ging voraus in ihr Zimmer.

Nora sah die Treppe hinunter, wo Bines Vater verschwunden war. Dann folgte sie ihrer Freundin ins Kinderzimmer.

Als das Bild der Erinnerung verschwamm und nur das leerstehende Haus vor ihrem Auge zurückblieb, war Nora kalt.

Es war eine Kälte, die von Innen kam.

Nora hatte sich gewundert, dass Bine nicht auf dem Boden, sondern stehend an ihrem Maltisch hatte spielen wollen.

Damals hatte Nora es nicht verstanden. Aber sie war nun erwachsen und wusste, was es bedeutete, wenn Erwachsene Kinder fragten, ob sie angefasst worden waren.

Mit Marvins Hilfe fand Nora heraus, dass Norbert mit Nachnamen Kuls hieß. Daher würde seine Tochter Sabine Kuls heißen. Nora suchte sie auf Facebook, wurde aber nicht fündig. Entweder, weil sie keinen Account hatte, oder weil sie anders hieß. Möglicherweise hatte sie geheiratet und den Nachnamen ihres Mannes angenommen.

Trotzdem googelte sie den Namen, kam darüber aber auch nicht weiter. Sabine Kuls. Was war mit ihr passiert? Hatte ihr Vater sie misshandelt? Das wäre nicht spurlos an ihr vorbei gegangen. Hatte sie ihn irgendwann angezeigt? War er im Gefängnis gewesen?

Nein. Wenn Norbert wegen Missbrauch seiner Tochter im Gefängnis gewesen wäre, hätte ganz Neuerdorf davon gewusst. Es wäre Nora nicht entgangen.

Das hieß, er war dafür nie zur Rechenschaft gezogen worden. Aber konnte Nora ihrer Erinnerung trauen? Wusste sie sicher, dass Sabine als Kind von ihrem Vater misshandelt worden war? Sie hatte es nicht gesehen. Sie waren beide aus dem Badezimmer gekommen. Den Rest hatte sie sich zusammen gesponnen. Und wie zuverlässig konnte eine Erinnerung sein, die hervorzuholen solche Mühe und Zeit gekostet hatte?

Sie musste dem nachgehen. Sie musste sich an mehr erinnern. Sie brauchte Sabine, mit der sie darüber sprechen konnte. Nora ignorierte die Tatsache, dass sie sich mit diesem Vorhaben davon abzulenken versuchte, dass sie vor wenigen Stunden einen Mord beobachtet hatte.

Nora machte sich mit dem Hund auf den Weg zu dem einzigen Menschen, dem sie in Neuerdorf halbwegs vertrauen konnte.

Der Weg zur Burg war dem Welpen zu steil. Er setzte sich hin und weigerte sich, weiterzugehen. Nora nahm ihn hoch und trug ihn die restlichen Meter.

Sie hatte immer noch nichts von Huber gehört und hoffte, dass er ihr bald sagen würde, was nun mit dem Hund geschah.

Sie ging zu Louises Wohnhaus. Drinnen brannten Kerzen, aber durch das Küchenfenster konnte sie niemanden sehen. Sie drückte auf die Klingel und wollte den Hund absetzen, aber er war auf ihrem Arm einge-schlafen. Sie trat einen Schritt zurück. Im oberen Stock brannte kein Licht.

Vielleicht war Louise gerade in der Burg.

Nora ging zum Eingangstor, das gegenüber dem Wohnhaus lag. Es war groß und pompös wie das Tor einer Kirche. Sie öffnete es und trat ein. Hier war es nicht viel wärmer als im Hof, nur der Wind pfiff einem nicht mehr um die Ohren.

Rechts führte ein Gang zu den Schlafräumen. Der Flur vor ihr führte zu Speisesaal und Küche. Sie beschloss, diesen Weg zu gehen. Die Steinwände zu ihren Seiten und die Kälte erinnerte Nora an den Keller ihres Vaters.

Sie war nicht mehr unten gewesen, seit die Artikel gestohlen worden waren und hatte es nicht noch einmal vor. Sollte die verschlossene Tür doch verschlossen bleiben. Sie wollte gar nicht mehr wissen, was sich dahinter verbarg.

Am Ende des Flurs gelangte sie zu einem Speisesaal. Alte Stühle und Tische aus dunklem Holz standen in dem

Raum verteilt. Auf ihnen waren Krüge mit Besteck. Durch die verschmierten Fenster auf der linken Seite fiel nur wenig Licht.

»Louise?« Nora durchquerte den Speisesaal und ging auf die Küche zu, aus der Topfscheppern drang.

»Hier drüben!«, rief Louise.

Nora atmete auf, wobei sich eine kleine Wolke vor ihrem Mund bildete.

Sie öffnete die Holztür zur Küche und entdeckte Louise. Sie stand über der Spüle gebeugt und hielt einen mit Schaum bedeckten Topf in der Hand. Zwischen ihnen war eine große Küchenzeile, wie Nora sie aus Restaurants kannte.

»Hallo Nora.« Louise legte den Topf in die Spüle und trocknete ihre Hände am Spültuch ab.

»Hallo.« Nora ging um die Küchenzeile herum zu Louise, die jetzt erst den Hund zu bemerken schien. Kurz leuchtete ihr Gesicht auf, doch sie wurde ernst, noch bevor sie den Hund streicheln konnte.

»Das ist der Hund von Tina, oder?« Sie sah voller Mitleid auf das schlafende Tier in Noras Armen.

»Tina? Die Tote?«

Louise nickte.

»Ja. Es ist noch nicht sicher, was jetzt mit ihm passiert. Deswegen habe ich ihn erst einmal zu mir genommen.«

Louise nickte wieder. Dann sah sie von dem Hund auf und Nora in die Augen. »Wie geht es dir?«

Nora zuckte mit den Schultern, wollte lieber gar nicht darüber nachdenken. »Ich bin eigentlich wegen etwas anderem hier.«

»Weswegen?«

»Sagt dir der Name Sabine Kuls etwas?«

Louise legte ihre Stirn in Falten. »Sabine Kuls.«

»Als Kind wurde sie auch Bine gerufen. Ihr Vater ist Norbert Kuls.«

Louise seufzte. »Doch, der Name sagt mir etwas, aber ich habe kein Bild vor Augen. Was ist mit ihr?«

»Ich meine mich daran zu erinnern, dass sie als Kind von ihrem Vater missbraucht wurde.«

»Norbert soll …« Louises Augen hatten sich auf ihre doppelte Größe geweitet. »Nein, das ist unmöglich.« Sie schüttelte den Kopf. »Auf gar keinen Fall. Nein.«

»Warum?« Mit einer solchen Reaktion hatte Nora nicht gerechnet.

»Norbert ist dazu nicht fähig. Bestimmt nicht.«

»Du kennst ihn so gut?«

»Das nicht. Aber er …« Sie wurde blass und verstummte.

»Was ist, Louise? Rede mit mir!« Nora hatte ihre Stimme erhoben und der Welpe in ihren Armen regte sich.

»Ich wollte gerade sagen, dass er gut zu Kindern war. Er hat die Fußballmannschaft der Grundschüler trainiert.«

Nora erstarrte. »Da ist mein Bruder früher drin gewesen.«

Kapitel 30

Louise redete schnell weiter: »Nein, das ist unmöglich. Er hat nur Jungs trainiert. Wenn er seine Tochter wirklich missbraucht hat, wird er nur auf Mädchen gestanden haben.«

»Ist es nicht egal, ob Junge oder Mädchen? Hauptsache Kind?«

»Nein. Also ... das heißt, ich weiß es nicht sicher. Aber ich glaube nicht. Du stehst ja auch nicht auf alle Erwachsenen. Egal ob Mann oder Frau.«

Nora schwieg. Ihr Bruder hatte mit diesem Pädophilen zu tun gehabt. Er hatte Marvin trainiert, war vielleicht mit ihm zusammen in der Umkleide gewesen.

»Du musst Sabine finden und mit ihr sprechen. Vergiss, dass Norbert die Jungs trainiert hat. Das hilft dir jetzt nicht weiter.« Louise schwieg, dann fuhr sie fort. »Heißt das, dein Vater ist von dem Verdacht befreit?«

Nora dachte an Esther und das Mädchen auf der Burg. Die hatte sie völlig vergessen. Sie war so sehr auf Bine konzentriert, dass sie den Verdacht gegen ihren Vater nicht mehr im Blick gehabt hatte.

»Ich glaube schon«, sagte sie. »Es wäre schon sehr unwahrscheinlich, wenn gleich zwei Pädophile in Neuerdorf rumlaufen würden, oder?«

Louise zuckte mit den Schultern. »Ich weiß nicht wie verbreitet diese ... Vorliebe ist.«

»Du wolltest Krankheit sagen.«

Louise lächelte leicht. »Ja, für mich ist das krank.«

Draußen war es schon seit einer Stunde dunkel. Nora machte Abendessen und versuchte nicht daran zu denken, dass die Frau, deren Mord sie beobachtet hatte, gestern um diese Zeit noch gelebt hatte. Hatte sie sich auch überlegt, wie sie möglichst schnell und gleichzeitig gesund kochen konnte? Hatte der Welpe dabei genauso vor ihr gesessen, wie nun vor Nora?

Sie sah zu ihm herunter. Hatte sie ihm beim Kochen mit Fleisch gefüttert? Was war sie für ein Mensch gewesen? Es war traurig, dass Nora rein gar nichts über diese Frau wusste, bis auf ihren Vornamen – Tina – und, dass sie einen Hund gehabt hatte. Einen Border Collie, wie sie inzwischen wusste.

Nora hatte sich Salat mit Gemüse und Hühnchen-bruststreifen gemacht. Damit setzte sie sich an den Laptop.

Sie suchte nach den Begriffen Leiche und Neuerdorf. Dann ging sie in die Rubrik News. Es waren viele Treffer. Nora bekam wenig von dem Medienzirkus mit, doch sie waren hier gewesen. Sie waren durch die Gassen geeilt, hatten Fotos gemacht und mit Anwohnern gesprochen.

Nora überflog die Artikel. Sie selbst wurde auch erwähnt. Aber da sie den Angreifer weder erkannt noch ihn hatte aufhalten können, war sie nicht in allen Artikeln eine Erwähnung wert gewesen. Nora war bloß froh, dass sie ihren Namen nicht kannten.

Die Anwohner sprachen davon, dass sie nichts gehört oder gesehen hatten. Wie schrecklich das alles sei. Dass sie schon gehofft hatten, das Morden hätte ein Ende gefunden.

Darauf bezogen sich auch einige Zeitungsartikel. Wie merkwürdig es sei, dass der Mörder so lange gewartet hatte, bis er ein weiteres Mal zuschlug. Normalerweise verkürzten sich die Intervalle zwischen den Morden. Das war auch bei diesen Serienmorden der Fall gewesen. Nur bei Tina hatte er Wochen gewartet.

Warum?

Dafür musste es einen Grund geben.

Nora las weiter. Einige Artikel bezogen sich nicht nur auf die Tat oder den Mörder, sondern auch auf Tina als Mensch. Ein Bild, auf dem sie lächelte, war abgedruckt worden. Nora hätte sie nicht wiedererkannt. In der Gasse mit aufgeschlitzter Kehle sah sie ganz anders aus.

Sie habe schon immer in Neuerdorf gelebt, sei im Marketing tätig und habe einen Freund.

Nora hörte ein Schnarchen und sah zu dem Welpen hinab. Er hatte sich auf dem Kissen, das sie ihm in die Küche gelegt hatte, bequem gemacht und war eingeschlafen.

Da hörte Nora Schritte von draußen und horchte auf. Sie sah durchs Fenster, konnte aber aufgrund der Dunkelheit nichts erkennen.

Vielleicht hatte sie sich die Schritte nur eingebildet. Sie wendete sich wieder ihrem Laptop zu. In dem Artikel, den sie gerade las, beschwerte sich der Journalist darüber, dass immer noch niemand festgenommen wurde. Seit einem Jahr terrorisiere der Serienmörder Bonn und Umgebung und niemand halte ihn auf.

Nora warf einen Blick über die Schulter. Da war doch etwas. Sie hatte auf jeden Fall ein Geräusch gehört. Sie stand auf, ohne den Stuhl über den Boden zu schaben.

Wenn jemand vor dem Küchenfenster stand, konnte derjenige sie ohnehin sehen. Die Dunkelheit von draußen und das Licht von drinnen zeigten sie wie auf dem Präsentierteller.

Doch offensichtlich war es der Person vor der Tür nicht wichtig unbemerkt zu bleiben. Nora war gerade um den Stuhl herumgegangen, als die Türklingel ertönte.

Kapitel 31

Sie öffnete David Huber die Tür. Er sah müde aus, lächelte aber. »Hallo Frau Langen. Ich hoffe, ich störe nicht.«

»Nein. Ist schon in Ordnung. Kommen Sie rein.« Sie hielt ihm die Tür auf.

Wahrscheinlich war er schon seit letzter Nacht auf den Beinen. Er musste unter Druck stehen.

Sie führte ihn in die Küche, wo der Welpe immer noch auf dem Kissen lag, aber den Polizisten betrachtete.

»Setzen Sie sich. Möchten Sie einen Kaffee oder einen Tee?«

Er ließ sich auf einem der Stühle fallen. »Gerne.«

»Was denn von beiden?« Sie lächelte.

»Kaffee.«

Sie nickte und füllte die Kaffeemaschine.

»Gibt es schon Neuigkeiten?«, fragte sie und setzte sich zu ihm an den Tisch. Sie schob den Teller Salat beiseite. Bei diesem Thema würde sie keinen Bissen herunterbekommen.

»Nicht viel«, sagte er. »Aber Sie wissen, dass ich darüber nicht mit Ihnen sprechen darf. Ich bin eigentlich nur hier, um den Hund mitzunehmen. Der Freund des Opfers nimmt ihn.«

Nora sah zu dem Welpen hinunter. Sie hatte sich in der kurzen Zeit an ihn gewöhnt. »Okay«, war alles, was sie dazu sagte.

Einen Moment lang war nur das Brodeln der Kaffee-maschine zu hören und ein angenehmer Duft breitete sich in der Küche aus.

»Wie kommt es eigentlich, dass Sie mitten in der Nacht, durch Neuerdorf laufen? Haben Sie nicht letztes Mal noch behauptet, Sie hätten Angst die Nächste zu sein.«

Nora lächelte schuldbewusst. »Ich bin viel zu alt für den Täter. Das haben Sie selbst gesagt.«

Huber lachte leise. »Ja, natürlich.«

Nora stand auf, um ihm den Kaffee in eine Tasse zu gießen. Sie stellte Milch und Zucker dazu.

»Kennen Sie eigentlich einen Hannes Rot?«

Nora hob die Augenbrauen. Rot. Ein Nachname, der ihr bekannt vorkam, aber Hannes Rot? Sie schüttelte den Kopf. »Nein, warum fragen Sie?«

»Er ist der Vater der Toten und wohnt nicht weit von Ihrer Wohnung in Bonn entfernt. Ich glaube, sogar in derselben Straße.«

»Tatsächlich?« Sie hob die Augenbrauen. »Haben Sie mich überprüft?« Nora wunderte es, dass er wusste, wo sie wohnte.

»Ja.« Er lächelte. »Das gehört zu meinem Job.«

Sie nickte, denn sie hatte nichts dagegen. Nora vertraute dem Polizisten.

»Hannes Rot. Was für ein ungewöhnlicher Zufall«, murmelte Nora. Sie ließ sich den Namen immer wieder durch ihren Kopf gehen.

»Wie lange wohnt er schon in meiner Straße?«

»Etwa eineinhalb Jahre. Er ist aus Neuerdorf nach Bonn gezogen, um zu seiner Partnerin zu ziehen.«

»Was ist mit Tinas Mutter?«

»Sie lebt noch in Neuerdorf. Die Eltern haben sich vor fünf Jahren scheiden lassen.«

»Glauben Sie, dass das wichtig für den Fall ist?«

»Nein, eigentlich nicht. Ich sehe da keinen Zusammenhang zwischen den anderen Morden. Manche der Eltern leben getrennt, andere zusammen.«

»Aber immer wieder dieser Zusammenhang zwischen Bonn und Neuerdorf. Sie haben selbst gesagt, dass der Mörder eine Verbindung zu Bonn hat, auch wenn er hier lebt.«

»Das ist aber eine Tatsache, über die Sie sich nicht den Kopf zerbrechen müssen.« Er nippte an seinem Kaffee.

»Was ist mit der Tatsache, dass er so lange gewartet hat, bis er das nächste Mal gemordet hat? Glauben Sie, er wird wieder eine so lange Pause machen?«

Huber betrachtete Nora. »Bitte, machen Sie das nicht.«

»Was?«

»Hören Sie auf, darüber nachzudenken. Und fangen Sie auf keinen Fall an, Nachforschungen zu betreiben.«

Nora lächelte. »Wissen Sie, Herr Huber, ich finde Sie nett. Und ich glaube, Sie sind ein guter Polizist. Weniger, weil Sie mir Ihr Können schon bewiesen haben, als vielmehr, weil Sie in meinen Augen noch keinen Fehler gemacht haben. Aber ich mache mir natürlich Gedanken. Vor allem, weil ich glaube, dass der Serienmörder meinen Vater gekannt hat, vielleicht sogar mit ihm befreundet war. Er ist hier eingebrochen und hat die Zeitungsartikel aus dem Keller geholt. Er wusste von ihnen, ist genau dafür ins Haus gekommen. Und dann habe ich ihn auch noch dabei erwischt, wie er Tina vergewaltigt und ermordet hat.« Sie holte Luft. »Natürlich mache ich mir

Gedanken. Wäre es nicht sehr unnatürlich, wenn ich es nicht machen würde?«

»Ob natürlich oder nicht. Es wäre mir lieber, wenn Sie die Ermittlungen der Polizei überlassen würden. Wenn das für Sie unnatürlich ist, bitte, dann seien Sie unnatürlich.«

Nora schüttelte den Kopf, beließ es aber dabei. »Kam eigentlich irgendetwas bei der Auswertung der Spuren in diesem Haus heraus?«

»Nur, dass die Fingerabdrücke, die nicht von Ihnen, Ihrer Familie oder den Nachbarn sind, nicht bei uns in der Datenbank sind.«

»Hm.« Es wäre auch zu schön gewesen, wenn sie direkt einen Namen gehabt hätten.

»Wie sind Sie im Fall Ihres Vaters und dem Mädchen auf der Burg weitergekommen?«

Nora stand auf. »Ich bezweifele, dass er es war.« Sie lehnte sie sich an die Arbeitsfläche und verschränkte ihre Arme vor der Brust. »Ich glaube, mich daran zu erinnern, dass jemand meine Schulfreundin missbraucht hat. Wenn ich richtig liege, wird sich derjenige auch vor dem Mädchen entblößt haben.«

»Moment.« Huber hob eine Hand. »Langsam. Von welcher Freundin sprechen Sie und wer ist der Täter gewesen? Und warum erinnern Sie sich erst jetzt?«

»Die letzte Frage kann ich Ihnen nicht beantworten«, sagte Nora müde lächelnd. Das würde sie auch noch herausfinden. Aber eins nach dem anderen. »Sabine Kuls heißt die Freundin, von der ich spreche. Ich kann mich nicht an vieles erinnern und das, was passiert ist, ist … nicht sehr eindeutig. Aber wenn ich richtig liege, haben

179

wir einen Pädophilen in Neuerdorf. Und das ist nicht mein Vater.«

»Sondern?«

Sie zögerte. »Sabines Vater.« Schnell fügte sie hinzu: »Das werde ich noch weiter prüfen. Ich möchte nicht, dass die Beschuldigungen publik werden, bevor ich Näheres weiß.«

»Das ist gut. Einem Mann Missbrauch der eigenen Tochter vorzuwerfen ist eine ernste Angelegenheit. Haben Sie mit Frau Kuls gesprochen?«

»Nein, noch nicht. Ich weiß nicht, wo sie wohnt. Aber das werde ich noch herausfinden.«

Huber nickte.

Sie setzte sich wieder zu ihm an den Tisch. »Es ist nicht ungewöhnlich, dass ein Vater seine Tochter missbraucht, oder?«

Er zögerte. »Lassen Sie es mich anders formulieren. Wenn ein Kind missbraucht wird, ist es oft der Vater oder ein näherer Bekannter. Irgendjemand, der dem Kind nahesteht.«

Kapitel 32

Huber brach nach zwei Tassen Kaffee in die Dunkelheit auf. Nora hatte Mitleid mit ihm. Er würde jetzt weiterarbeiten. Immer im Stress. Immer auf der Jagd nach Mördern.

Nora setzte sich mit ihrem Salat vor den Fernseher. Der war alt und Nora wusste nicht, ob er funktionierte, aber sie brauchte nun Berieselung. Sie ließ sich in die Kissen der Couch sinken, schlang die Decke um ihre Beine und setzte den Teller auf ihren Schoß. Sie sah neben sich und bedauerte, dass der Polizist den Welpen mitgenommen hatte. Sonst hätte er sich nun an Nora geschmiegt und sie vor Einsamkeit geschützt.

Nora griff nach der Fernbedienung und schaltete den Fernseher ein. Sie zappte durch die Kanäle und suchte irgendetwas, das nicht kitschig oder albern war.

Schließlich wurde sie bei *Criminal Minds* fündig und lehnte sich zufrieden zurück. Vielleicht hatte sie Glück und sie würde noch etwas von den Profilern, die meist Serienmörder jagten, lernen.

Sie konnte sich vorstellen, dass die Arbeit in der Serie überspitzt dargestellt wurde, aber das machte Nora nichts aus. Sie ließ sich gerne von der Handlung fesseln.

Sie war ganz bei den Profilern und folgte ihren Ermittlungsansätzen. Sie fand es toll, mit welcher Logik und mit wie viel Plan sie ermittelten. Sie wussten genau was sie taten und wenn eine Spur in eine andere Richtung führte, konnten sie mit den neuen Informationen umgehen.

Als die Folge beendet und der Serienmörder gefasst war, stellte Nora den Teller auf den Tisch und schaltete den Fernseher aus. In Gedanken war sie immer noch bei der Serie.

Was hatte die Ermittler auf die richtige Spur gebracht? Sie wussten natürlich viel mehr über die Tatorte und Opfer als Nora. Außerdem hatte sie nicht die Datenbanken des FBIs zur Verfügung, aber im Prinzip arbeiteten die Profiler, wie der Name schon sagte, mit Profilen. Sie wollte auch ein Profil des Täters erstellen. Sie hatte immerhin ein paar Informationen. Er wohnte in Neuerdorf, hatte aber Kontakte nach Bonn. Außerdem stand fest, dass es ein Mann war.

Sie dachte über das Alter des Täters nach. Sie hatte ihn sich immer im Alter der Opfer vorgestellt, aber das war vergleichsweise jung. Er machte keine Fehler, ging geplant vor. Er war selbstsicher. Vielleicht war er doch schon vierzig oder älter.

Wie fand er seine Opfer? Tina hatte er wahrscheinlich zufällig mitten in der Nacht gefunden, als sie mit dem Welpen Gassi gegangen war. Aber das würde bedeuten, dass er auf der Suche nach einem Opfer durch Neuerdorf gelaufen war. Das erschien Nora unwahrscheinlich. In Neuerdorf war nachts nichts los. Es gab nur eine Kneipe und in der saßen meist ältere Herren mit lichtem Haar. Im Umkehrschluss bedeutete das, er wusste, Tina würde um diese Zeit draußen sein.

Er hatte sie beobachtet. Er wusste, dass sie nachts mit dem Hund rausging. Wahrscheinlich hatte er sich in sein Auto gesetzt und gewartet. Ein oder zwei Stunden, dann war sie herausgekommen und er hatte sie sich nur nehmen müssen.

Nora schlang die Decke enger um ihren Körper.

Sie wusste nicht, was die anderen Opfer getan hatten, als sie ermordet worden waren. Wobei sie glaubte, sich zu erinnern, dass eine Frau spät abends joggen gewesen war. Auch etwas, das er beobachtet haben könnte.

Bedeutete das nicht, dass er sie ganz bewusst auswählte? Keine von ihnen war ein Zufallsopfer. Aber wonach ging er dann? Nur nach dem Äußeren und dem Alter? Wozu gerade dieser Typ Frau?

Wenn Nora davon ausging, dass sie selbst nichts mit diesem Opfertyp zu tun hatte, dann musste es einen anderen Grund geben. Warum hatte jemand einen solchen Hass auf braunhaarige Frauen Ende zwanzig?

War er von einer solchen Frau verlassen worden? Das würde dafürsprechen, dass er doch nicht älter als dreißig wäre. Außer es war seine Tochter, seine Enkelin. Vielleicht war es seine Schwester, Kollegin, Cousine oder einfach nur gute Freundin.

Sie seufzte.

Es war nicht so einfach, wie in den Filmen. Wie gerne wäre sie so genial wie Miss Marple oder Sherlock Holmes. Aber Nora war nur … Nora.

Wenn sie nur jeden Bewohner in Neuerdorf kennen würde. Wenn sie sich doch nur an jeden erinnern könnte. Dann hätte sie jeden Verdächtigen im Blick. Aber abgesehen von dieser Straße Louise und Norbert waren die Menschen in Neuerdorf nur leere Gesichter.

Sie driftete in einen unruhigen Schlaf und sah Tinas Gesicht vor sich. Ihr Kopf war nach hinten geneigt und die Wunde an ihrem Hals klaffte auf. Das Bild verschwamm und sie stand in Bines Zimmer.

Sie suchten eine Puppe, mit der sie spielen wollten. Sie hatten von Bines Mutter Haarfärbemittel stibitzt und wollten sie an Bines einziger Puppe mit blonden langen Haaren ausprobieren.

Im Kinderzimmer stapelten sich die Spielsachen. Sie räumten alles aus den Schubladen und Schränken, um endlich die Puppe zu finden.

»Vielleicht hat eine meiner doofen Schwestern sie geklaut. Das würde zu denen passen!«, beschwerte Bine sich, während sie ihre Pullover aus dem Kleiderschrank pflügte.

Nora sah hinter eine Kiste mit Kuscheltieren und entdeckte ein Stück Stoff. Sie bückte sich und hob das Teil hoch. Erst, als sie es in der Hand hielt, bemerkte sie, dass es eine Unterhose war. Sie war weiß mit kleinen Zeichentrickfiguren drauf. Aber im Schritt war ein roter Fleck. Nora starrte die Unterhose einen Moment lang an, bis sie begriff, was es war. Blut.

»Hey!«, rief Bine und hastete zu Nora. »Das ist meine.«

Sie riss ihr die Unterhose aus der Hand und versteckte sie hinter ihrem Rücken. Bine sollte vorsichtig mit dem Blut sein, nicht dass sie es sich noch irgendwo hinschmierte.

Sie versuchte sich daran zu erinnern, was sie im Unterricht gelernt hatten. Wenn Frauen mit einem Baby schwanger waren, bluteten sie doch, oder?

»Bist du schwanger?«, fragte sie leise. Sie wusste nicht genau, wie man schwanger wurde. Das war ihr so peinlich gewesen, dass sie weggehört hatte.

»Nein«, beeilte sich Bine zu sagen. »Bestimmt nicht.«

»Sicher?« Nora betrachtete sie. Wenn Bine schwanger war, würde sie rund werden. Aber dafür musste sie diese peinliche Sache gemacht haben.

Plötzlich veränderte sich Bines Gesichtsausdruck. Sie wurde blass, in ihren Augen schwammen Tränen und sie biss sich auf die zitternde Unterlippe. »Ich weiß es nicht«, stotterte sie. »Es kann sein.«

Entsetzte starrte Nora ihre siebenjährige Freundin an.

Kapitel 33

Die Schlosser kamen am frühen Morgen. Nora machte ihnen auf und ließ sie dann allein arbeiten.

Mittlerweile ging sie nicht mehr davon aus, dass der Serienmörder noch einmal bei ihr auftauchen würde. Er hatte, was er brauchte. Es gab keinen Grund in das Haus zu kommen. Aber es konnte nicht schaden die Schlösser austauschen zu lassen. Außerdem konnte Nora nicht wissen, wer noch alles einen Schlüssel zu Dirks Haus hatte. Sie wollte nicht, dass jemand mit dem Schlüssel herumlief, wenn neue Besitzer hier wohnten.

Die Männer verabschiedeten sich und wünschten Nora einen schönen Tag, bevor sie in ihren Lieferwagen stiegen und davonfuhren. Nora stand mit den Schlüsseln in der Hand in der Haustür und sah ihnen nach. Sie überlegte, was sie mit dem zweiten Schlüssel machen sollte.

Sie würde ihn auf keinen Fall an seinen alten Platz legen. Aber konnte sie irgendwem hier in Neuerdorf den Schlüssel zu dem Haus anvertrauen? Marvin? Louise vielleicht? Aber wie gut kannte Nora sie schon?

Nora bemerkte viel zu spät, dass Alf direkt auf sie zukam. Er hob eine Hand zum Gruß. Sie nickte ihm zu. Als er bei ihr ankam, lächelte er und hielt sich die Seite. Obwohl seine Kinder so jung waren, wirkte er doch alt.

»Hallo Nora. Ich wollte nur mal nachfragen, wie es Ihnen so geht.«

Nora lächelte matt. »Gut und Ihnen Alf?«

»Ich kann nicht klagen. Meine Gelenke tun manchmal weh, aber sonst ...« Er zuckte mit den Schultern.

Sie war kurz davor ihn aufzufordern keine solche Zimperliese zu sein. Er konnte unmöglich in dem Alter sein, indem man schon über solche Dinge klagte.

Aber bevor sie antworten konnte, fuhr er fort. »Und bei Ihnen? Ich habe gehört, Sie hatten eine aufregende Nacht.«

Sie nickte. »Ja. Ich habe den Mörder gesehen.«

»Gesehen? Richtig gesehen? Haben Sie der Polizei mit einem Phantombild weiterhelfen können?« Seine Mundwinkel zuckten.

»Nein. Das nicht.«

»Also haben Sie ihn nicht erkennen können?«

»Er ist zu weit weg gewesen«, antwortete sie steif.

»Nun ja.« Er zuckte mit den Schultern. »Vielleicht ist das auch Ihr Glück, oder?«

»Inwiefern?«

»Wenn der Mörder denken würde, Sie hätten ihn erkennen können, würde er Sie wahrscheinlich beseitigen wollen.«

Nora schluckte. Daran hatte sie gar nicht gedacht. Sie war davon ausgegangen, dass der Mörder sie genauso wenig hatte erkennen können, wie sie ihn. Aber er hatte wahrscheinlich doch mitbekommen, dass sie es war, die ihn überrascht hatte. Schließlich wusste ganz Neuerdorf davon.

Sie ließ ihren Blick über die Straße schweifen.

Werde jetzt nicht paranoid, dachte sie.

Sie glaubte ein blasses Gesicht hinter dem obersten Fenster von Martins Haus zu erkennen. Beobachtete er sie gerade? Sie hatte ihn schon lange nicht mehr gesehen. Verschanzte er sich in seinem Haus?

»Oh, entschuldigen Sie. Ich glaube, ich habe Ihnen einen Schrecken eingejagt.« Alf lächelte ein Lächeln, das liebenswürdig wirken sollte, aber nicht war.

»Schon in Ordnung. Sie haben ja Recht. Aber er wird wahrscheinlich erfahren, dass ich ihn nicht gesehen habe. Das wird seine Runde durch Neuerdorf machen, wie die Tatsache, dass ich ihn überrascht habe.«

Alf nickte. »Hoffen wir es.« Er hob eine Hand. »Aber ich muss jetzt auch weiter. Wir sehen uns.« Als er kehrt machte, stieg ihr sein Schweißgeruch in die Nase.

Auf halbem Weg drehte er sich noch einmal zu ihr um. »Ach, was ich auch noch fragen wollte: Wer war denn da eben an Ihrer Tür? Wurde schon wieder bei Ihnen eingebrochen?«

»Nein. Mir wurden neue Schlösser eingebaut.«

Er warf einen Blick auf die Haustür, nickte und sah Nora an. »Okay. Na dann.« Kurz lächelte er. Dann sanken seine Mundwinkel wieder nach unten und er lief zu seinem Haus zurück.

Sie sah zu Martins Fenster hinauf. Das blasse Gesicht war verschwunden. Sie war sich sicher, dass er da gewesen war. An sich war es nichts Ungewöhnliches, in dieser Straße beobachtet zu werden. Doch nun mit dem schlechten Gefühl, das Alf bei ihr hinterlassen hatte, war ihr das gar nicht mehr Recht. Sie ging zurück ins Haus, schloss die Tür, zögerte und schloss sie zweimal ab, bevor sie sich wieder an die Arbeit machte.

An diesem Tag schaffte sie es, ihr altes Zimmer zu entrümpeln und mit Marvins Kinderzimmer anzufangen. Sie war gerade dabei die Kleidung ihrer Mutter in Müllsäcke zu packen, als ihr Handy klingelte.

Sie kramte es aus ihrer Hosentasche hervor. Es war David Huber. Ihr Herz machte einen Hüpfer. Dann nahm sie das Gespräch entgegen.

»Nora Langen?« Sie setzte sich auf einen Umzugskarton.

»Hallo Frau Langen. Hier ist David Huber. Haben Sie kurz Zeit für mich?«

»Natürlich.« Irgendetwas war passiert. Irgendetwas Schlechtes. Eine weitere Leiche?

»Sie haben mir doch von Sabine Kuls erzählt. Ihrer alten Freundin.«

»Ja.« Ihr Mund wurde trocken. »Wissen Sie, wo sie wohnt?«

Er räusperte sich. »Ja. Also nein. Sie hat in Köln gewohnt. Aber sie hat sich 2010 das Leben genommen. Sabine Kuls ist tot.«

Kapitel 34

Nora betrachtete ihre Füße, die in dicken Wollsocken steckten.

»Tot«, murmelte sie. »Selbstmord.«

»Ja.«

Es war erschreckend, dass dieser Mensch, den sie durch ihre Erinnerungen nun langsam kennenlernte, eigentlich schon lange tot war.

»Hat sie einen Abschiedsbrief hinterlassen? Hat sie einen Grund genannt?«

»Kein Abschiedsbrief. Aber ihre Freunde haben ausgesagt, dass sie schon lange an Depressionen litt und es daher für sie nicht allzu überraschend kam.«

»Hervorgerufen?«, brachte Nora heraus.

»Bitte?«

»Wodurch hervorgerufen? Die Depressionen. Es gibt für so etwas doch immer einen Grund.«

»Ich weiß, worauf sie hinauswollen, aber in den Unterlagen steht nichts darüber, dass sie als Kind missbraucht worden ist. Sie hat es ihren Freunden offensichtlich nicht erzählt und ihr Therapeut darf darüber nicht sprechen.«

»Aber sie ist missbraucht worden. Und sie hat deswegen Depressionen gehabt. Wahrscheinlich hat sie sich aus diesem Grund das Leben genommen.«

»Das wissen Sie nicht mit Bestimmtheit. Selbst wenn sie missbraucht worden wäre, könnte es sein, dass sie damit zu leben gelernt hat. Durch eine Therapie. Sie kannten sie nicht als erwachsene Frau.«

Nein. Weil Nora sie ebenso zurückgelassen hatte, wie ihren Bruder und ihren Vater. Vielleicht hätten sie noch Kontakt gehabt, wenn sie nicht einfach abgehauen wäre. Auf und davon. Auf Nimmerwiedersehen.

Sie telefonierte mit ihrem Mann. Sie erzählte von all den Dingen, die hier passierten und von denen er noch nichts wusste. Er machte sich Sorgen, aber Nora war in ihrer Beziehung schon immer die Kommunikativere gewesen. Die, die ungefiltert über ihre Wünsche und Ängste sprach. Wenn sie sagte, dass es ihr gut ging und sie nicht in Gefahr schwebte, dann glaubte er ihr.

Er bot ihr an, nach Neuerdorf zu kommen, doch Nora wusste, dass er viel in der Universität zu tun hatte. Es wollten Klausuren korrigiert, Studenten betreut und natürlich seine Habilitationsschrift geschrieben werden. Da wollte sie ihn nicht herbestellen, obwohl sie ganz gut allein zurechtkam.

Dennoch bat sie ihn, in einer Woche zu kommen. Sie rechnete damit, dann alles im Haus geschafft zu haben und die ersten Interessenten reinlassen zu können. Sie wusste nicht, an wie viele Dinge sie sich in einer Woche erinnern konnte. Aber Nora hatte im Gefühl, dass es ihr dann nicht leichtfallen würde, das Haus zu verkaufen. Es war immerhin das Haus ihrer Eltern. Das Haus, in dem sie groß geworden war. Irgendetwas bedeutete es ihr.

Nach dem Telefonat hatte sie sich weiter an die Umzugskisten gemacht, die sich in Marvins Kinderzimmer stapelten. Sie enthielten vor allem altes Porzellan und Küchengeräte, die nicht so aussahen, als würden sie aus diesem Jahrtausend stammen.

Aber unter in Zeitungspapier eingepackten Gläsern fand sie ein Fotoalbum. Neugierig zog sie es hervor. Bis auf die, die Nora bereits an sich genommen hatte, hatte ihr Vater nicht viele Fotos aus ihrer Kindheit aufbewahrt.

Das Album war liebevoll gestaltet. Auf der ersten Seite war ein Baby, das in den Armen ihrer Mutter schlief. Unter dem Foto war ein Datum eingetragen. Das Baby musste Nora sein.

Sie blätterte eine Seite nach der anderen um. Die meisten Fotos hatte ihr Vater gemacht, daher war er selten darauf zu sehen. Ihre Mutter dafür umso häufiger. Sie konnte erkennen, wie fürsorglich ihre Mutter gewesen war. Sie hatte ihre Kinder angelächelt, als wären sie pures Glück.

Im Schnelldurchlauf sah sich Nora ihre frühe Kindheit an. Sie war oft mit ihrem Bruder zusammen fotografiert worden. Aber auf einem Bild war auch Bine zu sehen.

Es musste ein Fest in Neuerdorfs Park gewesen sein. Abgelichtet waren Bine, ihre beiden Schwestern, Nora und Marvin. Nora war nicht viel älter als acht. Bines und ihr Gesicht waren angemalt. Jemand hatte einen Schmetterling über ihr ganzes Gesicht gemalt.

Nora strich über die Wange ihrer ehemaligen Freundin. Es war schrecklich das Foto anzusehen, in dem Wissen, dass sie nicht mehr lebte. Ihr eigenes Leben nicht mehr ausgehalten hatte, den Schmerz, den sie mit sich herumgetragen hatte. Er musste so schlimm gewesen sein, dass sie keinen anderen Ausweg mehr gesehen hatte, als sich umzubringen.

Nora konnte das Lachen hören, das auf dem Fest ein beständiges Hintergrundgeräusch gewesen war. Überall liefen Kinder herum und spielten fangen oder verstecken.

Sie ließen sich anmalen und in der Ferne spielte eine Blaskapelle.

Nora war so glücklich über den Schmetterling, der ihr Gesicht zierte. Sie wollte am liebsten ständig in den Spiegel blicken. Da war es ihr ganz egal, dass Marvin sich über sie lustig machte. Sie hatte Bine an ihrer Seite, die sich genauso über ihren eigenen Schmetterling freute.

Sie schwirrten im Park umher, wobei sie immer wieder den Ententeich umrundeten. Die kleine Brücke, auf der sie sich wie eine Elfe im Feenland fühlte, mochte Nora besonders.

Sie lief an ihren Eltern vorbei, die mit Bines Eltern unterm Pavillon auf Bierbänken saßen und Nora zuwinkten. Bine rief ihrer Mutter zu, sie solle sehen, wie schön der Schmetterling in ihrem Gesicht sei. Aber sie liefen so schnell weiter, dass die Stimme von Bines Mutter sich mit der Blaskapelle vermischte und Nora nicht verstand, was sie ihr antwortete.

Nora breitete ihre Arme aus und fühlte sich wie ein Schmetterling, der durch die Lüfte segelte. Genauso bunt wie der Schmetterling in ihrem Gesicht. Oh, wie frei sie war. Es war ein wundervolles Gefühl, zu fliegen.

Sie lief über die Brücke, war schon an der Hälfte des Teiches angelangt und spürte, wie Bine sie aufholte. Nora lief noch schneller, damit Bine sie nicht überholte. Sie konnte schon die Spitze des Pavillons sehen. Bald würde sie bei den Eltern ankommen. Nora machte schwungvolle Bewegungen mit ihren Armen. Ihre Eltern sollten sehen, was für ein toller Schmetterling sie war.

Da waren sie. Sie saßen nun nicht mehr auf den Bierbänken.

Sie waren aufgestanden, sahen aus, als würden sie gleich gehen wollen.

Nora wollte noch nicht nach Hause. Sie wollte ewig so weiterfliegen, weiter und weiter.

Nora lief an den Eltern vorbei und glaubte schon, es geschafft zu haben, als sie plötzlich gepackt wurde.

Sie spürte Hände an ihren Oberschenkeln und ihrem Po. Grob packte die große Hand zwischen ihre Beine und drückte zu. Nora schmerzte die Berührung und Tränen schossen ihr in die Augen.

»Hab' ich dich. Schön hiergeblieben, kleiner Schmetterling.« Bines Vater hielt sie auf dem Arm. Seine Hand lag immer noch zwischen ihren Beinen, sanfter, aber nicht angenehmer.

»Ich hab' sie gefangen!«, rief Norbert lachend. Seine Finger strichen kurz, wie nebenbei über ihren Schritt.

Die Eltern stimmten in sein Gelächter ein.

Nora konnte nicht lachen.

Kapitel 35

Nora merkte erst jetzt, dass sie Tränen in den Augen hatte. Sie starrte das Bild an. Die Kinder standen glücklich beisammen. Nichts ließ erahnen, dass sie nur Minuten später nicht mehr lächeln würde. Dass sie sich unwohl fühlte, nach Hause wollte, sich schämte. Sie hatte nicht gewusst, was los war, aber irgendetwas war nicht in Ordnung gewesen.

Nora spürte einen Druck auf ihrer Brust, der sich auch nicht löste, als sie das Fotoalbum schloss und von sich schob. Sie holte Luft, versuchte zu lächeln und das ungute Gefühl loszuwerden. Doch die Bedrückung löste sich nicht von ihr.

Norbert Kuls. Er hatte seine eigene Tochter missbraucht. Und was? Auch Nora? Sie fand diesen Gedanken so absurd, dass sie nur den Kopf schütteln konnte. Das hätte sie nicht verdrängt. Auf keinen Fall. Sie hätte deswegen Probleme gehabt. Psychische Probleme, wie Bine, die an Depressionen gelitten und sich das Leben genommen hatte.

Aber Nora hatte diese Probleme nie gehabt. Sie war in der Gegenwart von Männern schon immer befangen gewesen. Sie hatte nicht so aus sich herausgehen können wie ihre Mitschülerinnen und Kommilitonen, aber das war doch nichts Ungewöhnliches. Sie war nicht die einzige Frau in ihrem Umfeld gewesen, der es nicht leicht fiel mit Männern zu flirten. Sie hatte keine Panikattacken oder Ähnliches bekommen. Das wäre doch der Fall gewesen, wenn sie einen Missbrauch verdrängt hätte.

Das war nicht das, was die Erinnerung ihr hatte sagen wollen. Die Erinnerung hatte ihr nur sagen wollen, dass dieser Norbert ein schrecklicher Mann war, der nicht nur seine eigene Tochter, sondern auch andere Mädchen im gleichen Alter anziehend gefunden hatte.

Esther.

Es ging nicht anders. Sie musste nun mit Lisa sprechen. Nora stand auf, lief die Treppe herunter, zog sich Schuhe und Jacke an und verließ das Haus.

Lisa würde nicht begeistert sein, dass Nora sie unangekündigt besuchte. Aber es ging um ihre Tochter und darum herauszufinden, wer sie missbraucht hatte.

Das Blut in Esthers Unterhose. Genau wie bei Bine damals.

Nora wurde schlecht. Sie atmete die kalte Luft ein, dachte an etwas anderes und lief weiter. Jetzt bloß nicht verrückt werden. Du musst jetzt einen kühlen Kopf bewahren, dachte sie.

Nora klingelte bei Lisa, trat einen Schritt zurück und sah die Fassade hoch. Die Fenster waren erleuchtet. Es war jemand zu Hause. Kurz, nur eine Sekunde, kam ihr der Gedanke, dass sie einen Fehler beging. Dass sie nicht hier sein sollte. Aber der Gedanke verschwand so schnell, wie er gekommen war.

Sie trat wieder an die Tür und wartete. Es dauerte eine Weile, bis sie endlich Schritte auf der anderen Seite der Haustür hörte.

Lisa öffnete die Tür und seufzte. »Nora.« Sie gab sich keine Mühe ihren Unmut über Noras Besuch zu verbergen. Sie verschränkte ihre Arme vor der Brust und musterte sie.

»Lisa. Ich muss unbedingt mit dir über Esther sprechen.«

»Sie kommt doch nicht mehr zu Ihnen, oder? Sie haben ihren Schlüssel und …«

»Darum geht es nicht«, unterbrach Nora sie. Sie hatte schon wieder das Gefühl, beobachtet zu werden. Sie warf einen Blick über ihre Schulter, konnte aber keinen der Nachbarn sehen. Vielleicht konnte sie froh sein, dass man sie nur beobachtete und nicht wieder mit einem Stock auf sie losging.

»Es geht um … darf ich reinkommen?«

Lisa richtete sich auf. »Erst will ich wissen, worum es geht.«

Natürlich. Sie hätte nicht fragen sollen, ob sie etwas von dem Missbrauch von Esther durch Dirk gewusst hatte. Sie hatte ihr nicht vorschlagen dürfen, Esther einzusperren. Als Esthers Vater beschuldigt worden war, seine Tochter zu missbrauchen, hatte es wahrscheinlich auch viele Vorwürfe in Lisas Richtung gegeben. Sie würde nicht gut auf ihre Tochter aufpassen. Sie wäre eine schlechte Mutter, weil sie nicht gemerkt hatte, dass Esthers Vater sich an dieser vergriffen habe.

»Ich urteile nicht schlecht über Sie oder Ihre Tochter«, versprach Nora daher in hoffentlich beruhigendem Tonfall. Sie wollte sensibel vorgehen. So würde sie ihr am ehesten zuhören.

Lisa zögerte, betrachtete Nora, als würde sie jeden Moment damit rechnen, dass Nora sich die Haut von den Knochen zog und darunter das Gesicht eines Monsters hervorkam.

Schließlich nickte sie aber. »Okay. Eine halbe Stunde. Nicht mehr. Danach muss ich Abendessen machen.«

Nora lächelte. »Danke schön.«

Lisa führte sie in das Wohnzimmer, wo sie sich auf die Couch setzten. Lisa bot ihr nichts zu trinken an, was wohl ein deutliches Zeichen dafür war, dass sie Nora bald loswerden wollte.

Nora räusperte sich. »Als erstes möchte ich vorwegnehmen, dass ich Sie nicht für eine schlechte Mutter halte. Alles was ich jetzt sage, ist nicht als Vorwurf gegen Sie zu verstehen. Okay?«

Lisa zögerte, wirkte jetzt noch skeptischer, nickte aber.

»Ich habe gehört, dass Esther missbraucht worden ist.«

Lisa versteifte sich, aber Nora sprach unbeirrt weiter. »Ich bin hier, weil ich glaube zu wissen, von wem. Nicht von ihrem Vater, wie so viele damals gedacht haben. Ich glaube, dass sie von Norbert Kuls missbraucht worden ist.«

»Norbert.« Lisas Blick schweifte ins Unendliche.

»Ich kann mich an wenig aus meiner Kindheit erinnern, aber die Erinnerungen kommen langsam wieder. Damals wurde meine Freundin, Sabine Kuls, von ihrem Vater missbraucht. Sie war etwa in Esthers Alter. Als Kind habe ich das zwar irgendwie mitbekommen, konnte es aber nicht deuten. Nun bin ich mir sicher.«

»Seine eigene Tochter.« Lisa machte große Augen. Aber dann lachte sie spöttisch. »Naja. Das hat man ja auch von Esthers Vater gedacht.«

Nora nickte. »Hat Esther mit Norbert zu tun? Sieht sie ihn regelmäßig?«

Lisa schüttelte den Kopf. Dann erstarrte sie.

»Was?« Nora beugte sich vor.

»Damals hat …« Sie räusperte sich. »Es war der erste Sommer, in dem Esther sich für Bücher interessiert hat. Sie hat an einem Sommerleseclub teilgenommen, obwohl sie selbst noch nicht richtig lesen konnte. Aber Norbert war der Meinung, dass sie auf keinen Fall ausgeschlossen werden sollte. Also hat er sich mit ihr zusammengesetzt und ihr vorgelesen. Aus fast allen Büchern, die im Sommerleseclub gelesen wurden. Ich habe zu der Zeit noch den ganzen Tag gearbeitet.«

Nora nickte.

»Und er hat sich Stunde um Stunde mit ihr zusammengesetzt.« Tränen schossen ihr in die Augen.

»Wo haben sie gelesen?«, fragte Nora.

»In der Bücherei. Die hat den Leseclub organisiert. Sie haben einen Raum, in dem Kissen, Decken und bunte Sitzsäcke zur Verfügung stehen.« Bei den letzten Worten schwankte ihre Stimme. Sie sah auf ihre Hände hinab.

»Kam Esther verändert von diesen Treffen zurück? Traurig? Oder in sich gekehrt?«

»Sie war nie ein besonders fröhliches Mädchen«, sagte Lisa. »Die Trennung von ihrem Vater und mir … sie war da noch sehr jung, aber hat alle Gefühle, die wir hatten, aufgesaugt, wie ein Schwamm.«

Nora nickte.

»Aber ich kann mich nicht daran erinnern, dass sie nach dem Lesen mit Norbert traurig gewesen wäre. Sonst hätte ich die Treffen abgesagt. Schließlich traf sie sich nur mit ihm, um Spaß zu haben. Es war ja nichts Verpflichtendes.« Lisa seufzte. »Was für ein Mensch tut nur so etwas?«

»Seine Tochter hat mittlerweile Suizid begangen.«

Lisa sah sie an. »Hat sie das?«

Nora nickte.

»Na, wahrscheinlich ist es noch einmal schwerer auszuhalten, wenn es der eigene Vater ist. Wie konnte er nur

seiner eigenen Tochter so etwas antun? Ich meine …
seine eigene Tochter.«

»Ich glaube, erst durch seine Tochter kam dieses
verbotene Gefühl auf. Und dann, als sie älter wurde, hat
er sich auch an anderen Kindern vergangen. Aber das
erste Opfer ist für den Täter immer am wichtigsten.«

Lisa hörte Nora gar nicht zu. »Sagen Sie bitte
niemandem, was sie herausgefunden haben, ja? Ich
möchte selbst mit ihm sprechen. Ich möchte selbst zur
Polizei gehen und dem Ganzen nachgehen.«

»Ich verstehe.«

»Ich meine das Ernst.« Plötzlich war nichts mehr von
ihrer Trauer zu sehen. Sie starrte Nora aus kalten Augen
an. »Ich will nicht, dass Sie sich da weiter einmischen.
Esther ist meine Tochter. Das sind Familienangelegen-
heiten.«

Nora nickte. »Ich werde mit niemandem über Esther
sprechen«, sagte sie. Was allerdings nicht hieß, dass sie
nicht über Norbert sprechen würde.

Nora verließ das Haus mit einem unguten Gefühl. Es
war nicht so, dass sie plötzlich den Durchblick hatte, als
hätte sie ein Rätsel gelöst. Es fühlte sich nicht gut an zu
wissen, dass Norbert seine Tochter und später auch
Esther missbraucht hatte. Wer so lange pädophil war,
hörte damit nicht einfach auf.

Konnten Bine und Esther die einzigen Mädchen sein, an
denen er sich vergangen hatte? Oder gab es da noch viele
mehr ohne, dass Nora etwas von dem Ausmaß ahnte?
Was war mit dem Mädchen auf der Burg? Wenn Norbert
Erfahrung mit Missbrauch, mit Vergewaltigung, hatte,
würde er sich nicht damit zufriedengeben, sich einem

Kind gegenüber nur zu entblößen. Das wäre ein Schritt zurück.

Aber wohin führten diese Überlegungen? Sie war nicht bei der Polizei. Sie hatte mit den Nachforschungen angefangen, weil sie befürchtet hatte, ihr Vater wäre pädophil gewesen. Aber es sprach nichts mehr dafür. Sollte sie sich jetzt nicht einfach da heraushalten?

Plötzlich blieb sie stehen. Sie dachte an etwas, das sie zu Lisa gesagt hatte und unterdrückte einen Schrei. Wie hatte sie nur so blind sein können?

Kapitel 36

Zurück im Haus zog sie ihren Laptop hervor. Sie suchte nach den Opfern des Serienmörders in chronologischer Reihenfolge. Es dauerte einen Moment, bis sie sich einen Überblick verschafft hatte. Sie durfte jetzt keinen Fehler machen. Sie musste genau und präzise arbeiten.

Nora hatte zu Lisa gesagt, dass den Tätern das erste Opfer immer am wichtigsten war. Das hatte sie in der Folge von *Criminal Minds* gesehen. Das erste Opfer war das Opfer, bei dem der Serientäter das erste Mal Erlösung fand. Die darauffolgenden waren nur dazu da, das Gefühl vom ersten Mal zu wiederholen. Es war nie das Gleiche, aber sie jagten dem Gefühl hinterher.

Bei den Serienmorden in Neuerdorf und Bonn war das erste Opfer Linda D. aus Neuerdorf gewesen. Vergewaltigt auf offener Straße, aber mitten in der Nacht. Danach war sie mit fünf Messerstichen getötet worden. In einem anderen Zeitungsartikel fand sie sogar ihren vollen Namen. Linda Dietmeyer.

Der Schlüssel lag bei ihr. Nora kramte in ihrem Kopf und suchte nach Antworten. Irgendwo da drinnen war eine Erinnerung. Sie konnte sie spüren, aber nicht greifen. Es war, als würde sie sich verflüchtigen, wenn sie sie hervor zu zerren versuchte.

Linda Dietmeyer. Nora hatte sie gekannt. War sie mit ihr in einer Klasse gewesen? Nein. Linda war viel jünger gewesen. Knappe zehn Jahre. Also woher kannte sie Linda?

Nora konnte an nichts anderes mehr denken. Die ganze Zeit schwirrte der Name in ihrem Kopf umher.

Linda Dietmeyer.

Linda Dietmeyer.

Im Internet hatte sie ein Foto von ihr entdeckt. Sie hatte glücklich in die Kamera geschaut und Nora beunruhigend ähnlich gesehen. Aber das war auch schon alles, was ihr zu Linda einfiel.

Doch in einer kleinen Stadt wie Neuerdorf dürfte es nicht schwer sein, mehr über Linda in Erfahrung zu bringen.

Am nächsten Morgen brauchte es nur einen Anruf und Nora wusste, wo Linda Dietmeyer gewohnt hatte, bevor sie ein Jahr zuvor so unsanft aus ihrem Leben gerissen worden war. Marvin gab ihr auch die Namen ihrer Eltern und ihrer Zwillingsschwester. Außerdem beschrieb er Nora den Weg zu deren Haus.

Bei Linda lag die Lösung. Zwar hatte Nora noch keine Vorstellung davon, was sie finden würde, doch sie war zuversichtlich, dass sie es erkennen würde, wenn sie davor stand.

Lindas Eltern wohnten nicht weit von Dirks Haus entfernt. Nora wollte zuerst mit ihnen sprechen. Sie glaubte, dass sie mit ihr reden würden. Sie war keine Polizistin, aber sie wollte dennoch den brutalen Mord an ihrer Tochter aufklären. Die Kleinigkeit, dass sie ihren Vater für den Mörder gehalten hatte, würde sie weglassen. Das sprach nicht dafür, Nora zu vertrauen.

Sie ging die schmalen Straßen entlang, in denen die Bewohner langsam in den Tag starteten. Sie zogen Rollläden hoch und rissen Fenster zum Lüften auf. Nora begegnete Hundebesitzern, die in Jogginghosen und mit verschlafenem Gesichtsausdruck durch die Straßen schlichen.

Sie bog in eine Straße ein, die in einem Waldstück mündete. Auf einer Straßenseite standen vier Häuser. Auf der anderen breiteten sich Bäume und Büsche aus.

Wieder einmal wurde Nora klar, wie sehr Neuerdorf von Wald umzingelt war. Es war, als würde er in die kleine Stadt einfallen wollen.

Sie erkannte Lindas Elternhaus auf den ersten Blick. Es war in einem Zeitungsartikel abgebildet gewesen. Nora verzog das Gesicht bei der Vorstellung, dass hier Unmengen an Fotografen ausgeharrt hatten, um ein Bild oder ein Interview von den trauernden Eltern zu bekommen.

Das Haus war in einem dreckigen Weiß gestrichen und zur Haustür führten provisorische Stufen aus Holz. Hinter dem Haus konnte Nora Schutt erkennen. Es sah aus, als wäre das Haus noch nicht fertig gebaut. Als hätte man vor Jahren einfach keine Lust mehr gehabt, den Bau abzuschließen.

Nora ging die wackeligen Stufen bis zur Haustür hoch und drückte auf die Klingel. Ein Schild gab es nicht. Wahrscheinlich wusste durch den Tod ihrer Tochter ohnehin jeder, wer hier wohnte.

Es dauerte einen Moment. Die Vorhänge waren zugezogen, aber Nora konnte dahinter ein schwaches Licht erkennen.

Ihr wurde die Tür geöffnet. Als erstes bemerkte sie den starken Geruch nach Zigarettenrauch, der aus dem Haus drang. Danach sah sie den Mann, der vor ihr stand. Er war um die sechzig und trug einen großen Bauch vor sich her.

»Ja?« Er musterte sie. In der Hand hielt er eine Tasse, in der Kaffee schwappte.

»Hallo. Ich bin Nora Langen. Ich …«

»Wer ist da?«, rief eine Frau aus dem hinteren Teil des Hauses.

»Eine Nora Langen!«, antwortete der Mann, wobei er sich nach hinten lehnte, ohne Nora aus den Augen zu lassen.

Einen Moment lang war es still, dann kam eine kleine Frau mit abgehärmten Gesichtszügen hinter ihrem Mann hervor.

»Nora?« Sie betrachtete Nora mit großen Augen. »Nora, bist du es wirklich?« Nora reagierte nicht und ein trauriges Lächeln huschte über die Lippen der Frau. »Oh, du erkennst uns nicht! Aber es ist ja auch schon lange her, dass wir uns gesehen haben.«

Kapitel 37

Nora blinzelte. Verwechselte die Frau sie mit einer anderen Nora? Aber ihr Mann hatte ihren vollen Namen genannt. So verwirrt konnte doch niemand sein. Nicht einmal eine Frau, die vor einem Jahr ihre Tochter verloren hatte.

»Tut mir leid«, sagte Nora und warf dem Vater einen Blick zu. Aber der schien auch nicht zu wissen, was seine Frau meinte. »Kennen wir uns?«

»Ja, aber sicher. Du bist wahrscheinlich wegen Linda hier.« Sie lächelte. In ihre Augen kehrte Leben zurück. »Komm rein. Oh, Heinrich, warum hast du Nora nicht hereingebeten?«

Heinrich trat zur Seite und ließ Nora eintreten.

Im Flur war der Geruch nach abgestandenem Zigarettenrauch noch stärker. Nora unterdrückte den Drang die Nase zu kräuseln.

»Hättest du nur angerufen, dann hätten wir ein bisschen aufgeräumt.« Lindas Mutter schien dennoch erfreut über Noras Besuch zu sein. Sie führte sie ins Wohnzimmer.

Der Fernseher lief. Kein Frühstücksfernsehen, sondern ein Spielfilm. Es wirkte nicht so, als würden die Eltern sich für die Arbeit fertig machen. Es hätte genauso gut Abend sein können.

»Setz dich«, sagte Lindas Mutter und deutete auf das verknautschte Sofa. »Kann ich dir etwas zu trinken anbieten?«

Nora sah sich in dem Zimmer um. Auf dem Couchtisch standen ein Aschenbecher und Nussschalen.

»Nein, danke.«

Die Frau verließ das Wohnzimmer. Neben Nora ließ sich Heinrich auf die Couch fallen. Kaffee spritzte dabei auf seine Hose, aber er merkte es gar nicht. Er schlürfte aus der Tasse, starrte zum Fernseher und nahm Nora gar nicht mehr wahr.

Nora konnte nicht sagen, ob der Tod ihrer Tochter die Dietmeyers so hatte altern lassen, oder ob sie schon vorher in solchen Verhältnissen gelebt und so erschöpft ausgesehen hatten.

»Ich bin übrigens Monika«, sagte die Frau, die mit einem Glas Wasser aus der Küche kam. Sie setzte sich auf den Sessel neben Nora und lächelte ihr zu.

»Tut mir leid, aber ich kann mich wirklich nicht an Sie erinnern.«

Monika lächelte. »Du warst vor vielleicht ... wie lange ist das her, Heinrich? Zehn Jahre?«

Heinrich brummte nur.

»Na, jedenfalls hast du vor ein paar Jahren deinen Vater besucht. Linda hat gerade eine schwierige Zeit durchgemacht. Sie hatte keine Lust auf die Schule und irgendwie auch keine Lust auf uns. Und auf Neuerdorf. Auf alles eigentlich. Eine späte Pubertät.« Monika lächelte wehmütig. »Ich habe dich gebeten, einmal mit ihr zu reden und ihr von deinem Studium zu erzählen. Ich glaube, du hast es da gerade abgeschlossen oder so. Jedenfalls habt ihr euch zusammengesetzt und Linda ...«

Nora erinnerte sich. Linda war ein zurückgezogenes Mädchen mit einem ausgeprägten Musikgeschmack gewesen. Musik war ihr einziges Interesse. Nora hatte keine Lust gehabt mit einem Mädchen, das um einiges jünger war als sie über die Uni zu sprechen. Es war unschwer zu erkennen gewesen, dass Linda zu dem Gespräch genötigt worden war. Aber Nora hatte eine so schöne Zeit als Studentin gehabt, dass es ihr nicht schwergefallen war, zu schwärmen. Und dann irgendwann, Nora hatte den Zeitpunkt gar nicht genau mitbekommen, hatte Linda sich von ihrer Begeisterung anstecken lassen. Plötzlich war sie aus sich herausgegangen und war interessiert an Noras Zeit auf der Uni gewesen.

»Ich erinnere mich«, sagte Nora leise.

»Seitdem wollte sie unbedingt auf die Uni.«

»Hat sie es geschafft? Hat sie studiert?«

Monika räusperte sich. »Es hat leider nicht so richtig funktioniert. Ihre Noten waren nicht gut. Sie musste einmal die Klasse wiederholen und ist dann ohne Abitur von der Schule abgegangen. Zuerst machte sie eine Ausbildung, aber sie merkte, dass sie mehr wollte. Wenn man nur eine Ausbildung hat, ist man ja etwas eingeschränkt in dem was man machen und verdienen kann. Also hat sie ihr Abitur in einer Abendschule nachgeholt. Sie ist letztes Jahr im Frühling fertig geworden und wäre im Wintersemester nach Köln gegangen, um dort zu studieren. Irgendetwas mit Medien, aber das habe ich nie ganz verstanden.«

»Aber sie ist nie …«

»Eine Woche später hätte das Studium begonnen.«

Linda hatte den Semesterstart nicht erlebt.

Einen Moment lang schwiegen sie. Monika tupfte sich mit einem Taschentuch über die Augen und schnäuzte dann hinein. Nora sah auf ihre Hände hinab. Es war nur das Stimmengewirr aus dem Fernseher zu hören.

»Was war sie sonst so für ein Mensch?«

Monika zögerte. »Linda war ... sie war witzig. Sie hatte Humor und hat alle damit zum Lachen gebracht. Sie war liebevoll. Außerdem wollte sie immer hoch hinaus. Ihre Faulheit hat sie leider oft an ihren Zielen scheitern lassen. Aber sobald sie gemerkt hat, dass es nicht so funktioniert, wie sie es sich wünschte, hat sie einen anderen Plan entwickelt. Sie hatte immer ein Ziel vor Augen. Hat immer von einem besseren Leben geträumt.« Sie machte eine ausladende Handbewegung. »Das hier hat ihr nie gereicht.«

»Litt sie an Depressionen?«, fragte Nora aus einem Gefühl heraus.

Monika zögerte, schüttelte dann aber den Kopf. »Nein. Sie war nie längere Zeit traurig. Dass ihr dieses Leben nicht gereicht hat, hat sie motiviert und nicht heruntergezogen.«

»Was ist in den letzten Tagen vor ihrem Tod passiert? Können Sie sich da an irgendetwas erinnern? Es könnte noch so unwichtig erscheinen.«

Monika überlegte. »Es ist nicht viel passiert. Sie hat sich auf die Uni vorbereitet.«

»Hat sie einen Freund gehabt?«

»Nein. Ihr Freund hatte zwei Monate vor ihrem Tod Schluss gemacht.«

Nora nickte. »Wie hat sie sich auf die Uni vorbereitet?«

»Sie hat viel über die Uni gelesen, ist ab und zu dorthin gefahren und hat sich die Räume und die Mensa angesehen. Sie hat Stifte und Collageblöcke gekauft. Sie hat ...« Monika zögerte. »Ich hatte das Gefühl sie wollte alles richtig machen. Sie war auf dem richtigen Weg. Ich bin mir sicher, sie wäre eine tolle Studentin geworden.

Ach!« Monika setzte sich auf. »Sie war auch bei deinem Vater. Kurz vor ihrem Tod.«

Kapitel 38

Nora beugte sich vor. »Bei meinem Vater? Dirk Langen? Sie ist bei ihm gewesen?«

»Ja. Sie wollte noch einmal mit dir über die Uni sprechen. Sie hatte ein bisschen Angst, oder besser gesagt Respekt vor der Uni und wollte sich von dir beruhigen lassen.«

Nora starrte sie an. »Aber sie hat sich nie bei mir gemeldet.«

Monika nickte. »Ja, Dirk hat ihr gesagt, er habe keinen Kontakt mehr zu dir. Dein Bruder war auch da. Marvin heißt er doch, oder? Ich weiß noch, dass Linda sich gewundert hat, dass du weder zu deinem Vater noch zu deinem Bruder Kontakt hattest.«

Nora runzelte die Stirn. Marvin hatte ihr gar nicht erzählt, dass Linda bei ihnen gewesen war. Spätestens als Nora ihn nach der Adresse gefragt hatte, hätte er doch erwähnen können, dass er Linda kurz vor ihrem Tod gesehen hatte. Dass Nora sie kannte und Linda zu ihr gewollt hatte. Warum hatte er das für sich behalten?

»Entschuldigen Sie mich kurz? Ich müsste mal eben telefonieren.«

Nora stand auf und Monika blickte überrascht zu ihr auf. »Ähm … natürlich. Soll ich das Zimmer verlassen?«

»Nein nein«, beeilte Nora sich zu sagen. »Ich gehe in den Garten.«

Nora gelangte über die gleichen wackligen Stufen wie auch an der Haustür in den Garten. Zumindest wenn man ihn so nennen wollte. Er war kleiner als der von Noras Vater, aber auch dieses Stück Wiese schloss an einen Wald an. Vor den Bäumen lagen Autoreifen, außerdem leere Farbeimer und ein Tapeziertisch mit Werkzeugen.

Nora zog ihr Handy aus der Tasche und rief Marvin an. Er würde arbeiten, aber vielleicht trotzdem abnehmen.

Als hätte er sein Handy bereits in der Hand gehabt, ging er nach dem ersten Klingeln ans Telefon.

»Ja?«

»Hallo Marvin. Hier ist Nora.«

»Was gibt's?«

»Linda Dietmeyer war kurz vor ihrem Tod bei unserem Vater. Du warst auch da. Sie hat mit mir sprechen wollen.«

Stille.

»Marvin?«

»Ja, ich glaube, ich erinnere mich. Ist ja auch schon über ein Jahr her.«

»Wie hat sie da auf dich gewirkt?«

»Keine Ahnung. Normal.«

»Nicht aufgebracht oder ängstlich?« Nora warf einen Blick zum Haus der Dietmeyers. Monika stand an der geschlossenen Terrassentür und sah zu ihr heraus. Nora entfernte sich weiter von dem Haus und ging bis zu den Autoreifen.

»Nein, aber so genau kann ich mich daran auch nicht erinnern. Ich weiß nur noch, dass ich Streit mit Dirk gehabt habe. Sie kam zu einem ungünstigen Zeitpunkt.«

»Worum ging es bei eurem Streit?«

»Was soll das? Ist das ein Verhör? Du bist nicht bei der Polizei, Nora.«

»Nein, aber ich bin deine Schwester. Also interessiere ich mich für das, was in dem Leben meiner Familie vor sich geht.«

Er lachte freudlos auf. »Seit zwei Wochen. Davor sind wir dir egal gewesen.«

Wieder diese Vorwürfe. Nora hatte es verdient, aber es war trotzdem nicht angenehm. Sie hätte gerne damit abgeschlossen. Sie war jetzt hier und das zählte doch auch.

»Jedenfalls ging es dabei auch um dich, wenn du es genau wissen willst.«

»Um mich?«

»Ja, sag ich doch. Da ist Linda wirklich zum denkbar ungünstigen Zeitpunkt gekommen, um nach dir zu fragen. Wir haben darüber gesprochen, ob du an Weihnachten kommen wirst. Ich habe gesagt, dass du die letzten Jahre nicht gekommen bist und dass sich das dieses Jahr nicht ändern würde. Recht hatte ich. Aber Dirk hat davon gesprochen, dass du seine Tochter seist und er erwarten könne, dich an Weihnachten zu sehen.«

»Ist er wütend auf mich gewesen?«

»Enttäuscht, aufgebracht, wütend. Ja, das kann man so sagen.«

Nora schluckte. Sie hatte nicht einmal darüber nachgedacht mit ihrem Vater und Bruder Weihnachten zu feiern. Sie hatte mit ihrem Mann und einem weiteren Paar ein Haus gemietet und dort die Weihnachtstage und Silvester verbracht.

Sie strich mit ihren Fingerspitzen über das harte Gummi der Autoreifen. »Und sie ist dann sofort wieder gegangen, als ihr Linda gesagt habt, dass ihr keinen Kontakt zu mir habt?«

»Ja.«

»Hast du ihr nicht meine Handynummer geben können? Die hattest du doch. Die hat sich seit zehn Jahren nicht geändert.«

»Ja, hätten wir vielleicht tun können. Aber wir waren mitten in einer Diskussion. Wir hatten sie einfach nur loswerden wollen.«

Loswerden. Was für ein unschöner Begriff.

»Ich muss jetzt weiterarbeiten«, sagte Marvin. »Ist noch was?«

»Nein. Das war alles.«

»Na dann. Mach's gut, Nora.«

Aufgelegt.

Sie sah auf ihr Handy, dann in den Wald und dachte über das nach, was ihr Bruder gesagt hatte. Ihr Vater war sauer auf sie gewesen. Verbittert, weil sie so lange nicht für ihn da gewesen war. Hatte er gespürt, dass es mit ihm zu Ende ging? Hatte er gedacht, dass er jetzt seine Tochter nie wiedersehen würde?

Nora wischte den Gedanken beiseite und konzentrierte sich wieder auf Linda. Sie hatte also Angst vor dem Studium gehabt. Vielleicht hatte sie befürchtet, auch diese Chance nicht wahrzunehmen.

War sie zur Studienberatung gegangen, um sich Mut zusprechen zu lassen? Hatte sie dort den Mörder kennengelernt?

Sie sah zu Monika, die immer noch an der Terrassentür stand.

Es konnte ein flüchtiges Treffen gewesen sein. Irgendjemand, von dem sie ihren Eltern nichts erzählt hatte, weil es ein zu kurzes, ein zu unbedeutendes Treffen gewesen war. Aber für den Mörder war es mehr gewesen.

Marvin und Dirk waren Linda losgeworden, kam es Nora wieder in den Sinn.

Losgeworden.

Kapitel 39

Lindas Schwester Saskia kam ins Wohnzimmer zurück. Sie trug ein Tablett, auf dem zwei Tassen, eine Kanne, Zucker und Milch standen. Nora hatte mit Mitte zwanzig keine Milchkännchen besessen. Aber Saskia wirkte viel bodenständiger. Fast schon spießig. Aber auf eine angenehme Art. Monika hatte Nora voller Stolz erzählt, dass Saskia Physiotherapeutin sei.

»Danke«, sagte Nora und Saskia setzte sich neben sie auf die Couch.

»Sie haben gesagt, Sie waren schon bei meinen Eltern?«

»Ja. Gerade eben. Ich hoffe, es ist okay, dass ich so unangekündigt bei Ihnen auftauche.«

»Ja, ist schon in Ordnung. Ich muss erst in drei Stunden zur Arbeit. Ob ich meinen Kaffee jetzt allein oder in Gesellschaft trinke ...« Sie zuckte mit den Schultern.

Nachdem jede der Frauen eine Tasse Kaffee in der Hand hielt, lehnte Nora sich zurück und betrachtete die Schwester der Toten.

»Ich habe Linda gekannt. Wussten Sie das?«

Saskia warf ihr einen Blick zu, sah dann aber wieder auf ihre Tasse hinab. »Ja. Sie hat mir erzählt, dass sie mit Ihnen sprechen wollte.«

»Haben Sie sich sehr gut verstanden?«

»Ja. Wir haben uns fast täglich gesehen, haben viel miteinander gesprochen. Manchmal mussten wir auch gar nicht sprechen, wussten auch so, was in der anderen vorging.«

»Hat sie Ihnen mehr über ihre letzten Tage erzählt? Von Menschen, die sie kennengelernt hat oder Freunden, die sie getroffen hat?«

Saskia rührte mit dem Löffel in ihrem Kaffee. »Ja, schon. Aber es ist nichts Ungewöhnliches passiert. Sie hat niemanden kennengelernt und auch die Treffen mit Freunden waren völlig harmlos. Aber das habe ich alles schon der Polizei erzählt.«

»Ja, aber ich bin nicht von der Polizei. Deswegen weiß ich nicht, was die Polizei weiß.«

»Ach ja«, sagte Saskia fahrig, als hätte sie Nora eben noch für eine Polizistin gehalten.

»Hat sie Angst gehabt? Sich, abgesehen von der Uni, Sorgen gemacht?«

»Nein.«

»Hat sie sich irgendwie anders verhalten?«

»Nein.«

Nora nippte an ihrem Kaffee. »Kannten Sie meinen Vater? Dirk Langen?«

»Ja, aber nur flüchtig. Wie man sich hier in Neuerdorf halt kennt.«

Nora nickte.

»Warum?«, fragte Saskia.

»Sehen Sie irgendeine Verbindung zwischen Dirk und Linda?«

»Sie meinen, abgesehen von Ihnen?«

Nora schluckte. »Irgendeinen Freund von meinem Vater, der Linda gekannt hat. Der vielleicht mit ihr zusammengearbeitet hat oder in ihrer Nachbarschaft wohnt?«

Saskia zögerte. »Nein. Dirk ist ja viel älter als Linda gewesen. Ich glaube nicht, dass sie gemeinsame Bekannte hatten. Warum? Sehen Sie da einen Zusammenhang?«

»Vielleicht«, sagte Nora. »Ich suche einen Zusammenhang.«

»Warum?«

Nora sah Saskia an. Sollte sie ihr davon erzählen? Bis jetzt waren Marvin, Ben und Huber die einzigen Personen, denen sie von den Zeitungsausschnitten erzählt hatte. Sie öffnete den Mund, wollte sich ihr öffnen, entschied sich dann aber um. Saskia würde die Information nicht gut aufnehmen. Sie war schließlich Lindas Schwester.

»Das kann ich Ihnen nicht sagen«, sagte sie daher nur.

Nora stand in dem Kellerraum ihres Vaters und starrte auf die leeren Pinnwände vor sich. Es war kalt und ein unangenehmer Geruch zog durch den Keller. Aber Nora ließ sich davon nicht ablenken. Ihre Gedanken kreisten immer wieder um die gleiche Erkenntnis.

Alle Spuren führten zu ihrem Vater.

Er hatte die Pinnwand voller Zeitungsartikel gehabt.

Er hatte eine Tochter, die den Opfern ähnlich sah und von der er dachte, sie seien im gleichen Alter.

Er hatte mit Linda gesprochen, kurz bevor sie ermordet worden war.

Er hatte mit Marvin über Nora gesprochen, war wütend auf sie gewesen. Und dann kommt diese Frau, die Nora zum Verwechseln ähnlich sieht und spricht davon, ebenfalls Neuerdorf für ihr Studium zu verlassen.

Da ist er ausgerastet.

Nora schüttelte den Kopf. Das konnte nicht sein. Einmal abgesehen davon, dass es doch etwas an den Haaren herbeigezogen war: Nach Dirks Tod hatte der Mörder erneut zugeschlagen. Wenn er nicht von den Toten auferstanden war, konnte es nicht Dirk sein.

Es könnte ebenso gut sein, dass er sich nach Lindas Tod Gedanken um die Tat machte, weil sie kurz davor noch bei ihm gewesen war. Deswegen hatte er die ganzen Zeitungsartikel gesammelt. Vielleicht hatte Linda ihn an Nora erinnert und er fand die Morde besonders grauenvoll, weil es auch seine Tochter treffen könnte.

Das klang in Noras Ohren plausibler.

Sie rümpfte die Nase. Dieser Keller roch wirklich modrig. Sie sah sich in dem leeren Raum um.

Hatte Dirk irgendetwas herausgefunden? Hatte er belastende Beweise gehabt? Sie hätte sich die Zeitungsausschnitte genauer ansehen sollen.

Nun war es zu spät.

Irgendwo da draußen lief der Serienmörder frei herum und suchte sich das nächste Opfer.

Nora saß in ihrem Zimmer und machte Hausaufgaben. Sie fand die Schule bis jetzt ganz gut. Sie war stolz darauf, ein Schulkind zu sein und wollte ihre Hausaufgaben ordentlich und fehlerfrei machen.

Sie war so konzentriert, dass sie erst merkte, dass jemand im Haus war, als Schritte die Treppe hochkamen.

Nora erstarrte. Waren ihre Eltern etwa schon wieder da? Sie hatten zum Arzt gewollt, weil es ihrer Mutter nicht gut gegangen war. Diese hatte ihr gesagt, dass Nora sich keine Sorgen machen solle, aber Nora hatte die Angst in den Augen ihrer Mutter gesehen.

Marvin war bei einem Freund. Nora war ganz allein.

Doch offensichtlich war jemand in das Haus gekommen. Ganz Neuerdorf wusste, wo der Ersatzschlüssel war. Und dennoch war noch nie jemand in das Haus gekommen, ohne vorher zu klingeln.

Nora drehte sich langsam auf ihrem Stuhl um. Sie erwartete jeden Moment, dass jemand hereinkam. Aber ihre Zimmertür blieb geschlossen. Jemand war im ersten Stock und ging durch die anderen Zimmer.

Vielleicht ein Einbrecher. Jemand, der nach Geld suchte. Hatte sie genug Zeit, sich unter dem Bett zu verstecken? Aber noch bevor sie aufstehen konnte, wurde die Tür geöffnet.

Vorsichtig, als würde der Einbrecher Angst vor dem haben, was sich auf der anderen Seite befand. Nora hielt den Atem an, starrte mit großen Augen zu ihrer Zimmertür.

Stück für Stück öffnete sie sich, bis eine Gestalt dahinter zum Vorschein kam. Sie war groß und dünn. Langsam zeigte sich Norbert Kuls, der an der Türschwelle stand und mit gespreizten Fingern die Tür aufschob.

Kapitel 40

Nora atmete die angehaltene Luft aus. Es war kein Einbrecher. Es war nur der doofe Norbert. Er wollte wahrscheinlich zu ihrem Vater. Vielleicht hatten sie sich sogar verabredet und Dirk hatte seinem Freund nicht gesagt, dass er mit ihrer Mutter zum Arzt gefahren war.

»Hallo Nora«, sagte Norbert und trat ein. »Wo sind denn die anderen alle?«

Ein ungutes Gefühl machte sich in ihr breit. »Mama und Papa sind zum Arzt gefahren und Marvin ist bei einem Freund.«

»Und dann bist du hier ganz allein?« Norbert kam näher und reckte seinen Kopf, um auf Noras Schreibtisch zu sehen. Sie hatte ihn bekommen, als sie eingeschult worden war. »Was machst du denn da gerade?«

»Hausaufgaben«, sagte sie. Das stolze Gefühl, das sie sonst empfand, wenn sie jemandem offenbarte, dass sie zur Schule ging, wollte sich nun nicht einstellen.

»Toll. Da bist du aber fleißig. Soll ich dir helfen?«

»Nein. Ich schaffe das allein.«

Er sollte gehen.

Aber er ging nicht. Norbert kam näher und stellte sich neben Nora. Sie musste den Kopf in den Nacken legen, um ihm ins Gesicht sehen zu können.

»Lass mich mal sehen, was du da machst. Darf ich auf deinem Stuhl sitzen?«

Nora zögerte. Sie fürchtete, er würde den Stuhl kaputtmachen, weil er größer und schwerer war als sie. Aber er würde bestimmt sauer werden, wenn sie ihn nicht sitzen ließ. Dann würde er ihren Eltern davon erzählen und sie wären enttäuscht von Nora.

Sie stand also auf und trat beiseite, damit er sich setzen konnte. Es sah merkwürdig aus, weil er so groß und der Stuhl so klein war, aber ihn schien das nicht zu stören. Er beugte sich über den Schreibtisch und sah sich an, was Nora tat.

Ihr Schulbuch war aufgeschlagen. Nora hatte die kurzen Sätze der Geschichte abgeschrieben. Normalerweise diktierte ihre Mutter sie ihr, aber da sie nicht da war, musste Nora sie so lernen. Nora hatte sich schon darauf gefreut, ihrer Mutter zu zeigen, wie gut sie schreiben konnte.

»Bine ist letzten Sommer in die Schule gekommen«, sagte er. »Aber ihr seid nicht in einer Klasse, oder?«

»Nein«, sagte Nora schüchtern. »Sie ist in der ersten Klasse und ich in der zweiten.«

Er sah von den Hausaufgaben auf und lächelte Nora an. »Das ist wirklich schade. Es wäre doch schöner, wenn du eine Freundin in deiner Klasse hättest.« Er legte seine große Hand auf ihre Schulter. Sie war schwer und Nora hatte das Gefühl nach unten gedrückt zu werden.

Er zog sie näher an sich heran.

Sie wollte ihm sagen, dass sie eine Freundin in ihrer Klasse hatte, brachte aber kein Wort heraus.

»Aber du bist brav, oder? Da hast du bestimmt keine Probleme mit anderen Menschen. Egal, ob groß oder klein.« Seine Hand wanderte von ihrer Schulter zu ihrem Oberarm und drückte Nora mit einer solchen Sanftheit, dass ihr Tränen in die Augen stiegen. Sie mochte es nicht, wenn Norbert sie anfasste. Seit dem Frühlingsfest hatte er das immer wieder getan. Nicht mehr zwischen ihren Beinen, aber er hatte ihre Hände, ihre Schultern und ihre Beine berührt. Nebenbei nur und Nora sagte sich immer wieder, dass jeder sie berührte. Daran war nichts Schlimmes.

Aber bei Norbert fühlte es sich nicht gut an. Nicht so wie bei Mama, wenn die sie in den Arm nahm.

»Du machst deinen Eltern bestimmt auch keinen Ärger, oder?«

Nora schaffte es, den Kopf leicht zu drehen. Norbert verstand die Bewegung als Kopfschütteln.

»Dachte ich mir.« Seine Hand ließ von ihrem Arm ab und er legte sie auf Noras Hintern. Sie war so groß, dass sie beide Backen bedeckte. Nora bekam weiche Knie. Sie wäre gerne geflüchtet, hätte einfach einen Schritt zur Seite gemacht und sich aus seinem Griff befreit. Aber sie traute sich nicht. Ihr Körper fühlte sich immer noch schwer an, als wäre er auf dem Boden festgewachsen und sie würde viel zu viel Kraft brauchen, um ihre Füße anzuheben.

Norbert hatte aufgehört zu reden. Stattdessen atmete er schwer. Nora sah zu Boden, wollte ihn nicht mehr ansehen. Sie mochte den Blick nicht, mit dem er sie betrachtete. Ihr Herz schlug wild in ihrer Brust. Sie fühlte sich verloren. Es wurde nicht besser, als er seine Hand zu ihren Oberschenkeln gleiten ließ und seine Fingerspitzen zwischen ihre Beine gelangten.

Sie zitterte. Wieso machte er das? Das fühlte sich nicht gut an.

Norbert beugte sich zu ihr vor, bis er mit seiner Nase fast gegen Noras Ohr stieß. »Möchtest du deine Hose für mich runterziehen?«

Nora öffnete den Mund, wollte ihm sagen, dass sie das nicht wollte, aber sie brachte nur ein Seufzen über ihre Lippen. Dann war sie stumm. Sie konnte ihm nicht in die Augen sehen, hielt ihren Blick immer noch gesenkt.

»Soll ich das für dich machen?«

»Nein«, sagte Nora so leise, dass sie fürchtete, er höre sie nicht. Ihre Beine begannen nun auch zu zittern. Sie fühlte sich schlapp. »Ich möchte das nicht.«

»Nicht?« Norbert klang amüsiert. »Ich glaube aber nicht, dass du das beurteilen kannst. Du hast das ja noch nie gemacht. Es wird dir gefallen. Das verspreche ich dir.«

»Ich will das nicht«, flüsterte Nora mit zittriger Stimme.

Sie hielt die Augen nun geschlossen. Sie hatte nicht nur Angst davor, was er mit ihr machen würde, wenn er ihr die Hose auszog, sondern auch, was er machen würde, wenn sie sich gegen ihn wehrte. Nicht, dass sie dazu die Kraft finden könnte. Aber sie wünschte es sich. Und gleichzeitig fürchtete sie, dass er dann wütend wurde und Nora mochte es nicht, wenn Erwachsene wütend wurden.

»Komm. Wir probieren es einfach mal aus. Und wenn es dir nicht gefällt, dann lassen wir es sein.« Seine Hände lösten sich von ihrem Körper, aber nur um kurz danach den Bund ihrer Leggings zu umfassen. Sie war rot mit Tannenbäumen und Elchen drauf. Nora hatte sie angezogen, weil sie sie an Weihnachten erinnerte und sie sich auf das Fest der Liebe freute. Auf den Tannenbaum, auf die Geschenke, auf die Weihnachtslieder und das Essen, das ihre Mutter kochte.

Norbert zog ihr die Leggings herunter, wobei Noras Unterhose mit rutschte. Er zog sie bis zu ihren Fußgelenken. Dann war es für einen Moment still.

Nora zitterte noch stärker. Über ihre nackten Beine und den Hintern fuhr ein Luftzug. Sie wollte nicht, dass Norbert ihre Scheide sah. Sie wollte nicht, dass er ihren Po sah.

Es fühlte sich nicht gut an, obwohl er das gesagt hatte. Es fühlte sich schrecklich an. Und als er seine Hand auf ihre nackte Haut legte, wurde es noch schlimmer.

Kapitel 41

Nora krümmte sich zusammen, verzog schmerzvoll das Gesicht und spürte Tränen über ihre Wangen liefen. Sie schluchzte auf und schnappte nach Luft.

Sie umschlang mit ihren Armen ihren Oberkörper und umarmte sich. Sie versuchte alles in sich zu behalten, was nach draußen wollte. Der Schmerz, die Trauer, die Demütigung und der Schrecken. Der Schrecken über das, was geschehen war und das, was sie verdrängt hatte.

Sie lag lange zusammengekauert auf dem Sofa und versuchte, sich zu beruhigen. Wie hatte sie das nur verdrängen können?

Jetzt, wo die Erinnerung in ihr hervorgekrochen war, spürte sie das Geschehene als Last auf ihrem Herzen. Früher war es ihr schwergefallen, Vertrauen zu ihren Kommilitonen aufzubauen. Sie brauchte immer noch lange, bis sie jemandem vertraute und ihn als ihren Freund ansehen konnte. Sie hatte das als gegeben hingenommen und nie darüber nachgedacht.

Langsam wurde das Zimmer von der Morgensonne erhellt. Sie starrte stundenlang auf die gleiche Stelle im Teppich und rührte sich nicht.

Nora ließ ihr ganzes Leben Revue passieren. Sie dachte über die dunklen Phasen nach. Die Tage, Wochen und teilweise Monate, in denen es ihr nicht gut gegangen war. Es hatte dazugehört. Jeder hatte mal Phasen, in denen es einem schlecht ging. So war das Leben. Aber vielleicht war es bei ihr anders. Für wie viele Heulkrämpfe war Norbert verantwortlich? So oft hatte sie nachts nicht schlafen können, weil sie ein ungutes Gefühl, eine unbestimmte Angst verfolgte. Sie hatte sich in freizügiger Kleidung immer unwohl gefühlt. Wie jeder Teenager, hatte sie gedacht. Aber war es wirklich wie bei jedem Teenager gewesen? Oder hatte es seinen Ursprung in ihrer Kindheit?

Durch die Vorhänge drang trübes Licht. Nora drehte ihren Kopf zu der Terrassentür. Ihre Augen waren trocken, was das Blinzeln unangenehm machte. Sie richtete sich auf. Ihre Muskeln protestierten. Sie hatte Stunden angespannt und in der gleichen Position verharrt.

Nora sah sich im Zimmer um. Sie fühlte sich wie unter Watte. In ihr drin war nur noch ein dumpfer Schmerz zu spüren. Langsam drang die Kälte zu ihr durch. Sie biss sich auf die Unterlippe, wollte die Erinnerung von sich wegschieben.

Ich kann nicht darüber nachdenken.

Jetzt nicht.

Das ist zu viel für mich.

Ich will nicht.

Ich kann nicht.

Sie konnte nicht zulassen, dass die Erinnerung sie zerstörte. Und das würde sie, wenn Nora es zuließ. Sie würde ihr ganzes Leben zerstören und am Ende wäre nichts mehr so, wie es einmal war.

Nora duschte heiß, zog sich an und frühstückte. Dann band sie ihre Haare zu einem Zopf zusammen und krempelte ihre Ärmel hoch.

Sie war noch nicht wieder fit, aber das würde sie mit der Zeit werden. Sie musste nur die Erinnerung wieder sicher verschließen. Dorthin, wo sie sie bisher auch aufbewahrt hatte. Weit weg, um nicht so zu enden wie Bine.

Nora wollte sich auf die Serienmorde konzentrieren. Sie musste nach Freunden ihres Vaters suchen. Sie war überzeugt, dass er mit den Morden in Verbindung stand. Einer seiner Freunde musste der Serienmörder sein. Vielleicht hatte ihr Vater eine Ahnung gehabt und deshalb recherchiert. Aber bevor er die Verbrechen hatte aufklären können, war er gestorben.

Sie stand im Wohnzimmer. War ihr beim Aufräumen ein Notiz- oder Adressbuch aufgefallen? Da Dirk keinen Computer hatte und sie nichts von einem Handy wusste, musste er die Kontaktdaten irgendwo anders aufbewahrt haben.

Die meisten Sachen ihres Vaters waren schon entsorgt oder in Kisten verpackt, damit sie gespendet werden konnten. Nora hatte in den letzten Wochen gute Arbeit geleistet. Sie war langsam aber ordentlich gewesen.

Doch nun wünschte sie sich, eine Zeitreise machen zu können. Sie hatte bestimmt sein Adressbuch in der Hand gehalten, es aber für wertlos gehalten und weggeworfen. Wenn das der Fall war, war das Buch längst verloren. Daher klammerte sie sich an die Möglichkeit, dass sie es in einen Karton mit persönlichen Dingen gelegt hatte.

Davon gab es zwei. Darin waren Fotos, Zeugnisse und Schmuck, den Nora für Familienerbstücke hielt.

Sie hatte die Kisten in den Kellergang geräumt. Sie verließ das Wohnzimmer, blieb aber im Flur vor der Kellertür stehen.

Sie ging immer noch ungern nach unten. Aber es war nichts mehr da, wovor sie sich hätte fürchten können.

Nora öffnete die Kellertür und knipste das Licht an. Sie würde sich nie an die Kälte des Kellers gewöhnen. Gut, dass sie das Haus verkaufte und nicht selbst darin wohnen würde.

Sie trat die Stufen hinunter, wobei sie sich mit einer Hand an der Wand festhielt. Sie kam unten an und blieb einen Moment am Fuß der Treppe stehen.

Es roch immer noch unangenehm. War der Geruch intensiver geworden oder bildete Nora sich das nur ein?

Sie warf einen Blick zu der verschlossenen Tür, aber glaubte, dass es aus der Waschküche kam. Dort hatte vielleicht die Waschmaschine angefangen zu schimmeln oder ein Rohr war kaputtgegangen und Schmutzwasser ausgelaufen.

Sie ging zur Waschküche und öffnete die Tür. Als das Licht flackernd anging, betrachtete sie den Raum. Hier verstärkte sich der Geruch nicht. Sie roch an Waschmaschine und Trockner, sah sich die Rohre an, konnte aber nichts Ungewöhnliches erkennen.

Also kam es vielleicht doch vom Raum hinter der verschlossenen Tür. Nora trat aus der Waschküche. Eine verwesende Ratte? Oder hatte ihr Vater dort Essen gelagert, das nun schlecht wurde?

Nora wusste es nicht. Sie sollte jemanden holen, der die Tür für sie öffnete. Ein Schlüsseldienst vielleicht oder ein geschickter Handwerker.

Aber dafür würde ein anderes Mal genug Zeit sein. Nun wollte sie erst einmal in die Kartons sehen. Sie hoffte, dass sie endlich Antworten auf ihre Fragen finden würde. Irgendetwas musste es geben. Vielleicht war ihr Vater mit einem Lehrer von Linda befreundet gewesen. Oder mit ihrem Vermieter. Vielleicht sogar mit ihrem Vater. Nora konnte nichts ausschließen, auch wenn sie nicht glaubte, dass der teilnahmslose Mann, den sie kennengelernt hatte, ein Serienmörder war.

Nora zog die gesuchten Kartons hervor und stellte sie auf dem Boden ab. Sie öffnete den Karton und blickte hinein. Fotorahmen, zwei Fotoalben, eine Skulptur, die Marvin in der Grundschule gebastelt hatte. Das war alles. Mehr lag nicht darin.

Sie öffnete den anderen Karton. Hier hatte sie den Papierkram verstaut und eine Schatulle mit Ringen, Ketten und Ohrringen. Sie sah sich die Papiere genauer an. In einer Mappe waren Noras Zeugnisse. Bis auf ihr Abiturzeugnis, das sie selbst hatte, war alles säuberlich abgeheftet worden. Marvin hatte auch einen solchen Ordner.

Außerdem gab es eine Mappe mit allen Unterlagen zu den Untersuchungen, die Noras Mutter über sich hatte ergehen lassen müssen. Es hatte Jahre gedauert, bis sie am Krebs gestorben war. Während dieser Jahre hatten sie unerbittlich gegen die Krankheit gekämpft.

Sie fand auch die Heiratsurkunde ihrer Eltern.

Aber sonst nichts.

Kein Adressbuch.

Kein Notizbuch.

Nichts.

Nora richtete sich auf und stemmte ihre Hände in den unteren Rücken, der ihr vom Bücken schmerzte.

Sie musste doch irgendwie an die Namen seiner Freunde kommen. Dass sie auf seiner Beerdigung gewesen waren, war klar. Aber wem davon hatte er nahegestanden? Alfs Kindern weniger. Genauso war er mit Nils wahrscheinlich besser befreundet gewesen als mit Doris.

Sie ließ die Kartons wo sie waren und stapfte die Treppe hoch. Egal wie schwer es Marvin fiel, er musste Nora eine Liste mit Namen geben. Sonst würde sie ewig im Dunkeln tappen und nicht wissen, ob sie nicht doch jemanden vergessen hatte.

Kapitel 42

Marvin öffnete ihr die Tür und seufzte.

»Nora ...«

Sie unterbrach ihn. »Ich will nur kurz mit dir sprechen.«

»Ich bin krankgeschrieben. Ich habe wirklich keine Lust auf Besuch.«

Jetzt wo er es sagte, fiel ihr seine gerötete Nase auf.

»Es ist wichtig«, sagte Nora mit Nachdruck.

Marvin zögerte, ließ sie dann aber herein.

Nora hängte im Flur ihre Jacke an die Garderobe und folgte Marvin in die Küche. Auf dem Tisch stand eine dampfende Tasse Tee neben seinem Laptop. Er setzte sich dahinter und schloss ihn.

Sie ließ sich auf dem Stuhl ihm gegenüber nieder. »Es geht um die Freunde unseres Vaters«, begann sie. »Ich habe dich doch mal gefragt, wem er besonders nahestand. Ich brauche jetzt eine genaue Liste mit Namen, Marvin.«

»Was? Wieso?«

»Weil ich den Serienmörder suche und mir sicher bin, dass Dirk mit ihm befreundet war.«

»Nora, lass das«, sagte er schneidend. »Du kannst doch keinen Mord aufklären. Das ist die Aufgabe der Polizei.«

»Aber die Polizei weiß nicht, dass der Mörder im Umkreis meines Vaters zu finden ist.«

»Dann sag es ihr eben. Wenn es überhaupt stimmt.«

Sie ignorierte seine letzte Aussage. »Ich möchte selbst nach ihm suchen. Es geht immerhin um unseren Vater. Ich möchte wissen, was die Polizei über ihn erfährt und sie würde mir nicht alle Informationen geben.«

Marvin seufzte. »Ich kann dir aber keine Liste geben. Ich war nicht vierundzwanzig Stunden am Tag mit ihm zusammen.«

»Bitte, versuch es. Wenn du mir keine Liste geben kannst, kann es niemand. Du standst unserem Vater am nächsten.«

»Soll ich mich auch auf deine Liste schreiben?«, fragte er spöttisch.

Sie lächelte. »Nein. Natürlich nicht. Aber sonst jeden, den unser Vater öfter gesehen oder von dem er mal gesprochen hat.«

Marvin erhob sich und verließ die Küche. Nach einigen Sekunden kam er mit einem Blatt Papier und einem Stift zurück.

»Es werden nicht viele Namen sein. Er war nicht oft unterwegs.«

»Das macht nichts. Ist vielleicht sogar besser so.«

Marvin schrieb einen Moment, zögerte und schrieb noch einen Namen auf. Nora beobachtete ihn dabei. Er sah wirklich krank aus und gehörte ins Bett.

Schließlich legte er den Stift beiseite und schob ihr die Liste zu.

Nora zog sie an sich und sah darauf. Fünf Männer, die sie überprüfen musste.

»Und die leben alle in Neuerdorf?«

»Ja.«

»Welche davon haben Verbindungen nach Bonn?«

»Ähm … die.« Er zeigte auf drei Namen. »Soweit ich weiß. Natürlich könnten die anderen auch Verwandte oder so in Bonn haben, aber davon weiß ich nichts.«

»Ich sollte trotzdem alle überprüfen«, murmelte Nora, vielmehr zu sich als zu Marvin.

»Warum fragst du nach Verbindungen nach Bonn?«

»Nur so.« Sie bemerkte nicht, wie er auf seinem Stuhl vor- und zurückrutschte, sondern betrachtete die Namen und versuchte sich ein Bild der Personen zu machen.

Ganz oben stand Nils. Mit ihm hatte sie gerechnet. Dann folgte Norbert, hinter dem ein Fragezeichen stand. Offensichtlich war Marvin sich bei ihm nicht sicher, ob sie immer noch Freunde gewesen waren. Nora glaubte ohnehin nicht, dass er der Serienmörder war. Er stand auf Kinder, nicht auf Frauen. Sie drängte die Erinnerung mit Gewalt zurück. Dann standen die Namen von Martin und Alf auf der Liste.

»Wie nahe standen die ihm wirklich?«, fragte Nora.

Marvin warf einen Blick auf die Namen, auf die Nora deutete. »Sie haben sich ab und zu getroffen, aber er hat nicht oft von ihnen gesprochen. Wenn du jemanden suchst, der unserem Vater wirklich nah stand, dann ist das nur Nils. Die beiden haben oft zusammen rumgehangen. Und Doris natürlich. Aber ich glaube nicht, dass sie die Morde begangen hat.«

Nora schüttelte den Kopf. »Nils kann ich mir zwar auch nicht vorstellen, aber man weiß ja nie.« Sie sah auf den letzten Namen. Walter. »Wer ist Walter? War er bei der Beerdigung?«

Marvin nickte, dachte nach und sagte dann: »Er saß beim Leichenschmaus neben mir.«

Nora versuchte sich an ihn zu erinnern, aber es entstand nur ein unscharfes Bild.

»Soll ich dir seine Adresse geben?«

»Ja, bitte.«

Er stand auf, ging aber nicht in das Wohnzimmer, sondern kramte in einer Küchenschublade, bis er ein schmales Buch hervorholte.

»Was ist das?«

»Dirks Adressbuch. Ich habe es geholt, als ich die Beerdigung organisiert habe. Brauchte ja Telefonnummern und Adressen, um die Gäste einzuladen.«

»Das habe ich schon gesucht.« Sie war gar nicht auf die Idee gekommen, Marvin danach zu fragen.

Nachdem er die Adresse notiert hatte, reichte er ihr das Adressbuch. Sie schlug es auf und ging nach und nach die Adressen durch. Es waren die Namen, die Marvin aufgeschrieben hatte, weitere Namen und Dienstleister. Elektriker, Kammerjäger, Maler und ein Autohaus.

»Willst du es haben?«, fragte Marvin nach einer Weile. »Ich brauche es nicht mehr.«

Nora sah auf. »Darf ich? Ich werde es aufbewahren. Ich habe zwei Kisten mit alten Erinnerungen. Fotos, Zeugnisse und so.«

»Solange du es nicht wegschmeißt, kannst du es haben.«

»Danke.« Nora faltete Marvins Liste und legte sie zwischen die Seiten des Adressbuches.

Das Herz pochte wild in ihrer Brust. Da irgendwo würde die Lösung des Falls sein. Einer von diesen fünf Menschen hatte die Frauen vergewaltigt und umgebracht. Die Frauen, die ihr so sehr ähnelten.

Kapitel 43

Obwohl es mitten am Tag war, drängten sich die Fahrzeuge und ihre Halter auf dem großen Parkplatz vor der Werkstatt. Sie ging zwischen den Autos hindurch und auf die Werkstatt zu. Es war ein niedriges Gebäude, dessen verglaste Fassade auf Mitarbeiter und Autos blicken ließ.

Sie verschaffte sich einen Überblick, konnte Walter aber nicht entdecken.

»Kann ich Ihnen helfen?«, fragte ein Mann um die dreißig und wischte sich die Hände an einem dreckigen Lappen ab.

»Ich suche Walter. Er arbeitet doch hier, oder?«

»Ja.« Der Mann sah sich um. Dann zeigte er auf eine Stelle im hinteren Bereich der Werkstatt. »Da ist er.«

Nora konnte ihn zwischen den Autos nicht erkennen, bedankte sich aber und schlängelte sich bis nach hinten durch.

Nora erkannte ihn gleich. Er war etwas älter als ihr Vater, hatte kaum noch Haare und die, die er hatte, waren grau. Er trug einen blauen Overall, anders als die anderen Männer, die hier arbeiteten.

Er entdeckte sie und lächelte. »Oh, hallo. Mit Ihnen hätte ich nicht gerechnet. Nora, richtig?«

Nora erwiderte das Lächeln. »Ja, genau.«

»Soll ich mir Ihr Auto ansehen?«

Nora zögerte. Das wäre ein guter Einstieg gewesen, aber auf die Idee war sie nicht gekommen. »Nein, ich bin aus persönlichen Gründen hier.«

»Ach ja?«

»Haben Sie kurz Zeit für mich?«

»Natürlich. Ich bin hier ohnehin überflüssig geworden.« Er lachte leise. Es schien ihm nichts auszumachen.

»Kommen Sie. Ich habe zwar kein eigenes Büro, aber im Pausenraum können wir uns unterhalten.«

Er führte Nora durch eine Tür und sie gelangten in einen Flur. Von ihm gingen Türen ab, neben denen Schilder mit Namen hingen.

Walter öffnete eine Tür, die zu einem leeren Pausenraum führte, in dessen Mitte Tische aufgestellt waren.

»Setzen Sie sich.«

Nora ließ sich auf einem der Stühle nieder und überschlug ihre Beine. Es war ruhig. Die Geräusche aus der Werkstatt drangen nicht bis hierher durch. Der Blick aus dem Fenster zeigte ins Grüne.

»Also. Worum geht es?«, fragte Walter und setzte sich neben sie. Um seinem Bauch Platz zu machen, stellte er seine Füße weit auseinander und schob den Stuhl ein Stück zurück.

Nora zögerte. »Wie eng sind Sie mit meinem Vater befreundet gewesen?«

»Och … wir kennen uns seit unserer Jugend und haben nie den Kontakt verloren. Wir sind alle zwei Monate zusammen wandern gegangen. Im Herbst haben wir schon mal Pilze gesucht. Er hat sein Auto immer zu mir gebracht.« Walter lachte leise. »Er wollte immer nur, dass ich sein Auto repariere. Niemanden sonst hat er dran gelassen. Die anderen sind mittlerweile viel schneller und ordentlicher als ich, aber er hat darauf bestanden.« Lächelnd schüttelte er den Kopf.

Nora erwiderte das Lächeln. Das hörte sich schön an. Als wäre ihr Vater ein treuer Freund gewesen. Aber er schien Walter auch nicht allzu oft gesehen zu haben.

»Haben Sie einen Schlüssel zu dem Haus meines Vaters?«, fragte Nora.

Walter schüttelte den Kopf. »Nein. Wozu auch? Es gab ja immer einen Schlüssel unter dem Blumentopf. Auch wenn ich den nie benutzt habe.«

Nora nickte. Er wirkte aufrichtig.

»Haben Sie Kinder?«

»Nein. Dieses Glück hatten meine Frau und ich nicht. Leider muss ich sagen. Ich hätte sehr gerne Kinder gehabt.«

»Familie in Bonn?«

Er zog seine Augenbrauen zusammen und schien sich zu fragen, warum sie ihm diese Fragen stellte. Aber er fragte nicht nach. »Nein. Meine Schwester wohnt mit ihrer Familie hier und meine Eltern sind schon lange tot.«

Nora nickte. Er schien nicht in das Profil zu passen.

»Haben Sie von den Morden gehört?«

»Natürlich. Wer hat das nicht? Schrecklich. Ganz schrecklich.« Er schüttelte den Kopf. »Ich hoffe, Sie finden bald den Schuldigen.«

»Ja, ich auch.«

Nachdem sie noch eine Weile über Unverfängliches geplaudert und sich der Verdacht gegen ihn auflöste, verabschiedete sie sich.

Sie hatte die Werkstatt schon verlassen und bahnte sich ihren Weg an den wartenden Autos vorbei, als sie Walters Stimme hörte.

»Nora! Warten Sie mal kurz.«

Sie blieb stehen und drehte sich zu ihm um. Er lief auf sie zu. Außer Puste blieb er vor ihr stehen.

»Ich nehme es Ihnen nicht übel, dass sie mich des Serienmordes verdächtigen, auch wenn ich nicht weiß, woher dieser Verdacht kommt. Sie sind Dirks Tochter und ich bin kein Mörder. Aber wenn Sie dem Mörder gegenüberstehen, sollten Sie vorsichtiger vorgehen.«

Nora sah ihn verdutzt an. War es also doch so offensichtlich gewesen?

Sein Gesichtsausdruck hatte sich verändert. Er sah sie nun ernst und eindringlich an. Er hätte einen tollen, strengen Vater abgegeben. Und in ihr regte sich die Überlegung, ob er nicht doch etwas mit den Morden zu tun haben könnte. Aber es sprach alles dagegen und so nickte sie bloß und verabschiedete sich erneut von ihm.

Kapitel 44

Nils, Alf, Norbert, Martin.

Norbert fiel weg.

Nora saß am Küchentisch, die Liste vor sich. Sie strich Norbert durch. Er war pädophil. Er würde keine erwachsenen Frauen vergewaltigen. Nur Kinder.

Also blieben Nils, Alf und Martin.

Von Alf und Martin war sie eigentlich überzeugt, dass sie keinen Schlüssel zu Dirks Haus hatten. Sie waren nicht eng mit ihm befreundet gewesen. Das hatte Marvin bestätigt. Also blieb nur noch Nils.

Sie starrte den Namen an, dachte darüber nach, wie er auf sie reagiert hatte, als sie hier eingezogen war.

Sie sah aus dem Küchenfenster. Er war nicht gerade jung, aber wie er da mit dem Stock auf sie zu gerannt war ... Sie schüttelte den Kopf. Das hätte ins Auge gehen können.

Sie stand auf und trat ans Fenster. Die letzten drei Verdächtigen lebten in dieser Straße. Ihr Hauptverdächtiger direkt nebenan.

Eine Bewegung an Martins Haus erregte ihre Aufmerksamkeit. Die Haustür wurde geöffnet und der Hund sprang hinaus. Langsamer folgte ihm sein Herrchen.

Martin, der Autor. Der erfolglose Autor. Seine weißen Haare standen vom Kopf ab. Er sprang die Stufen zu seiner Haustür hinab und rief seinen Hund zu sich. Der gehorchte und Martin nahm ihn an die Leine.

Dann stand er auf dem Bürgersteig und sah die Straße hinunter, als würde er auf irgendetwas warten. Nora biss ihre Zähne zusammen. Dann drehte Martin abrupt seinen Kopf in Noras Richtung.

Sie wich erschrocken vom Fenster zurück. Ihr Herz raste. Nora schüttelte den Kopf. Sie war schreckhaft. Unnötig schreckhaft. Martin hatte sie sicherlich nicht am Fenster stehen sehen. Und selbst wenn, diese Straße beobachtete sie auch Tag und Nacht.

Nora ging zurück an den Esstisch und setzte sich.

Sie griff nach der Liste und setzte hinter Martins Namen ein Ausrufezeichen. Auch wenn er nicht besonders gut mit ihrem Vater befreundet gewesen war, zählte er zu ihren Hauptverdächtigen. Nils war zu alt. Martin strahlte dagegen etwas Unangenehmes aus.

Sie hob den Blick. Ein Gesicht starrte ihr durch das Küchenfenster entgegen. Erschrocken stieß sie einen leisen Laut aus. Das Gesicht verzog sich und die Person grinste Nora an.

Sie fluchte. Dieser verdammte Martin.

Er zeigte nach links, um ihr zu zeigen, dass er an der Haustür auf sie warten würde. Sie nickte. Als er aus ihrem Blickfeld verschwand, legte sie sich eine Hand an ihre Brust. Noras Herz schlug ihr immer noch bis zum Hals.

Sie verließ die Küche, blieb aber vor der Haustür stehen, um tief durchzuatmen. Dann öffnete sie Martin die Tür.

»Ich hoffe, ich habe Sie nicht erschreckt«, sagte Martin vergnügt.

»Schon okay.« Nora winkte ab. Sie spürte immer noch Adrenalin durch ihre Adern fließen.

»Ich wollte Sie fragen, ob Sie nicht Lust haben mit mir Gassi zu gehen.« Nach einem Moment lachte er laut auf. »Ich meine natürlich mit meinem Hund und mir. Mit jemandem spazieren zu gehen, der antwortet, wenn man etwas sagt, ist irgendwie angenehmer.«

Sie zögerte. Nora wollte ihn ohnehin sprechen, weil sie herausfinden musste, ob Martin zu ihren Verdächtigen zählte. Da war es ein guter Einstieg, wenn er das Gefühl hatte, er hätte das Gespräch in Gang gebracht.

»Ähm … ja. Gerne. Ich hoffe nur, Sie möchten nicht zu lange gehen. Ich muss noch einiges im Haus schaffen.«

»Kein Problem. Wir machen nur eine kleine Runde.«

Nora nickte. »Warten Sie. Ich bin sofort wieder da.«

Sie ließ Martin an der offenen Tür stehen und lief in die Küche, wo sie nach ihrem Handy griff. Sie steckte es in ihre Hosentasche. Dann drehte sie sich um, um im Flur ihre Jacke anzuziehen und stieß gegen Martin. Sie unterdrückte die unwirschen Worte, dass er doch an der Tür hatte warten sollen.

Er sah sich um. »Sie haben ja schon viel eingepackt. Da werden Sie bestimmt bald fertig.«

»Ja. Nächste Woche soll der Makler kommen. Bis dahin will ich noch die Möbel losgeworden sein.«

Martin nickte. »Das geht ja wirklich schnell.«

Sie zog sich ihre Jacke und einen Schal an. »Ich habe nicht mehr lange Urlaub. Den Rest muss ich aus Bonn machen.« Sie zog den Reißverschluss ihrer Jacke hoch. »Wollen wir?«

Martins Blick glitt über das Wohnzimmer und blieb an der Kellertür hängen. Bildete sie sich das nur ein oder starrte er unnormal lange auf die Tür?

»Ja, lassen Sie uns gehen, bevor es dunkel wird.« Er zwinkerte ihr zu. »Wir wollen ja nicht dem Mörder in die Arme laufen.«

Nora fühlte sich in seiner Gegenwart nicht wohl. Es lag gar nicht so sehr daran, dass sie ihn verdächtigte, ein Serienmörder zu sein. Es war seine Art, die ihr Unbehagen bereitete.

Er ging einen Schritt zu nahe neben ihr, lachte etwas zu laut und sagte Dinge, die sie als unpassend und unangemessen empfand. Es war so, als hätte er keine Ahnung von einem angebrachten Sozialverhalten, als würde er immer ein Stück zu weit in die Privatsphäre anderer Menschen dringen. Nur ein bisschen, gerade genug, dass es unangenehm war.

»Als ich hier eingezogen bin, gehörte Ihr Vater zu den ersten Menschen, die ich kennengelernt habe. Er war eher zurückhaltend, aber nicht unfreundlich und so … habe ich ihn als Nachbarn schätzen gelernt.« Er sah seinem Hund hinterher, der ohne Leine vor ihnen den Wanderweg entlanglief. »Er hat mich manchmal begleitet, wenn ich Gassi gegangen bin. Wussten Sie das?«

»Nein.«

»Außerdem haben Nils, Dirk und ich uns getroffen, um gemeinsam Karten zu spielen. Aber nicht oft. Vielleicht zweimal im Jahr.«

Sie musste gar nicht viele Fragen stellen. Martin erzählte ihr auch so von seinem Leben mit Dirk und sie bekam langsam ein Bild von ihrer Freundschaft.

»Er hat Ihre Mutter vermisst, müssen Sie wissen. Er hat nicht darüber gesprochen, aber ich habe es gespürt. Ein guter Schriftsteller spürt nämlich, wie die Menschen um ihn herum fühlen.« Er warf ihr einen Blick zu. »Ich habe kurz nach seinem Tod sogar überlegt, über ihn in einem meiner Bücher zu schreiben.«

»In welchem Genre schreiben Sie denn?«

»Nun, das ist schwer zu sagen. Ich würde mich da lieber nicht auf ein Genre beschränken. Ein bisschen von allem.«

Nora sah ihn skeptisch an. Er war bestimmt kein so begnadeter Schriftsteller, wie er behauptete.

»Vielleicht einen Krimi?«, fragte sie. »Sie könnten über die Morde hier in der Gegend schreiben.«

»Oder über missbrauchte Mädchen.« Martin lachte.

Er spielte auf den Verdacht gegen ihren Vater an, aber sie ging nicht darauf ein.

»Was halten Sie von den Serienmorden?«

Er grinste sie an. »Was soll ich schon davon halten? Es ist schrecklich und ich hoffe, dass sie bald aufgeklärt werden.«

»Es kann sein, dass der Mörder in Neuerdorf lebt. Gibt es jemandem, dem sie die Morde zutrauen würden?«

»Ach, einer Menge Menschen.« Martin lachte schallend. Ein Schwarm Vögel flog erschrocken auf. »Nein, im Ernst. Es gibt eine Menge komischer Kauze in Neuerdorf. Aber ich habe keine Ahnung von sowas. Ich weiß nicht, wer dahinterstecken könnte.«

»Sie würden niemandem die Morde zutrauen?«

Er schüttelte den Kopf. »Warum interessieren Sie sich so sehr dafür? Möchten Sie den Mörder fangen?« Er grinste amüsiert.

Nora zögerte. »Ich wüsste gerne, wer die Morde begangen hat. Dann würde ich vielleicht nachts besser schlafen.«

»Schlafen Sie nicht gut?« Er sah ihr tief in die Augen.

Noras Kopfhaut kribbelte. Sie wendete den Blick von ihm ab und sah den verlassenen Waldweg entlang.

»Haben Sie noch Familie in Bonn?«, wechselte Nora das Thema.

»Ja. Eine Schwester wohnt in Bonn. Außerdem die Tochter einer Ex-Freundin. Sie ist immer noch Familie für mich, auch nach der Trennung mit ihrer Mutter.«

»Haben Sie sie aufwachsen sehen?«

»Nicht direkt. Ich habe sie kennengelernt, da war sie fünfzehn. Ein bockiger Teenager.« Er lachte.

»Wie alt ist sie jetzt?«

»Sie müsste letzten Monat siebenundzwanzig geworden sein.«

Kapitel 45

Nora sah ihn an. »Und Sie haben noch Kontakt zu ihr?«

»Ja, sporadisch. Weniger als ich es gerne hätte, aber was soll man machen?« Er zuckte mit den Schultern. »Das Leben kommt dazwischen«, sagte er.

»Aber deswegen sind Sie nicht sauer, oder?«

»Sauer?« Martin sah sie wieder an und verlangsamte seine Schritte. »Warum sollte ich deswegen sauer sein? Und auf wen?«

Nora zögerte. Sie musste aufpassen. Sie war mit ihm allein im Wald. Sie hatte ihn als Täter noch nicht ausgeschlossen. Im Gegenteil. Sie fand Hinweise, die sie in ihrem Verdacht bestätigten.

»Ach, ich weiß nicht. Mein Vater ist ja sehr wütend gewesen, dass ich den Kontakt zu ihm abgebrochen habe. Da dachte ich, in anderen Familien wäre es genauso.« Nora hob die Schultern und wartete auf seine Reaktion.

Martin betrachtete sie. Von seinem einst fröhlichen Grinsen war nichts mehr zu sehen.

»Ich hatte nie Anspruch auf sie. Ich bin ja nicht ihr richtiger Vater, auch wenn ich das so empfinde.« Er taxierte sie.

Nora schluckte. »Verstehe.«

Sie wich seinem Blick aus. Anspruch. Wie unpassend sich das anhörte. Doch, was an Martin war nicht unpassend?

»Ihr Vater ist wütend auf Sie gewesen, aber das hat nichts mit meiner Stieftochter und mir zu tun. Gar nichts.«

Sie schritten weiter über den Waldweg. Eine unangenehme Stille lag zwischen ihnen. Nora hätte nicht gedacht, dass sie sich in seiner Gegenwart noch schlechter fühlen könnte. Sie kamen an einem Trampelpfad an, der von ihrem Waldweg abzweigte. Nora war froh, dass ein Holzschild den Pfad als Weg ins Zentrum Neuerdorfs auswies.

»Ich werde hier zurückgehen«, sagte sie und deutete auf den Pfad. Er war schmal. Sträucher und Äste ragten hinein und würden ihr den Abstieg erschweren. Aber alles war besser, als weiter mit Martin zu gehen.

»Sind Sie sicher? Wir sind doch noch nicht lange unterwegs.«

Sie schluckte. »Ja. Wie gesagt, ich muss noch einiges im Haus schaffen.«

Er nickte. »Na dann.« Sein typisches Grinsen trat wieder auf seine Lippen und Martin beugte sich vor. »Und passen Sie auf sich auf«, sagte er mit gesenkter Stimme.

Nora biss ihre Zähne zusammen und zwang sich zu einem Lächeln. Dann wendete sie sich von ihm ab und betrat den Trampelpfad. Es fiel ihr schwer, ihm den Rücken zuzukehren. Sie hätte sich gerne umgesehen, um zu prüfen, ob er ihr folgte, doch sie widerstand dem Drang.

Stattdessen ballte sie ihre Hände in den Jackentaschen zu Fäusten und beschleunigte ihre Schritte. Unter ihren Füßen raschelten die Blätter und knackten die Äste. Sie stolperte den Weg entlang, konnte noch lange nicht das Ende erkennen und hoffte, dass sie sich nicht verlaufen würde. Die Wälder um Neuerdorf herum waren durchzogen von kleinen Pfaden und manche führten ins Nichts.

Sie lösten sich auf und ließen den Wanderer einfach im Nirgendwo zurück.

Ein Rascheln hinter ihr ließ Nora zusammenzucken. Da war etwas. Sie spannte sich an und lief schneller. Ihr Blick war auf den Waldboden geheftet, um nicht über Wurzeln oder große Steine zu stolpern.

Wieder dieses Rascheln. Als würde sich jemand durch das Gebüsch zwängen. Nun näher. Nur zwei Meter von ihr entfernt. Sie zwang sich, langsamer zu gehen. Wenn sie auf dem unebenen Waldboden umknickte und ihren Knöchel verletzte, hätte sie ein Problem. Ihr Atem fiel stoßweise. Hinter ihr knackte ein Ast. Nora blieb abrupt stehen und wirbelte herum.

Sie rechnete damit, Martin zu sehen. Auf seinen Lippen das amüsierte Grinsen. Doch es war nicht Martin, der vor ihr stand.

Zwei Rehe sprangen über den Trampelpfad und verschwanden im Unterholz. Ein weiteres kam nach, entdeckte Nora und blieb stehen.

Sie trat vorsichtig einen Schritt zurück, um das Tier nicht zu erschrecken. Dann drehte sie sich um und ging so ruhig wie möglich den Pfad weiter hinab.

Noras Herz schlug ihr immer noch bis zum Hals. Sie holte tief Luft, versuchte über ihre Angst zu lächeln, schaffte es aber nicht. Der Schreck saß ihr immer noch in den Knochen.

Der Pfad mündete in eine asphaltierte Straße, die weiter nach Neuerdorf führte. Sie war allein und blieb es auch, bis sie in den Stadtkern kam, wo Menschen entlanghasteten.

Es nieselte. Nora hatte keine Kapuze und musste sich damit zufriedengeben, den Kragen aufzustellen und mit gesenktem Kopf nachhause zu laufen. Wenn sie zurück war, würde sie sich einen Kakao machen und sich vor den Fernseher setzen. Sie würde nicht *Criminal Minds* sehen, sondern irgendeinen lustigen Film. Zumindest für ein paar Stunden wollte sie die Angst vergessen.

Nora bog in ihre Straße ein. Die war ihr mittlerweile vertraut, ohne dass mit ihr ein Gefühl des nachhause Kommens verbunden war.

Sie passierte das Haus von Lisa und Esther, als deren Haustür aufgerissen wurde. Lisa stürzte heraus und lief auf Nora zu, die überrascht stehen blieb und die Tropfen, die sich in ihrem Haar verfingen und ihre Wange hinabrannen nicht bemerkte.

»Nora!«, rief Lisa und blieb vor ihr stehen. Sie zeigte mit dem Finger auf ihr Gesicht und kam ihr dabei so nahe, dass Nora unweigerlich einen Schritt zurücktrat. »Sie haben mir diesen Floh ins Ohr gesetzt. Sie sind schuld, dass mich bald die ganze Stadt hassen wird.«

»Was? Warum das denn?«

»Ich bin mit Esther zur Polizei gegangen und habe Norbert angezeigt.« Jetzt hatte sie ihre Stimme so weit erhoben, dass sie fast schrie. »Aber niemand hat mir geglaubt und als Norbert alle Schuld von sich gewiesen hat, hatte selbst ich ein schlechtes Gewissen, diesen Mann zu beschuldigen, der nichts getan hat.«

»Sie glauben nicht mehr, dass er Esther missbraucht hat.«

»Nein. Er konnte nicht nur die Polizei, sondern auch mich davon überzeugen. Einmal abgesehen davon, dass Esther vehement beteuert hat, Norbert hätte ihr nie wehgetan.«

Nora starrte sie ungläubig an. Das durfte nicht wahr sein. Norbert war nicht nur pädophil, er hatte Mädchen missbraucht. Bine und sie waren da nicht die einzigen.

»Er kommt davon!«, stieß Nora hervor. »Er wird einfach davonkommen, wenn Sie dem nicht nachgehen.«

»Er ist unschuldig!«, sagte Lisa mit Nachdruck. »Begreifen Sie es endlich. Ich bin es so leid, dass mir alle Menschen sagen wollen, was mit meiner Tochter passiert ist. Sie muss den Missbrauch immer und immer wieder erleben, wenn ich sie wegen neuen Verdächtigen zur Polizei schleife. Wie soll sie denn jemals damit abschließen?«

»Aber wollen Sie denn nicht, dass der Schuldige hinter Gitter kommt?«

»Ich will das Beste für meine Tochter«, zischte Lisa. »Und das Beste wäre, wenn sie das Ganze vergisst und niemals wieder darüber nachdenken muss.«

Nora starrte die Mutter an. Sie selbst hatte ihren Missbrauch verdrängt und niemals darüber nachdenken müssen. Bis jetzt. Aber war das das Beste für sie gewesen?

In diesem Moment definitiv nicht. Aber davor? Bevor die Erinnerung wiedergekommen war? Sie dachte an Bine, die Suizid begangen hatte. Sie hatte sich ihr ganzes Leben daran erinnert. Nora nicht und sie lebte zumindest noch.

Hatte Lisa am Ende vielleicht sogar Recht?

Im Haus ihres Vaters setzte Nora sich nicht gemütlich vor den Fernseher, sondern mit einem Kaffee vor den Laptop.

Ihr ging die Frage durch den Kopf, wie ihr Leben verlaufen wäre, wenn sie nicht verdrängt hätte, was passiert war.

Jetzt, wo sie den Gedanken zuließ, kamen immer wieder kleine Erinnerungen in ihr hoch. Sie widerstand dem Wunsch sie wieder in ihrem Kopf zu verschließen. Es waren schreckliche Erinnerungen, die Nora aufzeigten, dass Norbert sie nicht nur an diesem einen Tag angefasst hatte. Er war zu ihr gekommen, hatte sich in ihr Zimmer geschlichen, wenn niemand da war oder sie zu sich geholt, wenn Nora mit Bine gespielt hatte. Es war immer das gleiche gewesen. Ausziehen, Anfassen und ein- oder zweimal auch vorsichtiger Sex. Wobei es sich nicht vorsichtig angefühlt hatte. Es hatte sich angefühlt, als würde sie von innen zerreißen.

Nora konnte nicht sagen, warum sie nie etwas gesagt hatte. Sie hatte gespürt, dass es falsch war. Und dennoch hatte sie geschwiegen.

Was wäre passiert, wenn sie den Mund aufgemacht hätte? Sie hätte zu ihren Eltern gehen können, zu ihrer Lehrerin oder gleich zur Polizei.

Aber sie hatte es nicht getan. Sie hatte nicht von ihrem Missbrauch berichtet. Aus Scham oder weil sie Angst gehabt hatte, dass alles noch schlimmer werden würde. Nora wusste es nicht.

Sie hob ihre Tasse an die Lippen und trank einen Schluck. Wahrscheinlich wäre es genauso wie bei erwachsenen Vergewaltigungsopfern gelaufen. Sie hätten sie physisch und psychisch untersucht. Sie hätten feststellen können, dass Nora die Wahrheit sagte. Vielleicht hätte auch Bine den Mund aufgemacht und sie hätten gemeinsam gegen Norbert aussagen können.

Er wäre festgenommen worden. Sie wusste nicht wie lange man wegen Kindesmissbrauchs ins Gefängnis kam, aber Lisa hätte ihn nach seiner Entlassung bestimmt nicht mit Esther allein gelassen. So etwas sprach sich in Neuerdorf herum und er hätte kein Leben zwischen Kindern führen können.

Er hätte Esther nie misshandelt.

Nora schloss die Augen. Esther und Marie, das Mädchen auf der Burg. Was war mit den anderen Mädchen? Er hatte es bestimmt nicht bei diesen beiden Mädchen belassen. Es gab sicherlich noch mehr Opfer.

Sie hatte geschwiegen und damit möglicherweise das Schicksal von so einigen Mädchen besiegelt.

Entschlossen zog sie den Laptop an sich heran. Das würde so nicht weitergehen. Sie würde ihn anzeigen und alles erzählen. Sie würde ihren Fehler wieder gut machen.

Nora suchte im Internet nach einer Antwort auf die Frage, wie wahrscheinlich es war, dass jemand nur wegen der Aussage eines Opfers festgenommen wurde. Sie würden keine Spuren einer Vergewaltigung mehr an ihr feststellen können.

Wie viel war ihr Wort also noch wert? Falls ihre Aussage wertlos war, wollte sie gewappnet sein, bevor sie zur Polizei ging.

Doch was sie dann herausfand, hätte schlimmer nicht sein können.

Kapitel 46

Das Verbrechen war verjährt.

Nora starrte auf die Zeilen und konnte nicht glauben, was sie da las. Zehn Jahre nach der Volljährigkeit des Opfers verjährte das Verbrechen sexuellen Kindesmissbrauchs. Zumindest in ihrem Fall. Sie war vor dem Jahr 1998 schwer missbraucht worden. Nach dem Jahr 1998 wären es zwanzig Jahre geworden, da hatte sich das Gesetz geändert. So aber war das Verbrechen verjährt, als sie neunundzwanzig Jahre alt geworden war. Vor sechs Jahren.

Nora war gar nicht auf die Idee gekommen, dass so etwas verjähren konnte. Wie war das möglich? Das machte Norbert doch nicht unschuldig.

Aber sie konnte so viele Internetseiten aufrufen wie sie wollte. Überall stand das gleiche. Das Verbrechen war verjährt. Schon seit Jahren.

Nora schloss die Augen, atmete tief ein und versuchte die Wut, die in ihr hochkam, nicht raus zu lassen.

Wie hatte sie nur so dumm sein können? Wie hatte sie schweigen können? Weil sie damals als Kind nichts gesagt und das Geschehene verdrängt hatte, würde Norbert damit durchkommen. Er war damit schon durchgekommen.

Wenn sie doch nur etwas gesagt hätte. Sie hätte nur zu ihren Eltern gehen und ihnen sagen müssen, dass Norbert Sex mit ihr hatte und er wäre für Jahre ins Gefängnis gewandert.

So lief er aber immer noch frei herum und konnte nach Belieben weitere Mädchen missbrauchen. Nora wusste nicht einmal, wer seine Opfer waren. Bei Kindesmissbrauch war die Dunkelziffer hoch. Und sie gehörte zu den Mädchen, bei denen nie jemand erfahren hatte, was ihnen angetan worden war.

Sie konnte sich nur fragen, wie das hatte passieren können. Wie sie so dämlich hatte sein können und nichts gesagt hatte. Nora wäre am liebsten in eine ihrer vielen Erinnerungen geschlüpft und hätte ihr Kinds-Ich geschüttelt und angeschrien, es solle den Mund aufmachen.

Während der Fernseher sein blaues Licht in das Wohnzimmer warf und die Figuren auf dem Bildschirm zuckten wie Marionetten, schlief Nora tief und fest.

Sie war auf dem Weg von Bine und ihrem Vater nach Hause. Sie ging langsam durch den Wald, den sie so gut kannte, dass sie im Schlaf hindurchgefunden hätte. Unter ihr raschelte das Laub.

Sie dachte darüber nach, was Norbert mit ihr gemacht hatte. Das erste Mal hatte er sich selbst ausgezogen und seinen … sie kniff die Augen zusammen.

Ihre Knie waren ganz weich, ihr Schritt schmerzte. Etwas klebte in ihrer Unterhose. Sie glaubte, dass es Blut war.

Sie sollte sich beeilen. Die Unterhose würde sie wegschmeißen können, aber wenn eine Jeans fehlte, würde ihre Mutter das merken. Die hatte ohnehin schon genug Probleme, da wollte Nora sie nicht auch noch mit einer blutigen Jeans nerven. Ihre Eltern waren traurig. Es lag an dieser Krankheit, die ihre Mutter hatte. Sie hatten von Tod gesprochen, auch wenn sie sofort hinzugefügt hatten, dass die Krankheit behandelbar sei. Sie würden sie mit Medikamenten bekämpfen. Doch die Trauer in ihren Augen, das Weinen am Abend, wenn ihre Eltern dachten, Nora würde schlafen, sie konnten ihr nichts vormachen. Diese Krankheit war böse.

Nora konnte schon ihr Haus erkennen und beschleunigte ihre Schritte. In den letzten Wochen war es kalt geworden. Der Sommer war lang und heiß gewesen. Nun kam der Herbst mit voller Wucht und die Erwachsenen sprachen darüber, ob der Winter nicht früher als sonst kommen würde.

Sie trat aus dem Wald und ging über die Wiese zum Haus ihrer Eltern. Die Terrassentür stand offen. Sie schob sie auf und trat ein.

Hier war es warm und es roch nach Essen. Sie versuchte sich darauf zu freuen, hatte aber keinen Hunger. Nora ging durch das Wohnzimmer.

»Nora? Bist du das?«

Sie sah auf. Ihr Vater erschien in der Wohnzimmertür. In einer Hand hielt er eine Bierflasche.

»Was hast du?«, fragte er mit Blick auf ihre kleine Gestalt.

Nora wäre gerne an ihm vorbeigegangen, um sich die Hose auszuziehen. Je länger sie wartete, desto wahrscheinlicher war es, dass sie sich mit Blut vollsog.

»Nichts. Mir ist nur kalt.«

Dirk betrachtete sie. Dann nickte er. »Okay. Wasch dir schnell die Hände. Gleich ist das Essen fertig und du weißt, deine Mutter mag es nicht, wenn du trödelst.«

Nora schob sich an ihm vorbei und lief die Treppe hoch. Ihr Bruder schimpfte in seinem Zimmer über seine Hausaufgaben.

Sie schnappte sich Hose und Unterhose und ging damit ins Bad. Sie schloss die Tür und wünschte, sie hätten einen Schlüssel. Aber ihre Eltern wollten nicht, dass die Geschwister sich im Badezimmer einschlossen. Nora hatte das bis zu diesem Zeitpunkt nie gestört.

Sie zog die Hose aus. Im Schritt war ein Blutfleck zu erkennen. Sie presste ihre Lippen aufeinander und wünschte, sie wäre schneller *gewesen. Jetzt musste sie ihrer Mutter erklären, was mit der Hose geschehen war. Ihr stiegen Tränen in die Augen.*

Verdammt.

Sie zog sich die Unterhose auch aus und legte sie mit der Jeans in das Waschbecken. Nachdem sie sich selbst gesäubert und angezogen hatte – dieses Mal hatte sie Klopapier in ihre Unterhose gelegt – wendete sie sich der blutigen Kleidung zu.

»Nora! Wo bleibst du denn?«

Sie warf einen Blick zur Badezimmertür. Die Stimme ihres Vaters kam aus dem Erdgeschoss. Sie hatte nicht mehr viel Zeit, dann würde er sie holen kommen.

»Nora, es gibt Essen«, sagte Marvin und sie hörte, wie er nach unten lief.

Sie stand vor dem Waschbecken, zögerte. Sollte sie die Hose doch wegschmeißen? Mit der Unterhose zusammen? Vielleicht könnte sie ihrer Mutter einfach sagen, dass die Hose kaputt gegangen war. Sie würde zwar Ärger kriegen, weil sie oft Löcher in den Hosen hatte, aber das wäre nicht so schlimm wie ihrer Mutter zu erklären, warum Blut im Schritt der Hose war.

»Nora!«

Nun war die Stimme ihres Vaters noch näher. Er war hochgekommen. Verzweifelt sah sie sich nach einem Versteck für ihre Kleidung um. Er durfte sie auf keinen Fall sehen.

Aber die Schritte ihres Vaters kamen näher. Er schimpfte über sie. Nora griff sich die Kleidung und lief zur Waschmaschine. Da würde sie sie bis nach dem Essen verstecken können. Danach würde sie sie in ihr Zimmer bringen und warten, bis sie allein im Haus war, um sie in den Müll zu werfen.

Sie stopfte die Kleidung gerade in die Waschmaschine, als die Badezimmertür aufgerissen wurde.

»Wie lange kann es denn dauern, sich die Hände zu waschen?«, schimpfte ihr Vater, verstummte aber, als er sie an der Waschmaschine sah.

»Was machst du da?«

Sie richtete sich auf. »Nichts.«

Er trat näher, warf ihr einen skeptischen Blick zu und beugte sich dann herunter, um in die Waschmaschine zu sehen. Er sah die Kleidung und seufzte. »Ach, Nora. Es ist Wasserverschwendung, wenn du die Waschmaschine nicht vollmachst. Lass das lieber deine Mutter machen.« Er zog die Jeans heraus, wobei die blutige Unterhose auf den Boden fiel.

Kapitel 47

Er sah auf das blutige Stück Stoff und bewegte sich nicht. Er starrte es nur an.

Nora hielt den Atem an, erwartete jeden Moment, dass sie zurechtgewiesen wurde. Doch stattdessen hob ihr Vater die Jeans und sah sie sich genauer an.

Am liebsten wäre sie im Boden versunken. Nora hätte es lieber ihrer Mutter zu erklären versucht als ihrem Vater.

»Was ist das?«

»Ich ...« Sie sah auf den Boden, wusste nicht, was sie sagen sollte.

»Nora?«

Sie ging ihre Möglichkeiten durch. Jemand älteres wäre vielleicht auf die Idee gekommen ihrem Vater zu erzählen, dass sie ihre Periode bekommen hatte. Aber um auf diesen Gedanken zu kommen, war Nora zu jung. Ihr fiel einfach keine Ausrede ein.

Also nahm sie ihren ganzen Mut zusammen und beschloss, ihrem Vater die Wahrheit zu erzählen. Mit dieser Entscheidung fiel ihr ein Stein vom Herzen. Sie spürte, noch bevor sie es ihm erzählt hatte, dass es die richtige Entscheidung war. Ihr Vater würde wissen, was zu tun war. Er würde sie beschützen. Sie müsste nie wieder zu Bine gehen und Norbert würde nie wieder in ihr Haus kommen.

Sie hob ihren Blick und sah zu ihrem Vater empor. »Das war Norbert«, sagte sie. »Er fasst mich manchmal da unten an.« Sie lief rot an. »Heute hat er seinen ...« Sie hatte noch nie das Wort Penis *ausgesprochen und traute sich auch jetzt nicht. Ihr Blick huschte zu dem Schritt ihres Vaters und dann wieder zu seinen Augen. »Heute hat er mir dabei mehr weh getan und dann habe ich angefangen zu bluten.« Als ihr Vater nichts sagte, flüsterte sie: »Es tut mir leid.«*

Sie wusste nicht, warum sie das sagte, glaubte aber, dass es angebracht war.

Sie widerstand dem Drang ihren Blick zu senken. Sie sah ihm ins Gesicht und wartete darauf, dass er sich zu ihr hinab beugte, um sie in den Arm zu nehmen und zu trösten. Sie war so traurig, fühlte sich verloren und so klein, wie sie da vor ihrem riesigen Vater stand. Am liebsten würde sie sich in seine Armen fallen lassen und hemmungslos weinen.

Aber ihr Vater nahm sie nicht in den Arm. Er stand stumm über sie gebeugt und starrte sie an. In der Hand hielt er immer noch ihre Hose. Aber statt Mitleid oder Zärtlichkeit war in seinem Gesicht nur Strenge zu sehen.

»Was du da erzählst, ist ganz schrecklich«, sagte er schließlich. »Das darfst du niemals wieder sagen, hörst du?« Mit seiner Hand packte er Noras Arm und drückte zu. Sie unterdrückte einen Schmerzenslaut. »Hast du gehört? Das will ich niemals wieder von dir hören. Wie kannst du nur etwas so Scheußliches behaupten? Norbert ist ein guter Mann. Ich bin mit ihm befreundet und er würde niemals meiner Tochter wehtun. Niemals.«

Ihr schossen Tränen in die Augen.

»Hast du das verstanden?« Er schüttelte sie.

Nora nickte.

»Niemals würde er meiner Tochter wehtun«, wiederholte er. »Wenn du das noch einmal behauptest, dann gibt es richtig Ärger. Stell dir nur vor, wie es deiner Mutter gehen würde, wenn sie hört, was du behauptest. Du weißt doch, dass sie krank ist, oder?« Seine Augen funkelten. »Wenn sie das hören würde, würde sie noch kränker werden. Und das wäre allein deine Schuld. Du wärst schuld, wenn sie …«

Er brach ab, aber Nora wusste, was er hatte sagen wollen. Sie wäre schuld, wenn ihre Mutter sterben würde.

Nora presste ihre Lippen aufeinander.

257

Er ließ sie los und richtete sich auf. »Jetzt geh nach unten. Deine Mutter wartet mit dem Essen.«

Er sammelte ihre Unterhose auf. Nora war erleichtert. Es war gut, dass ihr Vater sie erwischt hatte. Wäre ihre Mutter ins Badezimmer gekommen, hätte Nora ihre Krankheit verschlimmert. So hatte ihr Vater sie gerade noch davon abhalten können, einen Fehler zu begehen.

Nora durfte niemandem davon erzählen. Ihre Mutter würde sterben, wenn sie erführe, was Norbert mit ihr machte.

Nora wachte eine Stunde nachdem sie eingeschlafen war auf. Sie lag auf dem Rücken und starrte an die Decke. Neben ihr lief immer noch der Fernseher.

Sie versuchte ihre Gedanken zu sammeln. Dass dieser Traum eine Erinnerung war, war so klar, dass sie ihn nicht eine Sekunde in Frage stellte.

Sie hatte ihrem Vater doch davon erzählt. Plötzlich machte alles Sinn. Dass Norbert nie verhaftet worden war, dass sie aus Neuerdorf geflohen war, dass sie keine Liebe für ihren Vater empfand. Die tiefe Trauer, in die sie gestürzt war, als ihre Mutter an Krebs gestorben war. Die Schuldgefühle, die sie empfunden hatte. Bis ins Erwachsenenalter hatte sie sich immer für den Tod ihrer Mutter verantwortlich gefühlt, ohne zu wissen warum.

Norbert hatte, drei Jahre nachdem ihr Vater die blutige Kleidung entdeckt hatte, aufgehört, sie zu missbrauchen. Damals hatte sie jeden Moment damit gerechnet, dass er wieder zu ihr kommen und sie anfassen würde. Sie hatte nachts wach im Bett gelegen und geglaubt, sie würde ihn hören. Aber er war nicht wiedergekommen. Wahrscheinlich war sie einfach zu alt für ihn geworden war. Mit elf Jahren hatte sie ihre Periode bekommen und sich für

Schminke und Nagellack interessiert. Sie war langsam zu einem Teenager herangewachsen und das hatte Norbert nicht mehr erregt. Damals hatte sie lange darüber nachgedacht, was nicht an ihr stimmte. Sie hatte es nicht vermisst, aber sie hatte auch nicht verstanden, warum er aufgehört hatte *zärtlich* zu sein, wie er es genannt hatte. Warum er keine Liebe mit ihr machte. Sie hatte ihren Körper schon vorher nicht gemocht, aber dann zweifelte sie mehr denn je an ihm.

Ihre Mutter war gestorben, ihr Vater verkroch sich in einem Schneckenhaus und Norbert beachtete sie nicht mehr.

Norbert hatte sie insgesamt vier Jahre lang missbraucht. Sie war mit acht Jahren entjungfert worden. Sie hatte ihrem Vater direkt danach davon erzählt und er hatte sie im Stich gelassen. Er hatte nicht wahrhaben wollen, dass sein Freund seine Tochter missbrauchte und damit zugelassen, dass er drei Jahre lang weitermachte.

Die Verzweiflung über diese schrecklichen Jahre und die Jahre, die folgten, kroch langsam in ihr hoch. Sie hatte ihre Kindheit verloren, ihre Unschuld, das Urvertrauen, das jedes Kind in seine Eltern und Erwachsene allgemein haben sollte. Und das nur wegen Norbert. Norbert hatte ihr alles genommen, was sie zu dem Zeitpunkt gehabt hatte.

Nora schaltete den Fernseher aus und stand auf. Sie konnte ihn nicht anzeigen. Die Tat war verjährt. Aber das hieß nicht, dass sie sich nicht an ihm rächen konnte.

Kapitel 48

Der Regen, hatte nicht nachgelassen. Er trommelte auf die Kapuze ihrer Winterjacke, aber sie bemerkte es kaum. Nora hielt ihr Handy fest umklammert. Wenn sie den Bildschirm entsperren würde, würde sie die neue Adresse von Norbert sehen. Marvin hatte sie ihr geschickt. Er hatte nicht gefragt, wozu sie die Adresse brauche, aber er ging wahrscheinlich davon aus, dass sie ihn zu den Serienmorden befragen wollte.

Sie sah ihren Vater vor sich. In seiner Hand die blutige Jeans. Wie er sie angesehen hatte. So skeptisch und dann wütend, weil sie seinen Freund beschuldigt hatte, sie zu missbrauchen. Sie hatte ihm vertraut. Sie hatte geglaubt, dass er das Beste für sie wollte.

Sie hatte sich so geirrt. Es hatte lange gedauert, bis sie begriffen hatte, dass sie sich eben nicht auf ihn verlassen konnte. Dass sie auch wegen ihm diesen Schmerz durchstehen musste. Und dann hatte sie sich von ihm abgewandt, hatte ihn nicht einmal ansehen können, so sehr hatte sie ihn gehasst.

Wie gerne hätte sie ihren Vater geschüttelt und angeschrien, ihre Wut an ihm ausgelassen. Aber das war nicht möglich. Sie konnte ihrem Vater nicht mehr vorhalten, wie falsch er sich verhalten hatte. Sie musste zu der Ursache des Ganzen gehen.

Norbert war am Leben. Er würde sich anhören müssen, was sie zu sagen hatte.

Nora ballte ihre Hand zu einer Faust. Sie würde ihn spüren lassen, was er für ein krankes Arschloch war. Nora brauchte sich nichts vorzumachen: Sie würde bei einem Kampf gegen ihn versagen. Aber mit Worten konnte man auch Unheil anrichten.

Sie gelangte in das Zentrum Neuerdorfs. Die Straßenlaternen warfen Lichtpunkte auf den nassen Asphalt. Sie wich einer Pfütze aus.

Sie konnte das Haus schon sehen. Ob er gerade ein Mädchen in den Händen hielt? Weinte sie? Oder war sie starr vor Angst?

Nur noch an der Tankstelle vorbei. An einer der Zapfsäulen stand ein Auto, das Nora kannte, aber sie lief daran vorbei, hatte kein Auge dafür.

»Nora!«

Sie ignorierte den Ruf.

»Nora, warte! Hey!« Jemand lief neben ihr her, fasste ihren Arm und hielt sie auf.

Wütend starrte sie den Mann vor sich an. Warum ließ er sie nicht einfach in Ruhe? Sie wollte nicht mit ihm reden. Nie, aber jetzt in diesem Moment am allerwenigsten. Die Wut auf Norbert verschleierte all ihre Sinne. Sie machte sie blind.

»Hey, wo willst du denn so schnell hin? Und dann auch noch zu Fuß. Du bist ja total durchnässt.«

Sie blinzelte und kam wieder in die Realität zurück. Alf musterte sie von oben bis unten.

Nora sah zu Norberts Haus. »Ich muss da was erledigen.«

»So? Was denn?«

»Ich kann dir nicht sagen, was es ist, Alf. Es geht um ein Verbrechen. Ein grauenvolles Verbrechen. Ich muss … ich muss mich darum kümmern.«

»Ein Verbrechen, ja?«

Sie nickte, ohne ihn anzusehen. Hätte sie ihm mehr Aufmerksamkeit geschenkt, hätte sie gemerkt, dass er nun nicht mehr lächelte. Er warf einen nervösen Blick die Straße entlang. Dann sah er zu dem Tankstellenhäuschen.

»Ich brauche mal kurz deine Hilfe.«

»Ich kann jetzt nicht.« Nora machte einen Schritt vor, um an Alf vorbeizutreten, doch der umfasste blitzschnell ihren Oberarm und drückte zu.

Es fühlte sich an, als würde ihr Vater im Badezimmer ihren Oberarm halten. Gleich würde er sie schütteln und Nora fragen, was ihr denn einfalle seinen Freund eines solchen Verbrechens zu bezichtigen. Aber vor ihr stand nicht ihr Vater. Es war Alf, der sie mit nervösen Augen ansah.

Sie zog ihre Augenbrauen zusammen. »Was soll das?«

»Komm mit zu meinem Auto«, sagte er. Eine Bewegung seiner freien Hand ließ sie nach unten blicken. Zwischen ihnen war nicht viel Platz, aber sie sah das Blitzen eines Taschenmessers, als das Licht der Straßenlaterne auf die Klinge fiel.

In Noras Bauch zog sich etwas zusammen. Warum bedrohte Alf sie? Warum drängte er sie zu seinem Wagen?

Sie empfand nicht direkt Angst. Eher Ekel und Unbehagen. Sie folgte ihm zu seinem Auto und sein Geruch stieg ihr in die Nase. Sie sah in das Tankstellenhäuschen, in dem der junge Mitarbeiter zu irgendeiner Musik mit dem Kopf wippte und in einer Zeitschrift blätterte.

Alf öffnete die Fahrertür und drückte sie auf den Sitz. Von dort rutschte sie auf die Beifahrerseite und er setzte sich hinter das Lenkrad.

In ihrem Kopf arbeitete es. Wozu sollte er sie verschleppen? Und wohin? Hatte er von Norbert gewusst? Wusste Alf, was er tat? Aber sie hatte ihm nicht erzählt, dass sie zu Norbert wollte. Sie hatte nur von einem Verbrechen gesprochen.

Alf lenkte den Wagen von der Tankstelle auf die Straße und fuhr den Weg zurück, den Nora eben noch entlanggelaufen war.

Ein Verbrechen. Das hätte alles Mögliche sein können. Sie hatte nicht sagen wollen, worum es ging.

Sie betrachtete ihn von der Seite.

In Neuerdorf passierten nicht viele Verbrechen.

»Wohin fahren Sie, Alf?«

»Ich kann nicht zulassen, dass du alles kaputt machst. Kapierst du?«

Nora schluckte. »Ich will doch nichts kaputt machen. Ich …« Sie schwieg. Nora war mit der Situation überfordert. Sie war eben noch wütend auf Norbert gewesen und alles in ihr hatte sich dafür gewappnet ihm ihre Meinung zu sagen, ihn leiden zu lassen. Aber jetzt fand sie sich mit Alf in seinem Auto wieder und fuhr durch Neuerdorf. Es dauerte keine fünf Minuten, bis sie in ihre Straße einbogen.

Die Scheibenwischer arbeiteten auf Hochtouren. Sie wischten kleine Bäche von der Windschutzscheibe. Sie konnte trotzdem erkennen, dass in Martins Haus kein Licht brannte und dass bei Nils und Doris alle Fenster erleuchtet waren.

Alf parkte seinen Wagen vor Dirks Haus.

Sie saßen still im Wagen. Nora sah zu ihm herüber. Er sah auf das Messer in seinen Händen hinab und wirkte nervös, nicht wie ein blutrünstiger Serienmörder, der schon sechs Frauen vergewaltigt und ermordet hatte.

»Darf ich aussteigen?«, fragte Nora. »Ich würde gerne wieder ins Bett gehen. Ich habe bis vor einer viertel Stunde noch geschlafen. Keine Ahnung, was ich eben gemacht habe. Ich muss noch halb geschlafen haben.« Sie lachte, aber es hörte sich schrill an.

Sie biss sich auf die Unterlippe.

Alf atmete tief durch und sah sie an. »Steig aus.«

Sie nickte. Sie öffnete die Autotür, stieg aus und schlug sie zu. Wie aus dem Nichts erschien Alf neben ihr. Eine Hand umfasste ihren Arm, die andere Hand hielt immer noch das Messer umklammert.

Nora sah zu dem Haus von Doris und Nils. Jetzt könnte sie froh sein, wenn die beiden sie beobachteten.

Und tatsächlich. An dem Fenster neben der Haustür bewegte sich etwas und eine Gestalt erschien. Es musste Nils sein.

Nora hätte gerne mit den Armen gewedelt oder ihn durch Schreie auf sich aufmerksam gemacht. Aber sie wusste nicht, was Alf dann tun würde. Vielleicht würde er die Nerven verlieren.

Er führte sie auf das Haus zu, aber Nora wandte ihre Augen keine Sekunde von Nils ab. Obwohl es dunkel war und regnete, musste er sie sehen. Die Straßenlaternen spendeten genügend Licht.

Aber er stand nur am Fenster und beobachtete Nora und Alf, wie sie durch die Dunkelheit schritten. Er sah ihnen seelenruhig dabei zu und unternahm nichts.

Kapitel 49

Im Haus war es still. Der Regen war nur noch ein Hintergrundgeräusch, ein leises Rauschen.

Alf führte sie zur Kellertür.

»Nicht«, sagte Nora, die verzögert begriff, in welcher Gefahr sie schwebte.

Es wurde immer deutlicher, dass Alf der war, den sie suchte. Nora hatte etwas von einem Verbrechen gefaselt, um das sie sich kümmern müsse und er war davon ausgegangen, dass sie von den Serienmorden sprach. Wahrscheinlich hatte er Angst gehabt, sie wisse von seinen Taten.

»Bringen Sie mich nicht darunter. Bitte.« Sie stemmte sich gegen ihn. Der Keller war der letzte Ort, an dem sie mit Alf allein sein wollte.

Aber er war unerwartet stark. Er hielt ihren Arm umklammert und zog sie zur Kellertür. Sie dachte an die Kälte, die sie unten empfunden hatte. Sie hatte sich auch ohne einen irren Serienmörder gegruselt.

»Los jetzt«, sagte er.

Alf öffnete die Kellertür. Nora zitterte. Von unten drang kalte Luft hoch und die Regentropfen auf ihrer Kleidung drangen bis an ihre Haut.

Langsam gingen sie nach unten. Sie hielt sich mit einer Hand an der Wand fest. Alf ging hinter ihr. Sie hörte seinen Atem und ihren eigenen Herzschlag. Mit jeder Stufe, die sie nach unten ging, entfernte sie sich von der Welt da draußen und kam dem Grauen, das sie erwartete, näher.

Sie kamen unten an und Alf zögerte.

»Lassen Sie mich bitte gehen. Ich weiß doch nichts.« Ihre Stimme zitterte. »Wenn Sie mich einfach wieder freilassen, wird alles so wie vorher. «

Alf achtete gar nicht auf Nora. Er schob sie den Gang entlang, an der Waschküche vorbei. Sie ging automatisch auf die Tür zu, an der vor Tagen noch die Artikel zu den Serienmorden gehangen hatten. Aber Alf führte sie zu der verschlossenen Tür.

Nora blieb stehen.

»Was haben Sie mit mir vor?« Aber was immer sie auch sagte, er reagierte nicht. Er sprach nicht mit ihr, erklärte nicht, was passieren würde und sie wurde durch den Klang ihrer Stimme immer nervöser.

Es klimperte hinter ihr und sie drehte sich um. Er hielt einen Schlüsselbund in der Hand und wählte einen Schlüssel aus, den er in das Türschloss steckte. Er passte und ließ sich problemlos drehen.

Mit angehaltenem Atem beobachtete sie, wie er die Tür öffnete. Trotzdem nahm sie den widerlichen Geruch wahr, der aus dem Zimmer drang. Es war derselbe Geruch, den sie das letzte Mal im Keller gerochen hatte. Nur sehr viel stärker. Es fühlte sich an, als würde der Geruch die Schleimhäute in ihrer Nase verätzen. Nora keuchte und auch Alf verzog das Gesicht.

Der Raum lag im Dunkeln.

Alf trat mit ihr vor und schaltete das Licht an. Anders als in den anderen Räumen des Kellers, war hier eine ordentliche Lampe eingebaut, die den Raum in warmes Licht tauchte. Aber das änderte nichts an dem bestialischen Anblick, der sich ihr bot.

Es stand nicht viel im Raum. Eine Liege, wie in jeder Arztpraxis. Nur hatten die Liegen beim Arzt keine Handfesseln. Und sie waren auch nicht überzogen von einer Kruste aus Blut. An der linken Seite stand ein Regal in dem Klebeband und fünf oder sechs Messer lagen. Unterschiedlich lang, aber alle angsteinflößend. Auf dem obersten Regalbrett stand ein CD-Player. Heutzutage wurden solche Dinger wahrscheinlich gar nicht mehr gekauft. Aber der Player sah nicht so aus, als wäre er neu.

Und dann lag da noch die Frau, deren Anblick so schrecklich war, dass Nora ihren ersten Blick sofort abgewendet hatte. Zu schlimm war die Vorstellung, dass Nora die letzten zwei Wochen über ihr gelebt hatte. Dass sie nur wenige Meter von ihr entfernt Kisten in den Keller geräumt hatte.

Die Frau, die in der Ecke lag, trug nur noch ein weites T-Shirt. Sonst war sie nackt. Das T-Shirt war hochgerutscht und entblößte einen Bauch. Aber er war kaum als solcher zu erkennen. Blut verhinderte eine Sicht auf ihre Haut und Nora glaubte, eine klaffende Wunde erkennen zu können. Waren das Organe, die aus dem Bauch quollen? Sie wandte ihren Blick ab.

»Los«, sagte Alf, den der Anblick nicht zu erschrecken schien. Er zog Nora auf die Liege zu, die mitten im Raum stand.

Nora wehrte sich dagegen. »Nein!«, rief sie und stemmte sich in die entgegengesetzte Richtung. »Nein, bitte nicht! Alf! Bitte!«

Sie versuchte ihm ihren Arm zu entreißen, aber er hielt ihn umklammert. Sie kratzte über seine Haut, spürte Blut unter ihren Fingernägeln. Aber Alf zuckte nicht einmal mit der Wimper. Energisch zog er sie nach vorne. Doch

Nora war nicht bereit aufzugeben. Sie würde sich nicht von ihm hier unten einsperren lassen. Sie würde nicht so enden, wie die Frau in der Ecke.

»Wehr dich nicht. Das macht alles nur noch schlimmer.«

Sie ignorierte seine Worte, ballte ihre Hand zu einer Faust und schlug ihm mit aller Kraft ins Gesicht. Alf stöhnte, stolperte zurück und ließ ihren Arm los, um sich die Hände vor das Gesicht zu halten.

Nora wirbelte herum. Das war ihre Chance. Vielleicht ihre einzige. Sie lief auf die Tür zu und verließ den Kellerraum. Hinter ihr schrie Alf. Es war ein wütender, verzweifelter Schrei, der Panik in ihr aufkommen ließ. Der Laut gab Nora das Versprechen, dass er sie nicht so einfach davonkommen lassen würde.

Sie sah zu der Kellertür. Die Treppe hinauf erschien ihr ewig, aber wenn sie erst einmal oben war, würde sie fliehen können.

Nora hatte nicht einmal die Hälfte des Kellerflurs durchquert, als Alf sich auf sie warf. Er riss Nora von den Füßen und sie schlug auf dem Steinboden auf. Der Sauerstoff wich aus ihren Lungen und sie schnappte nach Luft. Alf lag über ihr. Sie konnte seinen Atem auf ihrer Wange spüren. Er roch nach Verwesung.

»Ich mache dich fertig, du Miststück«, zischte er an ihrem Ohr. »Ich ficke dich, wie es dein Vater immer gewollt hat. Ich tue es ihm zu Ehren.«

Und dann stand er auf, riss Nora auf die Beine und schleifte sie in den Kellerraum zurück.

Kapitel 50

Die Handfesseln schnitten ihr in die Gelenke. Das trockene Blut klebte an ihrer Kleidung. Die Jacke hatte sie ausziehen müssen. Sie trug nur noch die Stoffhose und das Sweatshirt, die sie zum Schlafen trug.

Sie zitterte vor Kälte. Die Temperaturen im Kellerraum waren niedrig, aber ihre innere Kälte war das, was sie zum Zittern brachte.

Und dann dieser Geruch. Sie wartete darauf, dass sie sich daran gewöhnte. Aber sie konnte die Frau, die nun nicht mehr in ihrem Blickfeld lag, immer noch riechen. Nora konnte das Blut auf der Liege und ihre eigene Verzweiflung riechen.

»Alf, bitte! Tu mir nichts.« Es waren immer wieder die gleichen Worte. Nora sprach sie schon seit zehn Minuten aus, ohne den Wortlaut zu ändern. Sie achtete schon gar nicht mehr darauf, was sie sagte. Sie konnte aber auch nicht aufhören. Es war wie ein Mantra, das sie vor sich hinsagte, um nicht den Verstand zu verlieren.

Alf ging vor ihr auf und ab. Seine Stirn war in Falten gelegt. Er dachte über irgendetwas nach und ignorierte Nora, die immer kraftloser wurde.

Sie empfand keine Schmerzen oder strengte sich körperlich an. Es war die Angst vor dem, was kommen würde, die ihr so viel Kraft nahm. Sie hatte Tina gesehen. Und das Mädchen mit dem offenen Bauch hinter sich. Nora wusste, was auf sie zukam und das war so grauen-voll, dass sie sich nicht beruhigen konnte.

Plötzlich blieb Alf stehen. Nora verstummte. Er sah zu ihr hinab und musterte sie. Sie biss sich auf die Unterlippe, um ein weiteres Wimmern zu unterdrücken.

»Nora. Wie bist du auf mich gekommen? Woher weißt du, dass ich … die Polizei hat es nicht herausgefunden.«

»Ich habe es auch nicht herausgefunden«, sagte Nora.

»Was?«

»Ich wusste nichts von dem was du und … mein Vater getan habt. Bis du mich hier runtergebracht hast. Du hast mit meinem Vater zusammen die Mädchen umgebracht, oder?«

Alf schluckte. »Nein. Dein Vater hat sie umgebracht. Ich … konnte es nicht. Ich habe zugesehen, um von ihm zu lernen.«

»Du hast aber Tina ermordet.«

»Ja. Sie war die erste. Ich konnte nicht anders … du bist dazwischengekommen.« Er fuhr sich durch seine fettigen Haare. »Hast du mich erkannt?«

»Nein. Ich bin zu weit weg gewesen.« Nora wurde ruhiger. Das Gespräch mit Alf lenkte sie von dem Grauen ab, das ihr bevorstand. »Was ist mit dem Mädchen hinter mir?«

»Sie ist irgendeine Obdachlose aus Bonn. Dirk hat sie hergebracht, kurz bevor er starb.« In seiner Stimme war so etwas wie Trauer zu erkennen. Alf hatte ein viel engeres Verhältnis zu ihrem Vater gehabt, als Nora gedacht hatte. Dirk ist Alfs Lehrer gewesen, dachte Nora. »Er wollte sich nicht immer wieder neue Mädchen suchen. Also hat er sich eine geholt, die niemand vermissen würde. Er hat sie so aufgeschnitten.« Er sah hinter Nora auf die Frau in der Ecke. »Sie muss noch Tage gelebt haben. Soweit ich weiß, lag sie auf der Liege, als Dirk das letzte Mal hier war. Nicht gefesselt. Dirk meinte, sie sei eh schon fast tot. Sie hat wohl versucht rauszukommen, ist aber irgendwann verblutet oder verdurstet.«

Nora starrte Alf an. Was erzählte er ihr da? Hatte die Frau etwa noch gelebt, als Nora hergekommen war? Hatte sie nach Nora gerufen, aber so schwach, dass ihre Schreie nicht bis nach oben gedrungen waren?

Nora schloss die Augen.

Die Frau, von der Doris gesprochen hatte. Die Frau, die Dirk als Nora ausgegeben hatte. Das musste die tote Obdachlose aus Bonn sein.

»Ich will dich nicht töten, Nora.«

Sie sah ihn an.

»Du bist Dirks Tochter. Ich weiß, er hat dich gehasst. Sonst hätte er all die Frauen nicht getötet, die aussahen wie du.« Es war also kein Zufall gewesen. Nora hatte die ganze Zeit über Recht gehabt. »Aber du bist trotzdem ein Teil von ihm.« Er sprach mit einer solchen Sanftheit, dass Nora eine Gänsehaut bekam. »Sein Blut fließt in deinen Adern.« Er ging auf sie zu, das Messer immer noch in der Hand.

Sie wagte nicht, etwas zu sagen. Er hatte nicht vor sie zu töten. Das bedeutete doch, dass er sie wieder freiließ, oder? Sie durfte nichts sagen oder tun, was ihn umstimmte. Nora war gefesselt und ihm ausgeliefert. Es wäre zu leicht für ihn, ihr die Kehle aufzuschlitzen, wie er es bei Tina getan hatte.

»Ich habe immer gedacht, du wärst jünger. Ich glaube, Dirk hat dich wirklich noch mit achtundzwanzig vor sich gesehen, wenn er an dich gedacht hat.«

»Mit achtundzwanzig bin ich das letzte Mal hier gewesen.«

Alf nickte. »Dumm von dir. Wirklich. Dein Vater ist ein guter Mann gewesen. Er war fürsorglich und liebevoll. Er war intelligent und …« Er brach ab. »Und jetzt ist er tot. Einfach so.« Er ließ seinen Blick über ihr Gesicht und ihren Körper schweifen. »Und du bist das Einzige, was mir noch von ihm bleibt.«

Mit plötzlicher Entschlossenheit klemmte er sich das Messer zwischen die Zähne und griff mit beiden Händen nach dem Bund von Noras Hose. Mit einem Ruck zog er ihr die Hose bis zu den Fußgelenken herunter. Er handelte so plötzlich, dass sie sich nicht wehren konnte.

Nora schrie auf und trat mit beiden Füßen nach ihm, aber die Hose schränkte ihre Bewegungen ein. Sie spürte immer noch die Stelle an ihrer Hüfte, in die sich seine Fingernägel gebohrt hatten.

»Alf! Nein!« Sie trat nach ihm und er wich einen Schritt zurück. »Ich bin Dirks Tochter! Du kannst mich nicht vergewaltigen! Das würde er nicht wollen!«

Alf lachte auf. »Begreifst du das nicht? Das war genau das, was er gewollt hat. Er hat dich immer wieder vergewaltigt. Fünfmal um genau zu sein. Wenn man sie mitrechnet, sogar sechsmal.« Er deutete mit dem Messer hinter Nora.

»Aber …« Sie schrie auf, da sie nicht wusste, was sie sagen sollte. Er hatte Recht. Aus irgendeinem Grund war ihr Vater sauer auf sie gewesen, hatte sie gehasst und sie in seinen Gedanken immer wieder gequält.

Nun war er zwar nicht mehr da, um sie tatsächlich zu vergewaltigen und zu töten, aber Alf war es. Er war da, um die Fantasien seines Vorbilds auszuleben.

Kapitel 51

Nora wünschte, sie würde in eine tiefe Ohnmacht fallen. Sie wünschte, er hätte sie so sehr verletzt oder geschlagen, dass sie bewusstlos wurde.

Aber das war nicht passiert. Er hatte ihr die Schuhe und die Hose ausgezogen, hatte ihr Sweatshirt hochgezogen, bis es um ihren Hals geschlungen war und dann hatte er sie vergewaltigt.

Sein Geruch war ihr in die Nase gestiegen. Seine dreckige Haut spürte sie immer noch und das Gefühl, eine verseuchte Schlange wäre in ihr drin gewesen, ließ nicht nach.

Ebenso wie der Schmerz, weil er so brutal vorgegangen war. Sie spürte ihn überall auf ihrem Körper und auch in ihr drin. Jede Stelle ihres Körpers tat weh.

Nora starrte an die Decke und bewegte sich nicht. Sie spürte die Kälte nicht mehr, da war nur noch Schmerz. Vor einer Stunde hatte sie noch Angst gehabt, zu sterben. Nun wünschte sie, dass es so einfach wäre. Ein Schnitt durch die Kehle, wie bei Tina. Dann würde sie keine Schmerzen mehr empfinden.

Aber nachdem Alf mit zuckenden Bewegungen zum Orgasmus gekommen war, hatte er von ihr abgelassen und war verschwunden.

Sie schloss die Augen, wartete darauf, dass sie einschlief, dass ihr Körper sich der Müdigkeit und Kraftlosigkeit erbarmte und sie in einen Schlaf sinken ließ. Aber sie blieb wach. Sie spürte den Schmerz mit geschlossenen Augen noch stärker und so öffnete sie sie wieder.

Sie hatte nicht geweint und auch jetzt wollte keine Träne über ihre Wange laufen. Als würde sie ihre Tränen für das aufbewahren, was noch kommen würde. Als wüsste ihr Körper, dass sie noch nicht am Ende war. Dass es noch schlimmer werden würde.

Nora wünschte, sie wäre überrascht, dass ihr Vater mit einem solchen Irren gemeinsame Sache gemacht hatte. Aber wer von denen war der Irre? Ihr Vater hatte Alf gezeigt, wie es ging. Er hatte erst damit angefangen.

Ihr Vater war das Monster gewesen und Nora war nicht überrascht. Sie war nicht entsetzt. Er war schon immer ein Monster gewesen. Von dem Moment an, an dem er Nora verboten hatte, noch einmal Norbert des sexuellen Kindesmissbrauchs zu beschuldigen.

Vielleicht auch schon vorher.

Nora seufzte. Norbert. Sie hatte nicht zu ihm gehen können. Wenn sie hier unten sterben würde, und sie hoffte es, sowie sie daran glaubte, dass er sie umbringen würde, dann würde Norbert niemals dafür bestraft werden, was er Bine und Nora angetan hatte. Wenn nicht auch noch einer Menge anderer Mädchen.

Als sie das Haus verlassen hatte, um sich an Norbert zu rächen, hatte sie wüste Beschimpfungen im Kopf gehabt. Sie hatte so laut sein wollen, dass alle es hörten. Sie hatte sogar darüber nachgedacht mit dem was sie wusste an die Presse zu gehen. Sie hatte es jeden wissen lassen wollen, der ihr zuhörte, damit Norbert kein normales Leben mehr führen konnte.

Aber jetzt, nur Stunden später, nachdem sie mehrmals vergewaltigt worden war und sich nichts sehnlicher wünschte, als zu sterben, da kam ihr ein anderer Gedanke.

Was war, wenn sie Norbert nicht nur durch Worte verletzen, sondern ihm auch körperlich weh tat? Sie wusste nicht wie. Sie ekelte sich vor Blut und offenen Wunden. Aber irgendwie würde sie ihn verletzen können.

Worte würden nicht reichen. Ja, vielleicht würde sie ihn wirklich quälen.

Vielleicht.

Aber eigentlich stellte sich diese Frage gar nicht. Alf hatte ihr erzählt, dass er und Dirk die Taten begangen hatten. Er hatte Nora vergewaltigt. Er würde sie nicht gehen lassen.

Sie würde hier unten in diesem Kellerraum sterben.

Da erschien es ihr gar nicht mehr so erstrebenswert. Plötzlich wollte Nora überleben, aus diesem Keller herauskommen und sich an Norbert rächen.

Ob mit Worten oder körperlich.

Sie konnte ihn nicht davonkommen lassen. Er war schuld an dem Suizid seiner Tochter. Er hatte Nora entjungfert, da war sie nicht einmal aus der Phase des Puppenspielens heraus. Er hatte das Monster in ihrem Vater zum Vorschein gebracht.

Nora hob ihren Kopf und sah zur Seite, wo ihre Hände gefesselt waren. Sie brauchte nur eine dieser Lederschlaufen zu öffnen. Dann würde sie die andere Schlaufe lösen und aus diesem Raum entkommen.

Alf hatte bestimmt nicht abgeschlossen. Warum auch, wenn sie gefesselt war?

Sie zerrte an den Fesseln. Sie saßen fest. Nora würde ihre Hände nicht aus den Schlaufen ziehen können. Aber das Leder war alt und brüchig. Vielleicht wäre das ihre Chance. Nora musste die Fesseln einreißen.

Sie dachte daran, wie sie zu Norbert laufen und ihm alles zurückgeben würde. Wie sie sich für all die Kinder rächen würde, deren Seelen er auf dem Gewissen hatte.

Und dann begann sie mit ihrer Befreiung.

Kapitel 52

Noras Handgelenk schmerzte. Sie hatte sich für eine der beiden Fesseln entscheiden müssen. Ihre Wahl war auf die rechte gefallen. Sie hatte zerfledderter ausgesehen als die andere.

Nora wusste nicht, wie lange sie sich schon abmühte, die Fessel zu lösen. Sie rieb immer wieder mit dem Handgelenk über die Kante der Liege, auf der sie lag und hoffte, dass sie so das Leder zum Reißen brachte.

Aber die Wahrheit war, dass sie keine Ahnung hatte, ob sie es schaffen würde. Alf konnte jeden Moment zurückkommen. Sie wusste ohnehin nicht, was er oben tat.

Sie hörte ihn nicht. Theoretisch könnte er schon längst das Haus verlassen haben und Gott weiß was tun. Aber es konnte genauso gut sein, dass er in diesem Moment auf dem Weg zu ihr war.

Bei dem Gedanken rieb sie noch schneller über die Kante. Wäre die doch nur spitzer. Wäre die Fessel nur älter. Vielleicht wäre sie dann schon jetzt frei.

Sie biss ihre Zähne aufeinander und versuchte ihre erschöpften Muskeln zu ignorieren, die nach einer Pause schrien. Sie konnte sich keine Pause leisten. Später, wenn alles vorbei war, dann würde sie sich ausruhen. Aber bis dahin war noch eine Menge zu tun. Bis dahin musste sie noch kämpfen und all ihre verbleibende Kraft zusammennehmen.

Plötzlich wurde die Tür aufgerissen und Alf stand vor ihr. Auf seinem grauen T-Shirt hatten sich Schweißflecken gebildet und seine Stirn glänzte. In seinen Augen war eine Wildheit, die Nora neu war.

Die Vergewaltigung hatte nicht nur sie verändert. Alf wirkte stärker und selbstbewusster.

Sie hatte aufgehört ihr Handgelenk an die Kante der Liege zu reiben. Er schritt auf sie zu und griff nach dem Gürtel seiner Hose.

»Nein«, keuchte Nora, die begriff, was er nun vorhatte.

Das Ende war noch nicht erreicht. Noch lange nicht.

Sie zerrte an ihren Fesseln. Es fehlte nicht mehr viel. Vielleicht hätte es nur noch Minuten gedauert und sie hätte die Fessel gelöst. Doch er war zu früh gekommen.

Und jetzt öffnete er seine Hose. Seine Unterhose, die ursprünglich weiß gewesen war, wirkte gelb und dreckig. Er hockte sich zwischen ihre Beine auf die Liege.

Nora verwendete ihre ganze Kraft auf ihr rechtes Handgelenk. Sie hatte sich bei der ersten Vergewaltigung noch mit ihren Beinen gewehrt, aber das tat sie nun nicht. Sie wollte ihn nicht nur von sich stoßen. Sie wollte sich befreien, sie wollte richtig gegen ihn kämpfen können und dann fliehen.

Er legte seine Hände an ihre Oberschenkel. Dabei drückte er genau auf die gleichen Stellen wie beim letzten Mal und Nora spürte den Schmerz der blauen Flecken, die sich dort bildeten.

Sie sog die Luft ein, hörte nicht auf sich gegen die Fesseln zu wehren. Ihn dürfte das nicht misstrauisch machen. Schließlich war es nur natürlich, dass sich ein Vergewaltigungsopfer wehrte.

Er drückte seine eigene Hose mit samt der Unterhose nach unten. Sie sah nicht hin, sah ihm in die Augen und beschloss, den Schmerz nicht wahrzunehmen. Sie wollte ihn einfach ignorieren und sich auf die Fesseln konzentrieren.

Aber es war unmöglich nicht zu spüren, wie er in sie eindrang. Es war unmöglich den Schmerz zu verdrängen und ihre Muskeln daran zu hindern sich anzuspannen. Zum Zerreißen gespannt. Nora hatte wirklich das Gefühl jeden Moment zu zerreißen.

Doch dann riss etwas anderes. Plötzlich war ihre rechte Hand frei. Sie begriff es erst, als ihre Hand nach rechts schnellte. Bevor er etwas merkte und sie den Überraschungseffekt nicht mehr auf ihrer Seite hatte, schlug sie ihm die geballte Faust auf die Nase.

Alf stöhnte auf, zog sich aus ihr zurück und hielt sich die Hand vor das Gesicht. Nora stieß ihm die Faust mit aller Kraft zwischen die Beine. Er klappte zusammen und fiel von der Liege auf den harten Steinfußboden.

Sie griff mit ihrer rechten Hand zu ihrer anderen Fessel. Mit zittrigen Fingern öffnete sie die Schlaufe. Sie war langsam, ihr Körper war erschöpft und ihre Muskeln gehorchten nicht mehr widerstandslos. Doch sie schaffte es, ihr linkes Handgelenk zu befreien.

»Du Miststück«, zischte Alf.

Sie warf ihm einen Blick zu. Er rappelte sich langsam auf, stand gebeugt neben ihr.

Sie drehte sich zur Seite und sprang auf die andere Seite der Liege zu Boden. Im nächsten Moment schob Alf die Liege beiseite. Deren Füße kratzten auf dem Boden.

Kurz wurde ihr schwarz vor Augen. Sie schwankte und hätte gerne gewartet, bis ihr Kreislauf sich wieder beruhigt hatte. Doch Nora hatte keine Zeit. Blind lief sie in die Richtung, in der sie die Tür vermutete. Dabei kam sie an dem Regal vorbei, in dem Werkzeuge und der CD-Player lagen. Sie rempelte dagegen und der Schmerz zuckte durch ihren Oberarm. Ihre Sehkraft kam langsam zurück und sie griff nach einem Messer aus dem Regal. Dann warf sie das Regal hinter sich zu Boden.

Bei einem Blick über ihre Schulter sah sie, dass Alf direkt in das Regal lief und stolperte.

Nora lief aus dem Kellerraum. Der Flur kam ihr unendlich lang vor. Hinter sich hörte sie Alf heulen und schreien. Es klang unmenschlich. Er holte auf und das Heulen wurde lauter. Nora kam nicht schnell genug voran. Ihr Körper war geschwächt.

Sie machte einen Schritt auf die erste Stufe. Im nächsten Moment stolperte sie, fiel nach vorne und stützte sich nicht rechtzeitig mit ihren Händen ab. Ihr Kopf knallte mit ihrem Kinn voran auf die Steinstufe. Ihre Zähne schlugen aufeinander. Schmerz schoss in ihren Kopf. Ihr wurde erneut schwarz vor Augen. Nora glaubte, das Bewusstsein zu verlieren.

Einen Moment lang war alles schwarz.

Still.

Dann griff eine Hand nach ihrem Fußgelenk und sie fand das Bewusstsein wieder. Alf zog sie an ihrem Fuß über den Boden. Sie drehte sich und sah zu ihm. Er hockte mit schmerzverzerrtem Gesichtsausdruck hinter ihr. Seine untere Gesichtshälfte war blutverschmiert. Er hatte seine ebenfalls roten Zähne gebleckt. Nora spuckte zwei Zähne aus, die sie sich beim Sturz ausgeschlagen hatte. In der Hand hielt sie immer noch das Messer, das sie vom Regal mitgenommen hatte. Soweit sie das erkennen konnte, war Alf unbewaffnet.

»Du entkommst mir nicht«, rief er, wobei er Blut spukte.

Nora sammelte ihre Kraft. Es war nicht viel, aber sie musste ausreichen. Sie beugte sich vor, holte mit dem Messer aus und ließ es auf seinen Arm hinabgleiten. Er war ausgestreckt, seine Hand hielt immer noch ihr Fußgelenk. Das Messer sauste auf ihn hinab und im nächsten Moment grub es sich in sein Fleisch.

Schlagartig ließ Alf sie los. Sie zog ihr Bein zurück, rutschte nach hinten, rappelte sich auf und schwankte. Sie wäre beinahe wieder gestürzt, wendete sich aber von Alf ab und stolperte die Stufen hinauf. Dabei stützte sie sich mit den Händen auf den Stufen vor ihr ab. Auf allen vieren kroch sie die Kellertreppe hoch.

Sie musste hier raus. Raus aus dem Keller, raus aus dem Haus. Auf die Straße. Sie brauchte Hilfe.

Sie biss ihre Zähne zusammen, schluckte den Schmerz, der ihr durch den Körper schoss, hinunter und stolperte durch die Tür in den Flur.

Sie hörte Alf nicht mehr, hoffte, dass er das Bewusstsein verloren hatte, konnte aber nicht zurücksehen. Sie wollte keine Zeit verlieren.

Sie lief zur Haustür. Hoffnung kam in ihr auf. Doch der Schmerz in ihrem Kopf hämmerte, als würde ihr immer wieder jemand mit einem Stein auf den Schädel schlagen. Ihr wurde schummrig, kurz verdunkelte sich ihr Sichtfeld. Aber dann gelangte sie an der Haustür an. Sie griff nach der Klinke und drückte sie herunter. Nora zerrte an ihr. Verzweiflung machte sich in ihr breit. Sie hämmerte mit ihrer flachen Hand an die Haustür. Aber es änderte nichts an der Tatsache, dass sie abgeschlossen war.

Kapitel 53

Sie drehte sich um, lehnte sich gegen die Haustür und sah zum Keller. Die Tür stand offen. Von unten drang Licht hinauf. Sie konnte die ersten Stufen der Treppe erkennen, dann verlor sie sich.

Sie hatte Alf am Arm verletzt. Es war alles so schnell gegangen, dass Nora nicht wusste, wie schwer er verletzt war, aber tot war er mit Sicherheit nicht. Sie lauschte und versuchte Schritte auszumachen. Doch es blieb still.

Er hatte den Schlüssel. Er musste ihn haben. Wo sollte er sonst sein? Sie trat einen Schritt vor. Wenn er ohnmächtig war, würde sie ihm einfach den Schlüssel entwenden und dann aus diesem Albtraum fliehen.

Schwierig würde es nur werden, wenn er bei Bewusstsein war. Er könnte sich eines der Messer genommen haben, die in der Folterkammer auf dem Regal lagen und sie angreifen.

Aber was blieb ihr anderes übrig?

Sie trat einen Schritt vor und schluckte. Er war ihr nicht hinterhergelaufen. Bitte, dachte Nora. Bitte, lass ihn nicht bei Bewusstsein sein.

Sie schlich auf die Kellertür zu, wobei sie immer mehr Stufen der Treppe erkennen konnte. Sie blieb einen Meter vor der Kellertür stehen.

Die Fenster.

Sie brauchte gar nicht durch die Tür zu gehen. Sie konnte einfach eines der Fenster, oder noch besser, durch die Terrassentür entkommen. Sie atmete auf.

Es würde alles gut werden. Sie musste nicht zurück in den Keller. Sie drehte der Kellertür den Rücken zu und ging ins Wohnzimmer. Es brannte kein Licht und Nora schaltete es nicht an. Sie durchquerte den Raum und schob die Vorhänge zur Seite, um an die Terrassentür zu gelangen. Draußen war es dunkel. Kein Licht drang zu ihr durch. Aber davor fürchtete sie sich nicht. Das Monster lag im Keller. Sie öffnete die Tür und spürte einen kalten Windhauch.

Ein Geräusch ließ sie innehalten. Es kam aus dem Keller. Sie warf einen Blick über ihre Schulter, sah durch das Wohnzimmer zum erleuchteten Flur, konnte aber nichts erkennen.

Sie biss ihre Zähne aufeinander und lief nach draußen. Er war noch am Leben. Auch wenn er einen Moment geschwächt sein mochte, er war noch da unten.

Nora spürte den Regen auf ihrem Gesicht und ihrer Haut, als sie über die Wiese lief, an dem Haus vorbei, nach vorne. Ihre nackten Füße berührten zuerst Rasen und dann kalten Asphalt. Sie schmerzten.

Nils und Doris waren die ersten, die ihr in den Sinn kamen. Sie waren zu Hause. Nora hatte Nils vor Stunden am Fenster stehen sehen.

Sie lief über die Straße. Es war alles ruhig. Nichts deutete darauf hin, dass Nora nur knapp dem Tod entkommen war. Sie erreichte den Gartenzaun ihrer Nachbarn und stieß das Tor auf. Licht brannte. Erleichtert atmete Nora auf und drückte auf die Klingel.

Ungeduldig trat sie von einem Fuß auf den anderen. Sie sah zu dem Haus ihres Vaters. Nur im Flur brannte Licht. Der Rest lag in Dunkelheit.

Sie klingelte erneut. Bei dem Gedanken, dass Alf sich fing und gerade die Kellertreppe hochging, schlug ihr Herz schneller. Die Angst kehrte zurück. Nora war erst in Sicherheit, wenn von Alf keine Gefahr mehr ausging.

Eine Bewegung am Fenster neben der Haustür ließ Nora aufschauen. Das Licht brannte, aber dünne Vorhänge verhinderten, dass sie hineinblicken konnte.

Sie hämmerte mit der Faust gegen die Tür. »Nils, bitte! Ich brauche Hilfe! Alf ... er ... er will mich umbringen.«

Doch obwohl sie sicher war, dass Nils und Doris zu Hause waren, öffneten sie ihr nicht die Tür. Nora sah erneut zum Haus ihres Vaters. Alf war immer noch nicht herausgekommen.

»Nils!«

»Was ist denn los?«, rief jemand hinter ihr.

Nora wirbelte herum. Martin war aus seinem Haus gekommen und stand auf dem gegenüberliegenden Bürgersteig. Die Dunkelheit verschluckte ihn fast vollständig. Nur seine weißen Haare stachen hervor.

Nora lief auf ihn zu und ignorierte die Tatsache, dass ihre untere Körperhälfte nackt war. »Sie müssen mir helfen. Alf hat mich vergewaltigt und will mich umbringen. Er ist in Dirks Haus und ...«

Sie brach ab. Martin war losgelaufen, noch ehe Nora zu Ende gesprochen hatte. Seine Schritte wurden schneller und schließlich rannte er. Nora folgte ihm.

Martin kam vor ihr bei der Haustür an. Er zog nur kurz daran. Dann lief er um das Haus herum. Das Adrenalin trieb sie vorwärts, obwohl ihr Körper um eine Pause flehte. Nora ignorierte es. Sie konnte Martin da nicht allein hineingehen lassen. Sie schlüpfte hinter ihm in das Wohnzimmer. Es war immer noch dunkel.

284

Nur schummriges Licht drang durch den Flur zu ihnen. Das Haus lag still da. Sie schluckte. Was war mit Alf? War er noch hier? Sie folgte Martin durch das Wohnzimmer. Er atmete schwer und sie wünschte, er wäre leiser.

Sie kamen an der Kellertreppe an.

»Er ist da unten«, flüsterte Nora.

Martin nickte nur und trat auf die erste Stufe.

Sie versuchte an ihm vorbeizusehen, konnte aber nicht viel erkennen. Sie gingen die Treppe hinunter. Jeden Moment erwartete sie, dass Martin Alf entdeckte. Aber er sagte nichts, ging nur eine Stufe nach der anderen nach unten.

Nora spannte sich an. Müsste er ihn nicht mittlerweile entdeckt haben?

Martin schnappte nach Luft. Sie waren am Fuß der Treppe angekommen. Nora starrte auf die Stelle, an der Alf gelegen hatte. Ein Blutfleck war alles, was von ihm übrig war.

Die Angst kam langsam. Sie bäumte sich vor Nora auf, wie eine Welle, die jeden Moment drohte, über ihr zusammenzubrechen.

Nora sog die Luft ein und hielt sie an. Alf war nicht bewusstlos. Er war hier irgendwo und lauerte ihnen gerade auf.

»Er ist weg«, flüsterte sie und merkte gar nicht, dass Martin weiterging.

Erst als er stöhnte und zurückstolperte, sah sie auf. Er starrte auf den Kellerraum, in dem Nora vergewaltigt worden war. Eine Hand wanderte zu seinem Mund.

»Wir müssen Alf suchen«, sagte Nora.

»Ich habe ihn gefunden.« Martin trat zurück.

Nora ging auf ihn zu, bis sie neben ihm stehen blieb und seinem Blick folgte. Neben dem toten Mädchen, mit einem Messer in der Hand, saß Alf. Er hatte sich die Pulsadern aufgeschlitzt. Seine Arme waren voller Blut. Er lehnte zur Seite gesackt an dem Mädchen, die Augen auf Martin und Nora gerichtet.

Kapitel 54

Sie drückte dem Taxifahrer das Geld in die Hand und stieg aus. Der Abend war kalt. Am Mittag hatten sich die ersten Schneeflocken auf die Erde getraut. Viel zu früh für November. Auf der Straße war der Schnee schon fast geschmolzen. Nur in den Vorgärten durchzog eine Eisschicht die Rasenflächen. Auch vor dem Haus ihres Vaters.

Sie hatte nur eine Nacht im Krankenhaus verbracht. Die Ärzte und auch Huber hatten ihr geraten, mindestens zwei Nächte unter Beobachtung zu bleiben, aber Nora hatte sich geweigert.

Sie war nicht krank, sondern übersät von blauen Flecken. Jedes Glied ihres Körpers schmerzte, aber das würde im Krankenhaus nicht behandelt werden können.

Sie hatte der Polizei erzählt, was passiert war. Angefangen bei der Fahrt mit dem Auto, über den Kellerraum, die tote Frau und ihre eigene Vergewaltigung. Ihr waren Fragen zu ihrem Vater gestellt worden, doch Nora hatte keine davon beantworten können.

Sie hatte ihren Vater nicht gekannt. Erst nach seinem Tod hatte sie erfahren, was für ein Mensch er gewesen war. Sie konnte der Polizei nicht helfen. Schließlich hatten sie damit aufgehört ihr Fragen zu stellen und waren gegangen. Sie hatte ihnen alles erzählt. Abgesehen von dem Grund, weswegen sie an diesem späten Abend durch Neuerdorf und Alf vor die Füße gelaufen war. Sie hatte der Polizei nichts von Norbert erzählt. Es war eine spontane Entscheidung gewesen und letztendlich die richtige. Sie würden Norbert nicht festnehmen können, warum ihnen also von dem erzählen, was er ihr angetan hatte. Nur sie konnte Gerechtigkeit ausüben.

Sie schloss die Haustür auf, trat ein und schaltete das Licht an. Die Kellertür war geschlossen und mit Absperrband gesichert, doch das war unnötig. Nora hatte nicht vor jemals wieder hinunterzugehen.

Sie ging in die Küche und ließ sich auf einem Stuhl nieder. Müde legte sie ihr Gesicht in die Hände. Wie lange wollte sie warten? Wann würde sie sich beruhigt haben? Würde sie sich überhaupt beruhigen?

Nora wäre gerne gefasster. Sie würde lieber ruhig sein, wenn sie zu Norbert ging. Aber das war sie nicht und das würde sie in den nächsten Stunden auch nicht werden.

Sie stand auf und ging zur Arbeitsplatte. Dort öffnete sie eine Schublade und zog ein Messer mit langer Klinge heraus. Im Schein der Lampe blitzte das Metall. Sie hatte ihre Waffe gewählt und würde nun in den Kampf ziehen. Und sie würde diesen Kampf gewinnen. Das erste Monster hatte sie besiegt. Das nächste hatte auch keine Chance.

Dieses Mal machte sie nicht den Fehler, zu Fuß zu gehen. Sie hatte sich mehr Gedanken um die Tat gemacht, als noch vor zwei Nächten. Sie steckte den Schlüssel ins Schloss ihres Autos und startete den Motor. Ihre Hand zitterte.

Nora fuhr gerade aus der Auffahrt ihres Vaters, als das Handy in ihrer Handtasche klingelte. Die lag auf dem Küchentisch und Nora hörte es nicht. Wahrscheinlich hätte sie es selbst dann ignoriert, wenn es direkt auf ihrem Schoß klingeln würde.

Sie wollte nicht aufgehalten werden. Nicht mal eine Sekunde.

Nora lenkte ihren Wagen durch die Straßen von Neuerdorf. Sie schwor sich, nie wieder in diese verfluchte Stadt zu kommen. Sie würde das Haus nur noch betreten, um ihre Sachen zu holen. Dann konnte Marvin das Geschäftliche regeln. Sie wollte nur noch nach Hause und in die Arme ihres Ehemanns fallen. Sie wollte vergessen, was in dieser Stadt geschehen war. Als sie ein Kind gewesen war und jetzt.

Sie parkte gegenüber der Tankstelle und stieg aus. Vor der Tankstelle standen zwei Männer und unterhielten sich. Die Frau, die mit einem Messer in der Hand auf die Haustür eines Mehrfamilienhauses zuging, bemerkten sie nicht.

Es war noch nicht spät und sie hoffte, dass sie Norbert allein und zu Hause antreffen würde. Aber irgendetwas in Nora sagte ihr, dass sie genau das tun würde.

Sie klingelte bei dem Namen Kuls und wartete.

Dabei sah sie auf das Messer hinab. Alf hatte sie mit einem kleineren Messer in Schach halten können. Aber Norbert war größer als Nora. Außerdem bestand die Möglichkeit, dass er sie immer noch als wehrloses kleines Mädchen sah. Als Mädchen, mit dem man machen konnte, was man wollte.

Der Türsummer wurde betätigt und sie trat ein.

Kapitel 55

Irgendwo über ihr wurde eine Wohnungstür geöffnet. Nora ging die Stufen im Treppenhaus hoch. Aus einer anderen Wohnung drang Stimmengemurmel, das sich anhörte, als würde es aus einem Fernseher kommen.

Schließlich erreichte sie Norberts Etage. Er stand in der Wohnungstür und füllte den Türrahmen aus.

Er wirkte überrascht sie zu sehen. »Hallo.« Er kniff seine Augen zusammen, als würde er ihr Gesicht irgendwoher kennen, aber nicht zuordnen können.

»Ich bin Nora Langen. Erinnerst du dich an mich?«

Sie stand vor ihm und sah ihm unbeirrt in die Augen. Er war zwei Köpfe größer als sie, aber das schüchterte sie nicht ein.

»Ja«, sagte er.

»Lässt du mich rein?«

Er zögerte, sah ihr in die Augen und schien das Messer, das sie an ihrer Seite baumeln ließ, gar nicht zu bemerken.

Er trat zurück und gab den Blick auf eine Diele frei. Nora betrat die Wohnung. Auch hier lief ein Fernseher, aber der Ton war viel leiser gestellt als bei seinen Nachbarn.

Doch Norbert ging am Wohnzimmer vorbei und führte sie in die Küche. Nora warf einen Blick in die Zimmer, an denen sie vorbeiging. Er schien tatsächlich allein zu sein.

»Bist du hier, um mit mir über Dirk zu sprechen?«, fragte er und setzte sich an den Küchentisch.

Nora trat neben ihn. Wo er nun saß, war er nicht mehr größer. Seine hohe Stirn reichte ihr gerade bis zur Schulter.

Sein Blick huschte zu ihrem Messer. Er erstarrte.

»Ja, ich möchte mit dir über meinen Vater sprechen«, sagte sie. Ihre Stimme war ruhig, obwohl in ihr ein Sturm tobte. »Ich möchte dir etwas erzählen.«

»Möchtest du dafür nicht erst einmal das Messer weglegen?«, fragte er.

Doch sie ignorierte ihn. »Ich möchte dir erzählen, wie ich völlig verängstigt und verzweifelt nach Hause ging. Das war kurz nach meinem ersten Mal. Ich bin acht Jahre alt gewesen. Wann haben die meisten Menschen wohl ihr erstes Mal? Mit siebzehn? So im Durchschnitt? Ich habe es mit acht gehabt. Mit einem Mann, der fünf Mal so alt war wie ich.«

Er senkte seinen Blick und sah auf die Tischplatte hinab.

»Ich gehe also nach Hause. Blutend. Und ich frage mich, wie ich meiner Mutter erklären soll, dass meine Kleidung voller Blut ist. Doch meine Mutter findet es gar nicht heraus.« Nora machte eine Pause, bevor sie fortfuhr. »Mein Vater hat es herausgefunden. Mein Vater sieht also, dass meine Unterhose und meine Jeans blutbefleckt sind. Ich denke mir, gut Nora, du musst ihm sagen, was passiert ist. Dir bleibt gar nichts anderes übrig.«

Norbert hob abrupt den Kopf und sah sie an.

»Ich habe mir gedacht, mein Vater wird ja wohl wissen, was zu tun ist. Er wird alles wieder gut machen. Er ist erwachsen und auf Erwachsene kann man sich verlassen. Aber nichts da. Weißt du, was er zu mir gesagt hat?« Sie beugte sich zu ihm hinab, nicht weit, weil ihr Höhenunterschied nicht groß war. »Er hat gesagt, dass sein

Freund niemals seine Tochter missbrauchen würde. Er war wütend auf mich, weil ich so etwas behauptet habe.«

»Du hast es ihm gesagt.«

»Ja, das habe ich.«

»Und er hat nichts gemacht?«

»Nein.« Sie richtete sich auf und sah auf Norbert hinab.

»Er hat es die ganze Zeit gewusst«, flüsterte er.

»Genau.«

Norbert hob seine Augenbrauen. »Nora, es tut mir so leid.«

Sie kniff ihre Augen zusammen. Damit hatte sie nicht gerechnet.

»Es tut mir leid. Ich kann dir gar nicht sagen, wie leid es mir tut. Ich habe einen grauenvollen Fehler begangen und bereue es seit vielen Jahren.«

Sie starrte ihn an und sagte nichts.

»Ich habe mich von meiner Frau getrennt und gehe seit zwanzig Jahren zur Therapie. Ich habe neu angefangen.«

»Willst du mich verarschen?« Nora hob das Messer.

Der große Mann zuckte zusammen. »Nein, wirklich nicht.«

»Du denkst, damit ist alles gut? Du gehst in Therapie und das macht wett, dass Sabine sich das Leben genommen hat. Dass du mich missbraucht hast!« Nora war immer lauter geworden und senkte nun ihre Stimme. »Gar nichts ist gut. Du hast Leben zerstört.«

»Das weiß ich, Nora! Ich weiß das. Jeden Tag, jede Stunde, jede Sekunde ist mir das bewusst. Ich war schrecklich.« Er holte Luft. »Ich kann heute nicht mehr verstehen, was mit mir los war.«

Nora schnaubte. »Ach ja? Heute bist du ein ganz anderer Mensch.«

»Ja.«

»Du hast dich vor Marie entblößt und Esther missbraucht.«

Norbert riss die Augen auf. »Nein. Das war ich nicht. Wirklich nicht!«

Sie schüttelte den Kopf. »Du brauchst mich nicht anzulügen.«

»Ich habe niemanden mehr missbraucht. Nach dir ist Schluss gewesen.«

»Ach ja? Und wer soll das dann gewesen sein? Meinst du, hier laufen andere Pädophile herum? In einer kleinen Stadt wie Neuerdorf. Die Chancen sind doch sehr gering.« Abschätzig sah sie zu ihm herunter. Nora empfand puren Hass für diesen Mann und, dass er seine Taten leugnete, machte es nur noch schlimmer. Die Hand mit dem Messer war mittlerweile ruhig. Die Wut hatte ihren Zweifel, dass sie das richtige tat, beiseite gewischt.

»Einer noch, ja. Ich schwöre, Nora. Ich habe seit über zwanzig Jahren kein Kind mehr angefasst.«

»Wer soll der andere sein?«

Norberts Blick huschte zu der Tischplatte. »Das möchtest du nicht wissen.«

»Sag es mir«, zischte Nora und hob das Messer. Er sollte nicht vergessen, dass sie nach ihren Regeln spielten. Seine Zeit war vorbei.

Norberts Blick huschte zu der Klinge, die nur Zentimeter vor seinem Gesicht schwebte. Dann sah er Nora an.

»Dein Bruder. Marvin.«

Kapitel 56

Sie wich zurück, als hätte er ihr einen Stromschlag verpasst.

»Ich weiß es noch nicht lange. Erst seit ein paar Wochen. Er kam zu mir, weil er Hilfe brauchte. Damals hatte ich noch keine Ahnung, woher er wusste, dass ich pädophil bin, aber jetzt wo du mir gesagt hast, dass dein Vater es wusste ...« Er hob die Schultern. »Ich gehe mal davon aus, dass Marvin sich seinem Vater anvertraut hat. Der hat ihm wohl erzählt, dass ich auch pädophil bin. Und als dein Bruder nach dem Tod eures Vaters niemanden zum Reden hatte, hat er sich an mich gewandt.«

Sie schüttelte den Kopf.

»Wahrscheinlich hat er mir auch vertraut, weil ich ihn früher im Fußball trainiert habe. Er hat mir erzählt, dass er sich schon seit seiner Jugend zu Kindern hingezogen fühlt.« Norbert sprach immer schneller, als glaubte er, ihm bliebe nicht genug Zeit seine Geschichte zu erzählen. »Zuerst sei es ihm nicht aufgefallen, weil die Kinder ja nicht viel jünger waren als er. Danach hat er das Gefühl lange unterdrücken können. Sehr lange. Aber bei dem Mädchen auf der Burg ... ich konnte ihn verstehen, weißt du? Ich kenne das Gefühl nur zu gut. Und dann war er so oft bei deinem Vater, um mit ihm darüber zu sprechen. Esther ist öfter bei Dirk gewesen, wenn Lisa gearbeitet hat und manchmal war auch nur Marvin bei Esther, um auf sie aufzupassen. Und dann ...«

Nora riss das Messer hoch. »Halt den Mund!«, kreischte sie. »Das ist eine Lüge! Marvin würde so etwas niemals tun!«

»Er hat es aber getan«, flüsterte Norbert, ohne das Messer aus den Augen zu lassen. »Er hat es getan, bitte glaube mir.«

»Mein Vater war ein Monster. Er hat Frauen vergewaltigt und getötet. Er hat mich, seine eigene Tochter, nicht vor einem Pädophilen beschützt. Da kann mein Bruder nicht auch ein Monster sein. Das geht einfach nicht!«

»So ist es aber, Nora. Bitte beruhige dich. Leg das Messer weg. Bitte.«

Sie schüttelte den Kopf. Immer und immer wieder. Ihr stiegen Tränen in die Augen. Sie trat einen Schritt zurück, zeigte mit dem Messer aber immer noch auf Norbert.

»Ich bin umgeben von Monstern«, sagte sie. Sie sah auf das Messer hinab, das sie in der Hand hielt. Sie erinnerte sich an die Gedanken, die sie Norbert gegenüber gehabt hatte und schüttelte den Kopf. Sie wollte ihm Schmerzen zufügen. Ihn leiden lassen. Hätte er Marvin nicht ins Spiel gebracht, würde längst das Messer in seinem Körper stecken oder ein Finger neben dem Stuhl liegen, auf dem er saß.

»Ich werde selbst zum Monster«, flüsterte sie.

In dem Moment hämmerte jemand gegen die Wohnungstür. »Norbert Kuls? Hier ist die Polizei. Öffnen Sie die Tür.«

»Hilfe! Ich bin hier! Helfen Sie mir!«

Nora wirbelte herum und sah in den Flur, dann drehte sie sich wieder zu Norbert um. Er saß immer noch auf dem Stuhl und sah an Nora vorbei. Angst, aber auch Hoffnung lagen in seinem Blick.

In der nächsten Sekunde wurde die Tür aufgebrochen und hinter Nora stürmten Huber und andere Polizisten in die kleine Wohnung.

Es wurde plötzlich so laut, dass Nora zusammenzuckte. Gefahr, schrie es in ihrem Kopf. Dabei war es die Polizei, vor der sie sich fürchtete.

Unfähig sich zu bewegen stand sie mit erhobenem Messer vor Norbert.

Rufe wurden in ihrem Rücken laut.

»Fallen lassen!«

»Legen Sie das Messer weg!«

»Machen Sie keine Dummheiten!«

Und dann David Huberts Stimme: »Bitte Nora, ich möchte nicht, dass Ihnen wehgetan wird. Legen Sie das Messer weg, bevor meine Kollegen es Ihnen entreißen müssen.«

Sie legte es auf den Küchentisch und hob ihre Hände, um zu signalisieren, dass sie unbewaffnet war.

Eine Hand legte sich auf ihren Oberarm und drückte ihn runter. Hinter ihr sprach Huber ruhig mit ihr. »Es wird alles gut.« Er drehte sie von Norbert weg und führte sie aus der Küche. Um sie herum wuselten die anderen Polizisten. Es waren nur drei weitere. Dabei hatte es sich angehört, als wäre eine Hundertschaft angerückt.

»Nora? Frau Langen?« Er führte sie ins Wohnzimmer, wo immer noch der Fernseher lief. »Ihr Bruder hat uns erzählt, dass Sie am Tag Ihrer Vergewaltigung auf dem Weg zu Norbert Kuls waren. Wir konnten Sie nicht erreichen und sind deswegen davon ausgegangen, dass Sie hergekommen sind.«

Nora sagte nichts, starrte nur vor sich hin. Sie hatte das Gefühl, außerhalb ihres Körpers zu schweben. Als wäre nicht sie die Person, der all das passierte.

»Hören Sie mich?«

Nora nickte.

»Geht es Ihnen gut?«

Sie schüttelte den Kopf.

Epilog

Nora sah auf den Teppich zu ihren Füßen. Er war dick und weich. Aber ihre Füße steckten in dicken Winterschuhen. Es war Februar und sie konnte nicht vor die Tür treten, ohne dass ihr kalt wurde. Auch in diesem beheizten Raum fröstelte sie.

»Haben Sie meine Frage verstanden?«, riss eine Stimme sie aus ihren Gedanken.

Nora hob ihren Blick und sah dem Mann auf dem Sessel ihr gegenüber in die Augen. Er hatte die Beine übereinandergeschlagen und hielt ein Klemmbrett in seinem Schoß.

»Nein.«

»Ich habe Sie gefragt, ob Sie ihren Bruder schon besucht haben.«

»Nein.«

»Warum haben Sie das nicht getan?«

Sie ließ ihren Blick über sein faltiges Gesicht gleiten. Sie hatte viel Wert auf das Alter ihres Therapeuten gelegt. Sie wollte keinen jungen. Sie wollte jemanden, der Erfahrungen gesammelt hatte, in seinem eigenen Leben Rück-schläge erlebt hatte und den Schmerz, den Nora empfand, ansatzweise verstehen konnte.

»Weil er im Gefängnis sitzt«, sagte sie.

Der Therapeut nickte. »Das weiß ich, Frau Langen. Aber auch im Gefängnis kann man Besuch empfangen. Sie haben mir in unserer letzten Stunde erzählt, dass er Sie um einen Besuch gebeten hat.«

Sie sah wieder auf den Teppich hinab. »Ich möchte ihn aber nicht sehen.«

»Warum nicht?«

»Weil er ein Monster ist. Er hat ein Kind missbraucht.«

»Können Sie ihm nicht verzeihen, weil er ein Kind missbraucht hat oder weil sie als Kind selbst missbraucht wurden?«

Sie streichelte mit den Fingern ihrer rechten Hand den Handrücken ihrer linken. Das hatte sie in einer der ersten Sitzungen gelernt. Damals hatten sie über die Essstörung gesprochen, die sie als Teenager gehabt hatte. Sie hatte ihm auch erzählt, dass sie Schlafstörungen gehabt hatte, nachdem sie aus Neuerdorf gezogen war. Dass sie stundenlang wachgelegen und am Morgen völlig erschöpft gewesen war. Ihr Therapeut hatte ihr erklärt, dass das mit dem frühen Missbrauch zusammenhängen könnte. Sie hatte ihm gesagt, dass sie nicht darüber nachdenken, schon gar nicht darüber sprechen wollte. Da hatte er ihr den Trick gezeigt, sich immer, wenn es ihr besonders schlecht ging, über die Hand zu streicheln, um sich daran zu erinnern, dass sie nicht in Gefahr war. Dass ihre Gegenwart besser war, als die Vergangenheit. Die Vergangenheit war Vergangenheit und auch wenn sie darüber sprachen, war sie vorbei. Sie lebte nicht mehr in Neuerdorf, sondern in Bonn. Sie hatte einen fürsorglichen und verständnisvollen Mann an ihrer Seite. Ben drängte sie nie, ließ ihr den Freiraum, den sie brauchte und war für sie da, wenn sie weniger Freiraum brauchte.

»Beides, schätze ich«, beantwortete sie seine Frage.

Der Therapeut notierte sich etwas. »Denken Sie oft an Ihren Missbrauch? Nehmen die Erinnerungen zu?«

»Nein. Ich habe die paar Erinnerungen, die ich vor drei Monaten gehabt habe. Mehr kommt nicht.«

»Und diese Erinnerungen?«

»Ich träume sie. Fast jede Nacht sehe ich Norbert vor mir. Oder Bine.« Nora sah ihn an. »Manchmal fleht Bine mich um Hilfe an.« Das Streicheln über ihren Handrücken wurde schneller. »Ich will ihr helfen, kann es aber nicht, weil ich selbst Hilfe brauche.«

Er nickte. »Sie hatten keine Schuld an Sabine Kuls' Problemen. Sie sind selbst ein missbrauchtes Kind gewesen. Sie haben nichts falsch gemacht.«

»Es hat aber nichts genützt«, sagte Nora und merkte, wie Tränen ihre Sicht vernebelten. »Ich wurde trotzdem weiter missbraucht, genauso wie Bine. Sie ist trotzdem gestorben.«

»Aber das lag nicht an Ihnen.« Er beugte sich vor. »Das lag an Norbert Kuls. Und daran, dass Ihr Vater nichts getan hat. Sie haben es ihm gesagt. Mehr hätten Sie nicht tun können. Und, dass Sie es jemandem gesagt haben, war ein großer Schritt. Die Kraft finden nur wenige Kinder.«

Esther hatte diese Kraft nie gefunden.

Nora sah auf ihre Hände. Sie hatte gar nicht gemerkt, dass ihre rechte Hand immer noch ihre linke streichelte.

»Es hat nicht gereicht«, flüsterte sie. »Es hat einfach nicht gereicht.«

Nachwort

Sollte Ihnen *Das Monster in ihm* gefallen haben, würde ich mich sehr über eine Bewertung auf der Produktseite meines Buches bei Amazon freuen. Es hilft nicht nur mir, sondern auch anderen Interessierten das Buch einzuschätzen und erleichtert die Kaufentscheidung.

Gerne können Sie mir auch auf Facebook oder Instagram schreiben oder mir eine E-Mail (ahannahagen@web.de) schicken.

Danksagung

Als erstes danke ich meinen Testleserinnen Karin Russ, Emma F. und Franziska Schenker. Ihr habt mir Mut zugesprochen, bei der Titelauswahl geholfen und mich auf Ungereimtheiten aufmerksam gemacht.

Großen Dank auch an Bärbel Müller und Liane Müller für eure Gründlichkeit bei der Korrektur meines Manuskripts.

Außerdem danke ich der Werbeagentur Zero und besonders Wolfgang Staisch für dieses großartige Cover. Es ist genauso geworden wie ich es mir gewünscht habe und noch cooler.

Ich danke Sebastian, weil du nichts mit Büchern am Hut hast und mich trotzdem nicht für verrückt erklärst (oder es zumindest nicht zeigst), wenn ich um meine Charaktere trauere.

Zuletzt danke ich dir, weil du diesem Buch eine Chance gegeben hast. Ich hoffe, es konnte dich unterhalten.

Autorin

Hanna Hagen, 1994 geboren, schreibt seit ihrer Kindheit Geschichten. 2017 erfüllte sie sich den Traum ihres ersten veröffentlichten Buches. Seitdem schreibt und veröffentlicht sie Thriller.

Weitere Bücher der Autorin

Die Rache (nur bei Amazon)

Als ihr Freund sie vergewaltigt, handelt Coralie in Notwehr. Obwohl nie seine Leiche gefunden wurde, ist sie davon überzeugt, dass sie ihn umgebracht hat. Nach fünf Monaten taucht er aber plötzlich wieder auf und für Coralie ist klar: Er will Rache.

Maskenjagd (Überall wo es Bücher gibt)

Fünf Freunde.
Ein grauenvolles Geheimnis.
Sie dachten, was vor 17 Jahren geschah, wäre längst vergessen. Doch dann taucht ein Maskierter auf, der sie ihre Schuld spüren lässt. Und sie stoßen auf mehr als ein Geheimnis, das zwischen ihnen steht ...
Eine Jagd auf Leben und Tod beginnt.

Impressum

© Hanna Hagen, 2019

Umschlaggestaltung: ZERO Werbeagentur, München

Herstellung und Verlag: BOD – Books on Demand,
Norderstedt

ISBN 9783735719959